서른살의
아프리카

서른 살의 아프리카

적도 위에서 보낸 **뜨거운 180일**의 **기억**

지은이 양은주
펴낸곳 이매진 **펴낸이** 정철수
편집 기인선 최예원 **디자인** 오혜진 **마케팅** 김둘미
첫 번째 찍은 날 2011년 7월 20일
등록 2003년 5월 14일 제313-2003-0183호
주소 서울시 마포구 합정동 370-33 3층
전화 02-3141-1917 **팩스** 02-3141-0917
이메일 imaginepub@naver.com **블로그** blog.naver.com/imaginepub
ISBN 978-89-93985-55-9 (03810)

- 환경을 생각해서 재생 종이로 만들고 콩기름으로 인쇄했습니다. 표지는 앙코르 190그램, 본문은 그린라이트 80그램입니다.
- 값은 뒤표지에 있습니다.

일러두기

- 본문의 사진은 대부분 지은이가 직접 찍었지만, 몇몇 사진은 아프리카에서 함께 지낸 켈렙(Caleb)과 루카(Luca)가 찍은 것입니다.

서른 살의 아프리카

적도 위에서 보낸 **뜨거운 180일**의 **기억**

양은주 지음

이매진

차례

1부 우간다, 잘 지내나요

2부 탄자니아, 그 골목에는

3부 에티오피아의 겨울

www.emirates.

맥락 없는 기억들이 툭툭 날아들었다. 고래고래 소리를 지르며 술을 마시던 학교 앞 선술집이, 결혼식 사회를 본다던 친구가, 목소리를 떠는 친구를 골리던 시간들이. 그리고 웃었다. 이 먼 곳에 날아와 가운데가 움푹 파인 침대의 모서리에 웅크리고 누워 있던 나는 소리 내 웃었다. 하지만 어쩔 수 없이 그 모든 생각들은 돌아갈 수 없는 시절에 대한 그리움이었다.

때때로 그런 그리움이 커져 앞으로 달려 나가려는 발을 걸었다. 그러다 평온한 줄로만 알던 일상이 가장 심각한 비극임을 깨달은 날, 점점 어른이 되어가는 기분을 느끼던 나는 아프리카행을 결정했다.

"다음 생에 다시 만나자."

떠나기 전 가진 술자리에서 한 선배는 이렇게 말했다. 에이즈, 내전, 물 부족, 빈곤, 세상에서 가장 낮은 곳을 가리키는 모든 수사를 다 갖다 붙여도 모자란 곳. 떠난다는 소식을 들은 사람들은 모두 걱정바람이었다.

아주 잠깐, 실체 없는 두려움이 스멀스멀 기어 나와 표정 관리가 안 됐지만 나는 대체로 태평했다. 실은 아는 게 없어 무식했다. 그래도 궁금한 건 있었다. 아프리카에는 탄자니아도, 우간다도, 모잠비크도, 가나도 있는데 왜 그냥 아프리카인지. 자로 대고 그은 듯 선명한 직선으로 사람 사는 곳을, 나라의 경계를 나눌 수 있는 건지. 기아와 에이즈 말고 다른 아프리카는 없는지.

사소한 바람도 있었다. 우스울 만큼 약해 빠진 내 세계에, 서른이 되어도 견고해지지 못한 풋내 나는 내 우주에, 태고의 신비가 살아 있는 대륙의 기운을 불어넣자 뭐 그런 거였다. 명색이 서른을 맞았으니 삼십대의 무탈과 안녕을 기원하고도 싶었다.

'아프리카'라는 명성에 걸맞게 직항 따위는 사치였다. 비행기는 두바이를 거쳐 에티오피아의 수도 아디스아바바에서 잠깐 정차한 뒤 사람들을 더 태우더니 우간다 엔테베에 안착했다. 떠나온 한국은 겨울이었는데 그곳은 뜨거웠고 더위 아래 옷을 훌렁 벗어던진 몸이 검은 사람들이 지천이었다.

그것이 아프리카의 속도였는지, 그날따라 그랬던 건지 비행기는 몇 시간을 지체해 도착했다. 마중 나온 사람이 기다리다 지쳐 돌아가버리지는 않을까, 쓸데없는 걱정에 서둘러 수속을 밟았다. '드디어 아프리카에!' 이런 감상 따위 가질 여유조차 없었다. 스무 명쯤 되는 사람들이 피켓을 들고 목을 빼고 있었다.

마중 나온 현지 사무소 관계자는 재활용한 A4 종이에 정말 코딱지만 한 글씨로 내 이름 석 자를 적어놓고 나를 기다렸기에 나는 당연히도 그들을 발견하지 못했고, 20분쯤 흘러 이곳저곳을 서성이다가 "웰컴 투 우간다" 따위의 환영 인사 대신 "마담, 택시?"를 외치는 사람들 사이에서 넋을 잃은 채, '아이고 이제 국제 미아가 되겠구나' 하며 눈물을 글썽 하다가 겨우 발견을 '당'했다.

천운으로 그들을 만나 차에 올랐지만 낡은 승용차의 오른쪽 앞바퀴는 정확히 세 번이나 펴졌다. 명색이 한 나라의 수도로 향하는 길이었다. 당연히 길은 있었으되 도로라고 부를 만한 것은 없었고, 그것마저도 깨져 있거나 곳곳에 웅덩이와 진흙탕만 그득했다. 운전사는 주유소에 들러 셀프로 바퀴에 공기를 넣었고 어느 주유소에서는 바퀴를 빼 수리를 맡겼다 다시 끼웠다.

운전사가 차를 수리하는 사이 현지 직원은 어깨를 한 번 으쓱해 보이며 "This is Africa, Welcome to Uganda"라는 말을 위로라고 건넸고, 나는 염소똥이 널린 주유소 근처 풀밭에 앉아 아주 잠깐 유행성출혈열 따위를 걱정하며 가져올까 말까 고민하다 결국 가방에 넣은 소중한 초코파이를 그와 나눠 먹었다.

무사히 게스트하우스에 도착했지만 일요일인 탓에 빈 숙소에는 어둠만이 덩

그랬다. 간단히 규칙을 듣고 임시로 배정된 창문 없는 방에 짐을 던져놓은 뒤 모기장부터 쳤다. 지금 생각해보면 코웃음이 나온다. 충분히 예상을 해놓고도 왜 그런 기대와 실망을 했는지. 어쨌거나 그때는 모든 시설이 기대 이하였다. 샤워기의 손잡이를 아무리 돌려도 물은 나오지 않았다. 서른 시간 넘게 땀에 절어 있었다. 씻고 싶었다. 턱도 없이 큰 플라스틱 통을 세면대에 끼워 넣어 물을 받으려 애쓰다 욕이 튀어나왔다. 다 그만두고는 세수만 하고 낡은 침대에 누웠다. 눈앞에는 모기장과 거기에 어울리는 절실함만이 놓여 있었다. 매일 일기 쓰는 것을 원칙으로 삼았는데 짐을 풀 수도 무언가를 쓸 수도 없었다.

우간다를 떠나 본격적으로 여행을 시작하며 그날 엠피쓰리 플레이어에 녹음해둔 일기를 듣는다. 절망적인 목소리는 자책을 하며 왜 편안한 한국을 떠나왔느냐고 자문한다. 7분간 해답 없이 늘어놓는 넋두리를 듣자면 피식 웃음이 난다. 그 후로도 여행을 하면서 몇 번의 고비와 상념과 후회들이 있었지만, 녹음된 목소리를 들을 때마다 모든 상황은 에피소드 그 이상도 이하도 아닌 것으로 판명이 났다.

나는 그렇게 무사히, 동아프리카의 작은 나라 우간다의, 수도 캄팔라Kampala에서 차로 40분 혹은 한 시간 떨어진 난사나Nansana의, UPA라는 단체가 운영하는 게스트하우스, 입구 안쪽의 오른쪽 방 일명 '넬슨 만델라' 방에, 안착했다. 그리고 봉사자라는 껍데기를 쓰고 거기서 4개월을 살았다. 그 뒤 다른 아프리카 나라들과 중동의 몇몇 국가들을 거쳐 귀국할 때까지 떠남과 머무름은 계속되었다.

이렇게 간단한 일이다, 끝나고 보니 혹은 적어놓고 보니, 여행이란 것은, 떠남이란 것은.

등장 인물

켈렙

홍콩에서 온 봉사자 켈렙이 가장 많이 한 말은 "이번엔 내 차례야", "문제없어". 내가 가끔씩 우간다에 진저리칠 때마다 "TIA(This is Africa)"를 외치며 응원해주었다. 소풍과 휴일 학교를 함께 기획한 팀 아시아의 정신적 지주.

아사노

팀 아시아의 막내. 언제나 "문제없어"를 외치며 맨발에 맨손으로 뭐든 거리낌 없는 순수파. 일본인에 대한 스테레오 타입을 깨부순 친구이자 대기업 인턴을 3일 만에 때려치우더니 불현듯 우간다로 날아온 대책 없이 낭만적인 녀석. 헤어질 때 대성통곡을 해 마음을 찌릿하게 만들었다.

유이코

뜻을 품고 혼자 미국으로 건너가 고등학교와 대학교를 나온 뒤 우간다로 건너왔다. 이곳에서 7개월을 머무르며 우간다에 푹 빠진 유이코는 대학원 공부를 마친 뒤 다시 돌아와 '본격 우간다 라이프'를 펼칠 계획이다. 유이코에게 엘 셰다이 초등학교를 소개받은 나는 우간다에서 새로운 막을 열게 되었다.

캐스틴

독일 괴테 축제에서 기획자로 일하다가 우간다로 온 캐스틴은 게스트하우스의 정신적 지주. 우간다를 너무 껴안지도 내치지도 않은 채 중용의 미덕을 발휘하며 그 안에서 경계인으로 살아가는 법을 보여주었다.

카타리나

호기심 하면 카타리나. 사회학 전공자인 카타리나는 무슨 일이든 직접 경험해보고 사람들 만나는 일을 좋아해 배울 것이 많았다. 카수비 왕릉이 불탔을 때 홈스테이하던 현지 가족과 전통 의상을 입고 불탄 왕릉을 방문해 많은 사람들에게 찬사를 받으며 현지 언론을 장식하기도.

페트라

비슷한 시기에 우간다에 도착해 프로젝트를 시작한 친구. 현지인 가정으로 가기 전까지 한방을 쓰며 동거애를 키웠다. 핀란드 출신.

루카

대학 입학을 앞두고 이탈리아에서 온 스무 살 루카는 동네 꼬마들과 어울려 놀거나 심심하면 아프리카 드럼을 쳤다. 자신이 필요한 곳에 있겠다며 게스트하우스를 훌쩍 떠난 그를 다시 만나고 보니 산골 마을에서 아이들에게 영어를 가르치고 벽돌집을 짓는 데 손을 보태고 있었다!

필립

댄서이자 영화배우. 2010년 첫 주연 영화 〈이마니〉의 호평으로 차기작이 기대되는 루키.

모세

퀸 엘리자베스 국립공원을 주름 잡는 가이드 모세는 그 박식함과 친절함으로 'Bradt Travel Guide' 우간다 편에 소개되며 인기를 누리고 있다.

엘라

카타리나의 소개로 시세 섬 여행을 함께한 엘라는 항상 입버릇처럼 말했다. "난 진실만을 말해." 그리고 언젠가 그 말 뒤에 덧붙이기를, "동아프리카 3국 중 우간다 사람들이 가장 친절해, 유순하다구." 음모론에 약하고 회의적인 나도 엘라의 모든 말은 진실이라고 믿었다. 그래서 좀처럼 우간다를 떠날 수 없었던 것이 틀림없다.

톰

엘곤 산 가이드. 민첩하고 상황 판단이 빠르며 넘치지도 부족하지도 않은 친절을 가지고 트레킹 내내 도움을 준 청년.

페이션스

UPA 소속 직원으로 게스트하우스에서 함께 살며 우리의 생활을 돌봐준 아가씨.

넷

UPA 소속 직원으로 프로젝트와 관련한 모든 고민을 나누었으며, 특히 말라리아에 걸렸을 때 함께 병원에 가주고 많은 보살핌을 주었다.

샘

UPA 대표. 내가 머문 기간에 엉클 샘은 줄곧 해외에 있어 마주칠 기회가 거의 없었다. UPA를 만들어 오늘날까지 이끈, 연륜과 내공이 팍팍 느껴지는 '선구자'적인 인물.

리처드

공식적으로는 엘 셰다이 초등학교의 7학년 선생님이지만, 학교의 대소사와 여러 결정을 도맡는 주임 선생님. 소풍이나 휴일 학교 등을 열 때마다 리처드와 많은 의논을 했다.

데이지

학교의 유일한 미혼 여자 선생님. 친구처럼 '쿵짝'이 잘 맞아 쉬는 시간 함께 수다도 떨고 간식도 나눠 먹던 사이.

5학년 아이작

엘 셰다이 초등학교 전용 사진사. 사진에 대한 재능으로 우리에게 많은 고민을 안겨준 녀석. 캄팔라의 와토토 교회와 연결시켜줬는데, 아이작이 과연 관련 교육을 받을 수 있을지 귀추가 주목된다.

7학년 로즈

학교를 처음 방문했을 때 내게 질문을 쏟아부은 학생. 결과적으로 로즈의 질문들 덕에 나는 학교를 옮기게 됐고, 로즈는 내 학생이 돼 많은 순간을 함께했다. 우리는 가장 많이 이야기를 나눴고, 로즈는 나에게 현지식 이름을 붙여주었다.

6학년 로즈

똑소리 나는 로즈는 별명이 요리사. 몸이 아파 못 나오는 요리사 아주머니를 대신해 늘 점심 옥수수 죽을 만들었다. 의젓한 편지로 눈물을 안겨준 녀석.

7학년 무주니

엉뚱한 질문과 장난으로 관심을 끌던 개구쟁이. 그러나 방학이 끝난 뒤 학교에 나오지 않게 되면서 녀석과는 작별 인사를 나누지 못했다.

6학년 페레즈

페레즈는 우간다의 핵심 부족이자 다수 부족인 '부간다족'이 아니라는 데 의기소침해 했지만 누구보다 똑똑하고 의젓한 녀석이었다. 간곡한 부탁에 나만의 규칙을 깨고 녀석에게만 영어책을 선물했다.

5학년 제라드

찰스의 고아원에서 우리 학교에 다니던 제라드는 방학이 시작되자마자 가출을 해 모든 사람의 걱정을 샀다. 시내 한복판에서 거리의 아이가 된 녀석을 만났지만, 고아원으로 돌아오게 하는 데 실패했다. 지금까지도 마음의 짐으로 남은 녀석.

소피

휴가 차 탄자니아에 와 킬리만자로를 오르고 잔지바르에 머물던 소피를 만나 스톤타운과 켄드와 해변에서 함께 시간을 보냈다. 유쾌상쾌발랄한 런던 아가씨.

김종훈

탄자니아에서 보낸 마지막 날 우연히 만나 여행 이야기를 주고받은, 아프리카 여행에서 만난 유일한 한국 여행자. 그와 나눈 대화 덕분에 '여행에서의 나눔'에 대해 생각해보게 됐다. 지금은 호주의 캥거루 섬에서 열심히 땀 흘리고 있을 것이다.

솔로몬

에티오피아의 호텔 옥상 식당에서 우연히 만나 그곳에 머무르는 동안 함께 유적지를 둘러보고 탁구를 치고 축구 응원을 하고 많은 이야기를 나눴다. '여행은 곧 사람'이라는 진리를 다시 깨우쳐준 좋은 친구.

물루게타

솔로몬과 함께 곤다르 이곳저곳을 구경시켜준 또 다른 친구. 곤다르대학교의 환경공학도다.

솔로몬

호객꾼들이 판을 치는 바하르다르에서 처음부터 적정한 가격을 불러 내 귀를 의심케하던 '삐끼계'의 이단아. 그 덕에 좋은 가격에 보트 투어를 마칠 수 있었다.

이야야

버스표를 못 구해 낙담하던 나를 아디스아바바까지 갈 수 있게 이끌어준 청년. 대가 없는 친절의 '끝판왕'.

다금

초등학교만 졸업하면 버스 운전사 되는 게 꿈이라는 다금은 하라르 성을 안내해준 열네 살 소년. 다른 아이들처럼 무언가를 요구하지도 귀찮게 굴지도 않으며 시종 점잖게 안내했다.

시세이

에티오피아 태권도 국가대표 선수지만 올림픽에는 못 나가봤다며 아쉬워하는 것도 잠시, 태권도장에서 제자들을 가르친다며 눈을 반짝이던 '태권동자'.

비비안

우연히 세 번이나 만나 함께 밥을 먹고 커피숍을 찾아내 커피를 마시고 거리를 쏘다녔다. 케냐를 사랑하며 4개월의 아프리카 여행이 끝나가서 아쉽다던 홍콩의 골드미스.

단체 소개

UPA Uganda Pioneers' Association

우간다 현지의 학교, NGO, 고아원 등과 세계 각국의 봉사자를 연계해주는 단체(http://ugandapa.wordpress.com). 자체적으로 워크캠프나 단기 봉사 프로젝트를 기획하기도 한다. 봉사를 원하는 사람은 각국에 있는 UPA 협력 단체들에 서류를 보낸 뒤 통과가 되면 참가비를 내야 한다. 우간다의 수도 캄팔라에서 약 1시간쯤 떨어진 난사나에 있으며, 사무실 옆에 게스트하우스가 딸려 있어 봉사 기간 내내 묵을 수 있다. 물론 현지 가정 홈스테이도 연계해준다. 한국에서는 국제워크캠프기구(http://www.1.or.kr)와 유네스코 청소년팀(http://youth.unesco.or.kr)이 UPA와 연계되어 있다.

키파드 KIFAD, Kiyita Family Alliance for Development

에이즈와 빈곤 문제에 관심을 두고 감염자 지원과 예방 교육, 상담 등의 다양한 활동을 펼치는 NGO(http://www.kifad.org).

와토토 WATOTO

와토토 교회는 매주 토요일 교회가 운영하는 고아원을 둘러보는 투어 프로그램을 진행한다. 와토토 수비 마을은 캄팔라에서 1시간 정도 떨어진 어느 시골 마을의 높은 언덕에 있었다. 커다란 문을 통과하니 여러 채의 학교 건물과 드넓은 잔디밭이 나왔다. 학교 시설은 선진국 부럽지 않았고 우연히 들른 작은 강당에서는 아이들이 밴드 연주를 하고 있었다. 학교 뒤편으로 마을이 있는데 그곳이 바로 고아들의 삶터였다. 똑같은 집들이 그림처럼 줄지어 있고, 한 가정에 엄마의 소임을 하는 여성과 아이들 8명이 함께 생활한다고 했다. 집안일 하는 사람을 따로 둬 엄마는 아이들을 돌보기만 하면 된다고 했다. 그래서인지 아이들의 얼굴에는 구김 하나 없었다. 버려진 흔적은 어디에도 없었고 양어머니라고 듣지 않았다면 피를 나눈 가족이라고 해도 믿었을 것이다. 와토토 교회는 버려진 아이들을 '우간다의 차세대 리더'로 키운다고 했다. 우리는 언덕 위 와토토 마을과 언덕 아래의 평범한 마을을 번갈아 처다보며 우간다 보편의 현실과 한참 동떨어진 쾌적하고 럭셔리한 세계 앞에서 웃어야 할지 울어야 할지 알 수 없었다. 조건만 보면, 버려진 아이들에게는 '인생역전'이었다. 한 친구는 가정 내 아버지의 구실, 남성의 롤 모델이 없고 '고립'되다시피 살아가기 때문에 아이들이 다른 아프리카의 현실을 알 수 없을 거라고 지적했다. 맞는 말이었다. 그만큼 그곳은 별천지였다. 하지만 우리는 행복해 보이는 아이들의 모습 앞에서 쓸데없는 걱정을 지우기로 했다.

아시나가

일본 NGO 아시나가(http://www.ashinaga.org)는 고아들을 지원하는 단체다. 이 단체가 우간다에 지부를 냈는데 그곳이 내가 머무른 난사나에 있어 몇 번 방문했다. 우간다 아시나가는 에이즈 고아를 위한 교육 센터다. 이곳에서는 에이즈 고아 50여 명이 교육을 받는다. 오전에는 현지인 선생님들이 정규 수업을, 오후에는 봉사자를 주축으로 특별 수업이 진행된다. 봉사자가 자신 있는 과목이나 프로그램을 진행하는 것이다.
아시나가는 문구류를 비롯해 모든 것을 지원하며, 아이들이 아시나가에서 수업을 받는 동안 나머지 가족들은 수업료를 저축할 시간을 번다. 물론 아시나가 측에서도 장학금을 마련하기 위해 애쓰며 그렇게 실력을 쌓은 아이들은 인터뷰를 거쳐 정규 초등학교에 편입된다.
또 있다. 아시나가는 성적이 우수한 몇몇 학생들을 뽑아 일본 유학을 보내준다. 학비는 기본이고, 일본 아시나가가 도쿄와 고베에 기숙사를 갖고 있어 아이들의 숙식은 물론 생활비까지 지원한다.
몇몇 아이들이 일본으로 떠나기 전에 마련된 환송회 행사에 초대를 받아 방문한 적이 있었다. 와세다대학교에 합격한 조제프와 고베에서 대학을 다니게 된 줄리아, 아이린을 위한 자리였다. 국제관계학을 공부하게 될 조제프는 "반은 좋고 반은 나쁘다"고 했다. 가족들과 떨어져 낯선 곳에서 적응해 살아가야 할 일이 까마득하지만, 자신에게 주어진 이 기회가 어떤 의미인지 충분히 잘 알고 있는 듯 했다. 에이즈로 죽은 아이들의 부모를 대신해 가족들이 작별 인사를 전했고, 맨 마지막 순서는 모든 사람들이 세 아이들의 머리를 향해 손을 뻗고 축원을 빌어주는 기도였다.
일본 아시나가도 그렇지만 우간다의 아시나가 역시 일본 기부자들에 의해 운영되고 있었다. 물론 국제 단체나 우간다 국내의 기업 등에게 후원을 받기도 한다. 국제적으로 유명한 단체가 아닌데도 이렇게 우간다의 작은 마을에 와서 뿌리를 내리고 현실적인 프로그램들을 마련하는 것을 보니 부러운 마음부터 일었다.

괴테 센터 Goethe Zentrum

캄팔라에 있는 괴테 센터는 해마다 거리 축제를 연다. 여러 장르의 아티스트들이 참가해 작품을 전시하고 관객들에게 그림이나 공예품을 판다. 특별 행사로 콘서트나 체험 프로그램이 마련되기도 한다. 게스트하우스 식구들은 캐스틴이 축제의 스텝인 덕분에 자원봉사자로 참여할 수 있었다. 아프리카에서 문화 축제라! 독일인들이 마련한 축제지만 역시나 일하는 방식은 이미 아프리카식이었다. 기념 티셔츠에는 오자가, 예술가들에게 나눠줄 점심 바우처는 점심시간에 맞춰 발행됐고, 주먹구구식으로 행사가 진행됐다. 하지만 색채가 화려한 우간다 그림을 실컷 감상한 건 예상 밖의 큰 수확이었다.

용어 사전

무중구[Mugungu]

흰 피부의 사람을 뜻하는 말로 외국인을 가리킨다. 우간다에서 가장 많이 듣게 되는 말이 바로 이 '무중구' 아닐까.

TIA

'이것이 아프리카(This is Africa)'의 머리글자를 따서 TIA라 외치며 황당한 일들을 웃어 넘겼다. TIA는 기존의 잣대로 아프리카를 이해하려 할 때마다 제동을 걸어주었고, 그들을 있는 그대로 볼 수 있는 힘을 주었다. 그야말로 마법의 주문.

마타투[Matatu]

우간다 서민이 이용하는 봉고 버스. 대부분 '도요타' 봉고차를 살짝 개조하거나 그냥 쓴다. 일반적인 대형 버스는 장거리 이동할 때만 탄다. 운전사와 차장 일을 하는 남성(컨덕터)이 콤비를 이룬다. 보통 원하는 곳에서 타고 내릴 수 있다. 내리고 싶을 때는 "마싸오!" 또는 "스테이지!"라고 외친다. 거스름돈이 모자란다 싶으면 "밸런스!"라고 강하게 어필할 것. 기본 요금은 500우간다 실링부터.

컨덕터[Conductor]

마타투에서 운전사와 교감하며 탈 만한 승객을 태우고 내릴 곳에 세워주고 돈을 받고 거스름돈을 내어주는 사람. 기꺼이 손님들의 짐을 자신의 무릎 위에 놓으며 아이 손님은 무릎에 앉히고 가기도 한다. 소년들이 많으며 마타투 안에서만큼은 절대 권력을 가지고 있다.

보다보다[Bodaboda]

우간다의 오토바이 택시. 가끔 운전사 뒤로 4인 가족이 타기도 한다. 마타투보다 훨씬 비싸고 흥정은 필수. 보다보다 운전사 중에는 술을 마신 채 영업하는 경우도 종종 있기에 운전사의 눈이 빨간지 아닌지 늘 살피고 탔다.

다라다라Daradara

작은 트럭을 개조해 만든 탄자니아식 봉고 버스.

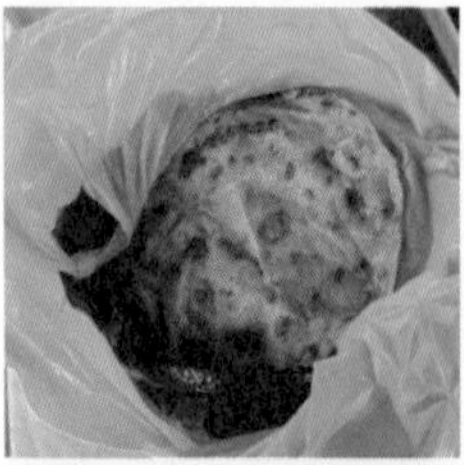

차파티chappati

북인도 지방의 주식인 차파티는 우간다에서도 인기. 얇게 편 밀가루 반죽을 기름 두른 팬에 구워내는 것으로 한 장에 100원!

롤렉스

차파티 안에 달걀과 채소를 섞은 간단 오믈렛을 넣어 돌돌 말아 먹는 것은 롤렉스(Roleggs 또는 Rolex)라 부른다.

마토케Matocke

우간다의 주식인 녹색 바나나를 말한다. 주로 바나나를 익혀 으깨서 소스와 함께 먹거나 모양을 그대로 살려 소스에 넣고 함께 끓인다.

포쇼Posho

옥수수 가루를 떡처럼 쪄서 만든, 우간다 음식. 꼭 백설기처럼 생겼다. 쌀이나 마토케보다 값이 싸서 인기 있는 주식이며, 특히 삶은 콩 소스와 어울린다. 탄자니아에서는 이 음식을 우갈리Ugali라고 부른다.

인제라injera

에티오피아 고유의 작물 테프Teff(수수과 식물)를 갈아 물과 섞어 숙성시킨 뒤 큰 쟁반 크기로 얇게 부쳐낸 주식이다. 쟁반만 한 접시 위에 인제라를 놓고 그 위에 각종 소스를 올려내면 싸서 먹는다.

분나Buna

잘 알려진 것처럼 커피의 기원을 거슬러 올라가면 에티오피아가 나온다. 칼디라는 이름의 목동이 우연히 발견한 열매가 커피였고 전세계로 전파됐다고 전해진다. 그래서일까. 커피 산지로도 유명한 에티오피아에서 커피는 국민 음료다. 주로 마키아토를 많이 마시고 홍차도 인기 있는 편. 분나는 커피의 현지식 이름이다.

차트Chat

에티오피아 곳곳에서 풀잎을 질겅이는 사람들을 볼 수 있다. 골목 귀퉁이에서 나뭇가지채로 잔뜩 늘어놓으면 한 묶음씩 사가는 사람들이 쉽게 눈에 띈다. 이 이파리는 환각성 식물인데 법적으로 허용되기 때문에 많은 사람들이 즐기며, 특히 장거리 이동을 할 때 밥을 먹고 난 사람들이 껌처럼 무언가를 씹고 있다면, 그건 백발백중 차트다.

파굼pagume

에티오피아에서는 우리와 다른 달력을 쓴다. 에티오피아 정교가 예수의 탄생 시점을 다르게 잡았고 에티오피아력은 거의 보통 나라에서 쓰는 그레고리력보다 7년 8개월이 늦다. 그리고 에티오피아력에 따르면 1년은 13개월로 되어 있는데, 바로 이 13번째 달의 이름이 암하릭어로 파굼이며, 이 마지막 달은 5일까지 있다고 한다.

웰발레Welbale

'감사합니다'라는 뜻의 우간다 인사.

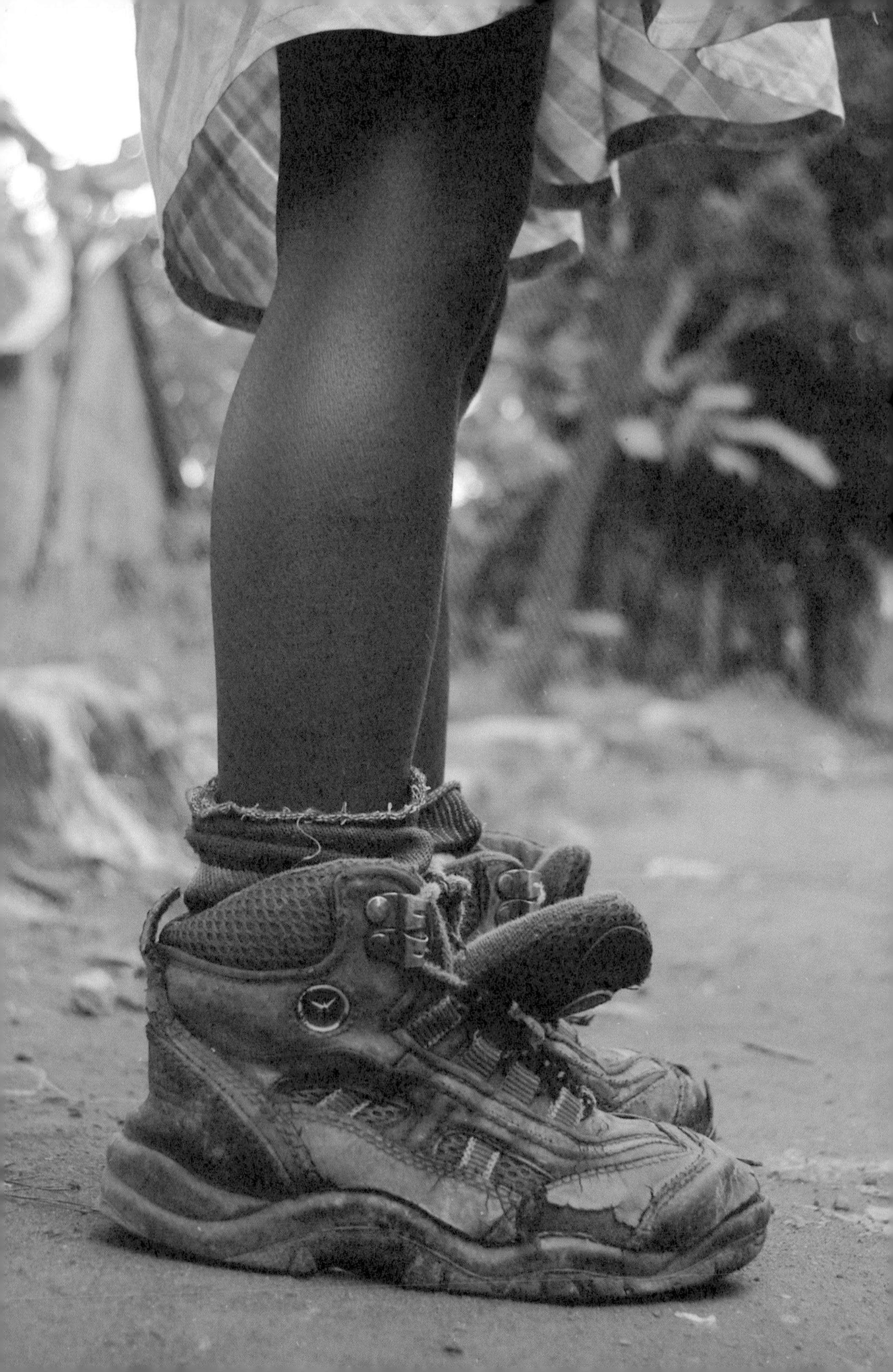

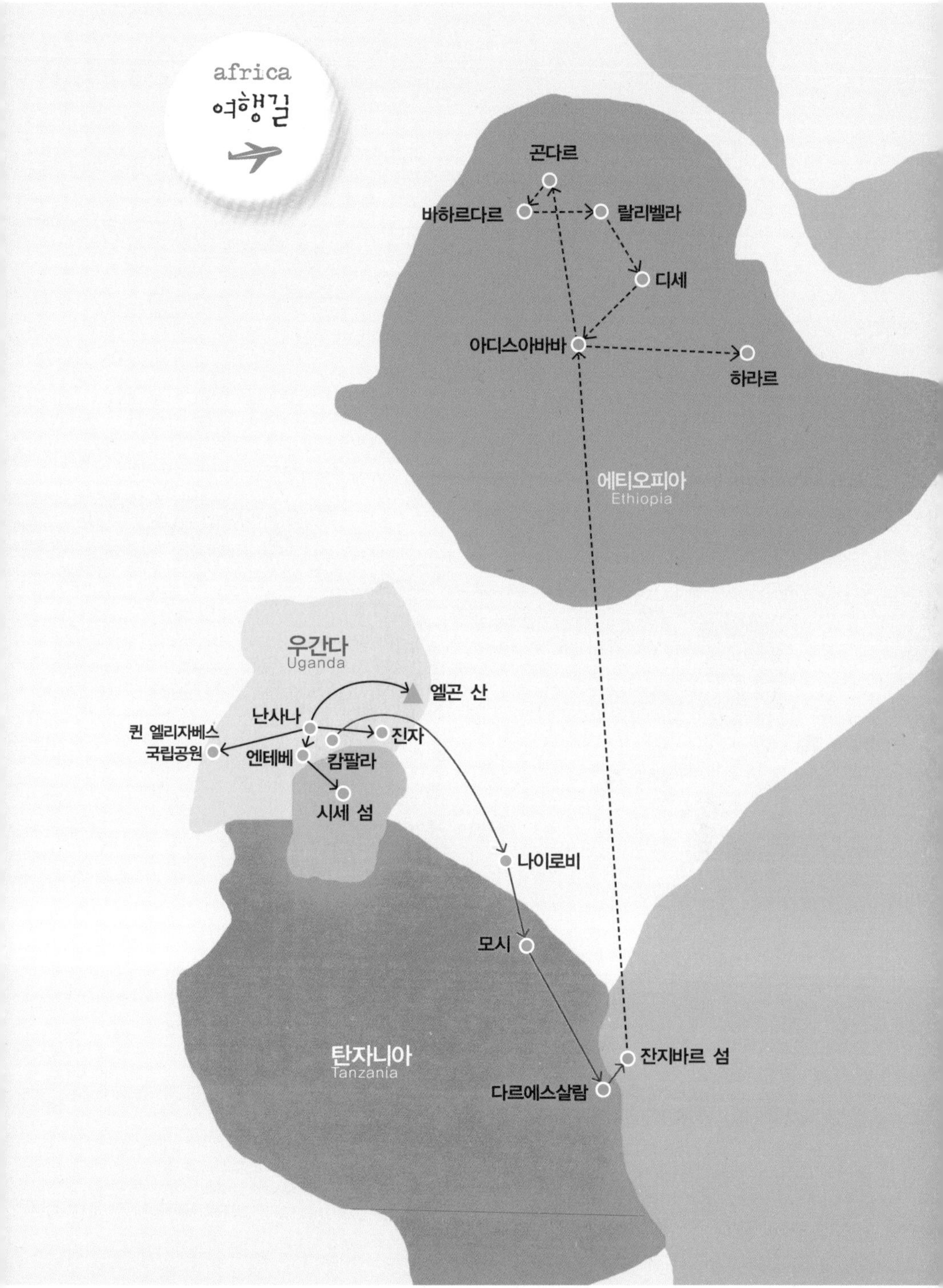

africa
여행길
곤다르
바하르다르
랄리벨라
디세
아디스아바바
하라르
에티오피아
Ethiopia
우간다
Uganda
엘곤 산
난사나
진자
퀸 엘리자베스
국립공원
엔테베
캄팔라
시세 섬
나이로비
모시
탄자니아
Tanzania
잔지바르 섬
다르에스살람

celtel
Deep down
refreshment
WARID
PARTNER
Budadiri
12 Km

1부

우간다, 잘 지내나요

in uganda

샤론, 꽃 같은 아이의 웃음에 내 마음에도 잠깐 꽃이 피었었는데.

샤론의
발가락은
누가 긁어주는가

•

종이를 접었다. 굳이 세어보니 17년 만이었다. 한 달 정도 머물던 학교를 떠나 다른 초등학교로 옮기기로 결정하면서, 서운해하는 아이들에게 선물을 하기로 했다. 고민 끝에 아이들이 혼자 종이접기를 할 수 없다는 데 생각이 미쳤다. 인형이나 장난감을 서로 가지려고 싸우던 모습도 떠올랐다.

그래서 종이로 무언가를 접기 시작했다. 오랜만이라 서툴렀지만 게스트하우스에 굴러다니는 종이접기 교본을 보며 아이들이 좋아할 만한 것을 골랐다. 하나씩 접을 때마다 그 위에 아이들의 이름을 써넣었다.

처음 '캄팔라 핸디캡 스쿨'에 배정을 받았을 때, 나는 겁이 났다. 장애 학생을 만나본 적도 없고, 그 아이들에게 도움이 될 만한 기술도 없었기 때문이다. 게다가 학교 측에서는 내가 스스로 할 일을 찾기를 바랐다. 이곳저곳 교실을 기웃거리고 수업 후 특별활동에 참여하다 보니 일주일이 훌쩍 지나갔다. 결정을 해야 했다. 유아반에는 이미 독일인 봉사자 줄리아가 있었다. 나는 1학년을 거쳐 2학년 보조 교사를 하기로 마음을 굳혔다.

내가 할 일은 아이들에게 교육용 장난감을 나눠주고 다 쓴 뒤에 정리하거나 개별적으로 아이들의 수업 내용을 봐주는 것이었다. 그리고 점심시간이나 간식시간에 휠체어를 밀어 아이들을 식당이나 교실 밖으로 데려다주는 것도 내 몫이었다.

어떤 날엔가, 이야기책을 읽어주는 수업이 진행됐다. 선생님은 책을 읽고, 나는 그 책에 등장하는 악어, 닭, 개와 같은 동물을 본떠 만든 장난감을 아이들에게 보여주었다. 누가 만들었는지 장난감은 조악했다. 엉성한 바느질에 동물의 모습도 조금씩 왜곡되어 있었다. 그래도 아이들은 서로 만지고 싶어 야단이었다. 책 읽기가 끝난 뒤 책에 나오는 동물을 그리는 시간이 되자 손이 성치 않은 아이들도 삐뚤빼뚤 선을 잇느라 열심이었다. 그날 나는 '개구리 전문 선생님'이 되었다. 너도나도 "선생님 개구리 한 마리만요"라고 외쳤다.

그게 뭐라고. 아이들은 자신의 공책에 잘 그려진 개구리 한 마리를 갖기 위해 내 이름을 목청껏 불렀다. 오래도록 잊지 못할 수업이었다.

학교에는 '땡큐'가 몸에 밴 아이들이 있다. 조금만 거들어도, 칭찬을 해줘도, "땡큐 소 머치"다. 휠체어 당번들도 있다. 다리가 성하건 성하지 않건 몸이 더 불편한 친구가 화장실에 가고 싶어할 때마다 알아서 돕는다. 누가 시킨 것도 아니다. 이를테면 휠체어를 탄 셰드락이 손을 들면 토머스가 목발을 챙겨 일어선다. 그러더니 목발에 의지해 휠체어를 밀면서 화장실로 데려간다.

이건 아이들끼리의 동지애이겠지만 어린 녀석들의 그런 끈끈함이 무척이나 보기 좋았다. 물론 한창 그럴 때라 서로 가지려고 싸우고 뺏고 울고불고 할 때도 많지만.

그중에 눈에 띄는 아이가 있었다. 샤론은 똑똑한 녀석이었다. 수학 문제든 영어 문제든 척척 풀었다. 아이는 단지 몸을 쓰는 것이 자유롭지 않았다. 근육이 굳어 연필 잡는 것조차 힘들었다. 한 글자 한 글자 써나갈 때마다 온몸이 바르르 떨렸다.

"휴, 선생님 조금만 쉴게요."

두어 문제 풀고 나면 샤론은 꼭 엎드려 거친 숨을 내쉬었다. 하지만 한 번도 중간에 그만하겠다고 한 적이 없다. 다른 아이들이 꾀를 부릴 때도, 옆자리 친구와 다툴 때도 샤론은 묵묵했다. 나는 아이가 일찍 철이 들어버린 것 같아 안쓰럽기도 했지만 의젓한 모습에 남몰래 팬이 되었다.

그 학교에 나가기로 한 마지막 주였다.

"선생님, 수수."

샤론이 처음으로 내게 부탁했다. 화장실에 가고 싶다는 뜻이었다. 아이들은 서로 돕거나 보조 교사에게 부탁해 배변 문제를 해결했는데 이날 처음으로 내게 도와 달라고 한 것이다. 나는 샤론이 마음을 연 것이 기쁘면서도 한편으로는 잘 도와줄 수 있을지 걱정됐다.

아이들이 쓰는 화장실에 간 것도 처음이었다. 문 없이 네 칸으로 나뉜 공간에 검은 플라스틱 원통이 세워져 있었다. 어린 아이들이더라도 수치심이 없는 것은 아닐 텐데 남녀 구분이 없고 문이 없는 게 마음에 걸렸다. 한편으로는 몸이 불편한 아이들이 이용하려면 문이 없는 게 낫겠다 싶기도 했다.

나는 샤론의 지시에 따라 신속히 움직였다. 아이를 휠체어에서 일으켜 속옷을 내려주었고 간신히 들어 변기에 앉혔다. 볼일이 끝났다는 신호를 받자마자 일으켜 세워 속옷을 올리고 다시 간신히 휠체어에 앉혀주었다. 옷매무새를 바로 해주고 마음대로 안 되는 발을 휠체어 발 받침대에 올리고 나니 땀이 찍 났다. 샤론은 내게 세심하다는 뜻으로 감사의 표현을 네 번쯤인가 했다. 나는 별일 아니라는 듯 어깨를 으쓱해 보였지만, 코끝이 싸했다. 몇몇 아이들은 친구들의 도움을 받아 배변을 해결하기도 하는 모양인데, 그건 장애 정도나 숙련 정도에 따라 달랐다. 어쨌거나 샤론에게는 보조 교사 없이 엄두도 못 낼 일이었다.

어느 날 수학 시간이었다. 평소대로 선생님이 수학 문제를 칠판 가득 내고 아이들은 공책에 옮겨 풀고 있었다. 내가 할 일은 아이들이 잘 풀고 있는지 살피는 것과 셰드락이 숫자를 익힐 수 있게 돕는 것이었다.

셰드락은 샤론의 짝꿍이었다. 아이는 숫자를 몰랐다. 나는 열 번이고 스무 번이고 계속 반복해서 1부터 10까지 세었다. 셰드락은 3까지는 곧장 외었다. 하지만 그 뒤의 숫자는 모두 "어, 어"였다. 그날도 셰드락의 곁에서 1부터 10까지 세고 있었다.

"원, 투, 쓰리, 포, 파이브, 식스……."

"선생님, 도와주세요."

옆자리의 샤론이었다. 아이 쪽으로 갔다. 샤론은 연필로 자신의 발을 가리켰다. 나는 발을 휠체어 받침대에 잘 올려 달라는 건 줄 알고 그렇게 했다.

"아니오, 여기, 여기."

그녀는 자꾸만 발의 어딘가를 가리켰다. 나는 알아들을 수 없어 선생님에게 샤론이 무엇을 원하는 건지 물었다. 현지어로 이야기를 주고받던 선생님이 웃었다.

"샤론이 발가락을 긁어 달래요."

그랬다. 발가락이 가려운데 굳은 몸으로 혼자 어떻게 해볼 수가 없던 거다. 손으로 벅벅 긁다가 아플까 싶어 연필 뒤의 지우개로 살살 문질러주었다. 샤론이 꽃 같은 웃음을 터뜨렸다.

"좋아요. 아주 좋아요."

열심히 발가락을 긁어주며 생각했다.

'그렇다면 다른 때는? 평소에 발가락이나 다른 곳이 가려우면 어떻게 하지?'

학교를 그만두면서 한 가장 큰 걱정도 바로 이것이었다.

마지막 날, 아이들에게 종이 접은 것을 선물했다. 개구리, 꽃, 집, 돛단배, 공. 아이들은 색색의 종이 장난감 앞에서 박수를 쳤고 오피오는 침을 흘렸다. 안면 근육 때문에 웃을 때마다 침을 흘리는 녀석이었다. 그만큼 좋다는 거겠지.

그런데 그날 샤론이 수업에 나오지 않았다. 수두에 걸렸다고 했다. 기숙사에 찾아갔더니 아이는 축 처져 누워 있었다. 샤론에게는 접은 종이 인형을 주었다. 아이가 없는 기운을 모아 또 활짝 웃었다.

'요 녀석을 다시는 못 본단 말이지.'

나는 주책없이 조금 눈시울이 붉어져서는 멋쩍게 덧붙였다.

"그런데 샤론, 너 발가락이 또 가려우면 어떻게 해?"

샤론이 종이 인형을 흔들며 깔깔 웃었다.

"걱정 말아요 선생님. 또 봐요."

그런데 그것이 마지막이었다.

crocodile
sheep
hen
Shapes
circle
rectangle
square
triangle
an oval
1 - one
2 - two
6 - six
7 - seven
Count and write the number

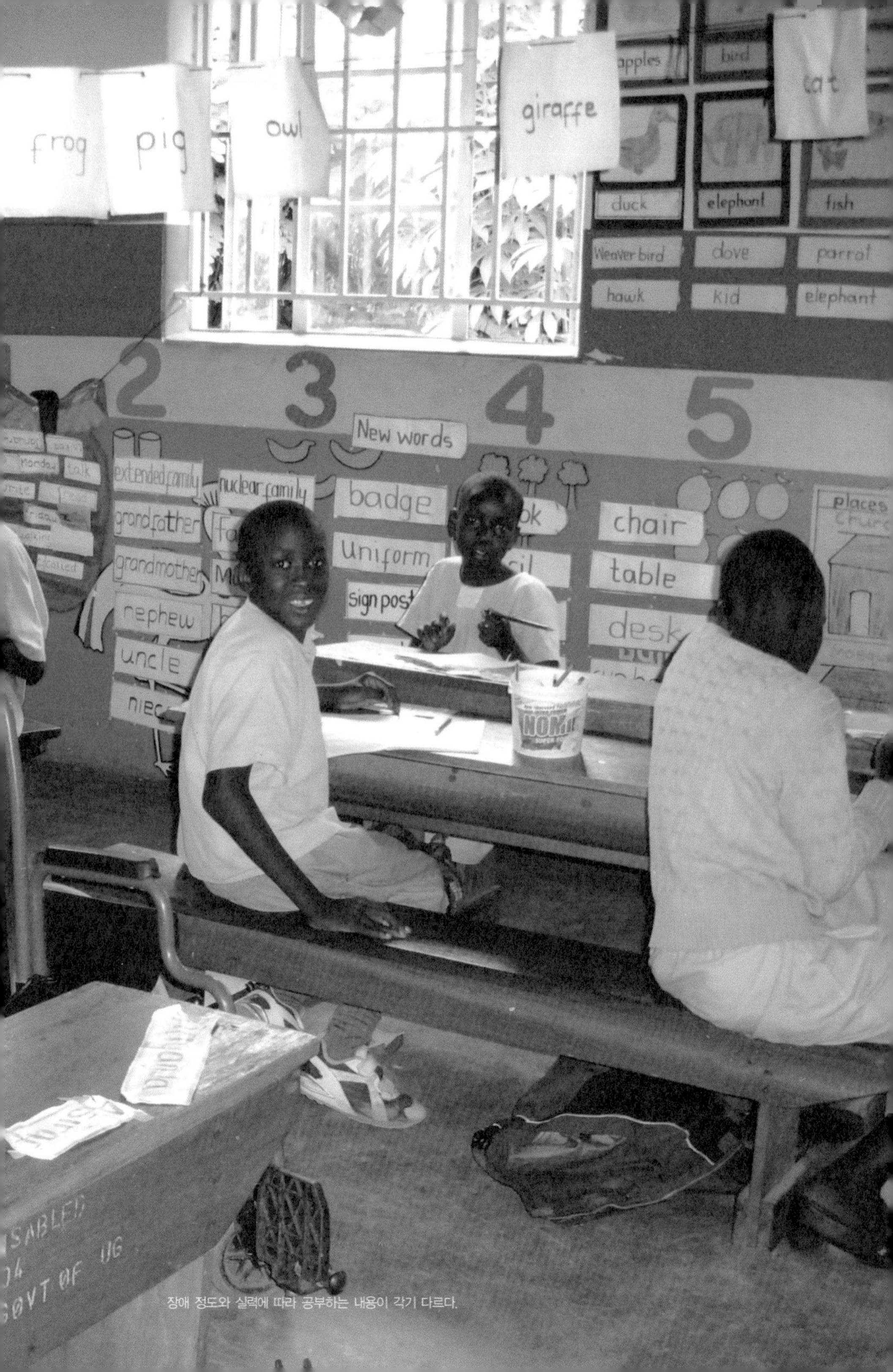

장애 정도와 실력에 따라 공부하는 내용이 각기 다르다.

1 뛰어놀기 좋은 엘 셰다이 초등학교의 운동장. 풀로 덮여 있어 맨발로도 문제없다.
2 나무 조각과 슬레이트로 얼기설기 엮어놓은 2학년 교실.

다시 첫 만남,
엘 셰다이
초등학교

•

내가 학교를 옮기고 싶어한다는 이야기를 들은 유이코는 아는 초등학교를 소개해주고 싶어했다. 약속한 금요일, 하필 아침부터 비가 내렸다. 우기에 내리는 비는 발을 묶는다. 우산도 우의도 다 소용이 없다. 잠자코 비가 그치기만 기다렸다.

오래지 않아 비는 멎었지만 여전히 대기는 물기를 잔뜩 머금었고 막 떠오른 태양은 평소처럼 뜨거워 뒷목이 금세 타버렸다. 봉고 버스 '마타투'에서 오토바이 택시 '보다보다'로 갈아타고 바지에 흙탕물을 잔뜩 묻힌 채 학교에 도착했다. 그러니까 학교는 버스와 지하철을 갈아타고도 한참을 마을버스로 들어가야 하는 서울 변두리의 소도시, 다시 그 소도시의 변두리에 있는 셈이었다.

수업 중인지 학교는 조용했다. 유이코는 이것이 우간다의 평균 수준이라며 귀엣말을 했다. 새삼 학교를 둘러보았다. 흙바닥에 슬레이트, 초라한 그네가 하나, 잡초가 쿠션 구실을 해주는 운동장, 멀리 구름이 낮게 흐르고 비 온 뒤의 강한 햇살이 초라한 학교를 구석구석 비췄다.

쉬는 시간에 밖으로 뛰어나온 아이들은 야생마처럼 달렸다. 흰 팬티, 분홍 팬티, 참외 같은 배꼽도 부끄럼을 몰랐다. 너덧 살 된 유아반 아이들은 신기한 듯 나와 유이코의 주변을 맴돌았다. 몇몇은 맨발로 공을 굴렸고 고학년으로 보이는 소년들은 풀밭 운동장에 비스듬이 누워 풀잎을 입에 물고 있었다.

"축복이야."

누구도 알아들을 수 없는 우리말이 튀어나왔다. 아이들이 저렇게 웃고 뛰어

노는 건 순전히 저 운동장 덕이 틀림없었다. 그 흔한 미끄럼틀이나 시소 하나 없이도 모든 것이 완벽해 보였다.

서로 얼굴도 익힐 겸 게임을 하기로 하고 선생님의 배려로 아이들을 운동장에 불러 모았다. '컬러 게임'은 우리가 색을 지정하고 아이들이 그 색을 찾아내는 것. 술래잡기 하듯 색을 찾지 못한 아이들을 붙잡으면 됐다. 파란색, 분홍색, 녹색, 세상의 온갖 예쁜 색이 다 나왔다. 그러다 내가 외쳤다.

"노란색!"

아이들은 조금의 망설임도 없이 나와 유이코에게 달려든다. 순식간에 팔다리가 아이들에게 묶인다. 아이들에게 노란색은 우리의 피부색이다. 하지만 우리는 천지가 '검정'이었는데도 결코 검정색을 외칠 수 없었다. 아무도 그러라 일러주지 않았는데 검정은 우리에게 금기어였다.

게임이 끝나자 고학년을 담당하는 리처드 선생님이 학교 안내를 맡았다. 학교는 아담했다. 문도 따로 없는 학교에 들어서면 왼쪽으로는 교실 건물이 한 채, 그 건물 다음으로는 주방으로 쓰는 작은 공간, 물탱크 하나, 그리고 저학년용 작은 판잣집 교실이 전부였다. 작년이든가 우기의 큰 비바람으로 무너졌다는 건물의 한쪽은 보수됐지만 그때의 아찔한 흔적을 흉터처럼 갖고 있었다.

리처드 선생님이 나와 유이코를 교무실로 이끌었다. 교무실이라고 해봐야 여느 교실과 다를 바 없이 흙바닥에 엉성한 벽돌벽이다. 한 아이가 물컵을 들고 따라 들어왔다. 뭔가 했더니 손 씻을 물이었다. 황송하게도 아이가 가져다준 물로 손을 헹궜다. 컵의 3분의 1 정도밖에 안 되는 물로 3명이 손을 씻고나자 나와 유이코는 마치 큰일이라도 해낸 듯 뿌듯해졌다.

"이것이 아프리카야!"

이곳 우간다의 학교에서는 따로 쉬는 시간이 없고 오전에 한 번, 30분 정도 차를 마시는 시간이 있다. 또 다른 학생이 간식을 가져다줬다. 아주 어릴 적 먹던 엄마표 도넛과 비슷한 빵이 차와 함께 나왔다. 차는 그냥 단물이었는데, 그건 설탕이 귀한 이곳에서 최고의 환대를 의미했다.

마침 내가 방문한 그날은 '종교 행사'가 있는 금요일이었다. 바람 따라 춤추듯 달리던 아이들도 제법 갖춰 입고 둘러앉았다. 학생 중 대표 격인 누군가가 진행을 하고 역시 몇몇 고학년 학생들이 앞으로 나와 찬송가를 불렀다. 엄숙한 분위기는 곧 깨지고 박수를 치며 흥겨운 노래를 이어나갔다. 종교 시간이 아니었으면 찬송가라고는 상상도 못할, 춤과 박수가 어우러진 노래였다.

그리고 기도가 시작됐다. 누구는 일어서고 누구는 맨땅에 엎드린 가운데 기도 사이사이 눈물과 절규가 오갔다. 지금까지 한 번도 본 적 없는 순수한 몰두와 신심信心이 아이들 사이에서 흘러나왔다. 죄를 지으면 얼마나 지을까 싶은 꼬맹이들은 끊임없이 중얼대며 죄를 사하여 주십사 빌었고 "신이시여, 신이시여!"를 연발했다.

행사가 끝나고 아이들은 줄을 서서 점심으로 옥수수 죽 한 컵을 받았는데 나와 유이코가 대접받은 접시에는 밥의 절반이나 적실 수 있는 국물과 조그만 돼지고기 세 점이 수줍게 놓여 있었다.

"아니, 어떻게 돼지고기 요리를!"

유이코가 놀라 물었다. 듣고 보니 우간다에서는 돼지고기가 육류 중에서 가장 비싼 축에 속했다. 환대에 답하는 길은 빈 접시밖에 없었다. 접시 가득한 쌀밥을 싹싹 비우고 학교 이야기를 나눴다.

"또 봐요, 선생님!"

집으로 돌아가는 아이들이 교무실로 얼굴을 쑥 내밀고는 수줍은 혀를 내빼고 도망쳤다. 학교를 나서는 길에 누군가 나를 불러 세웠다. 수줍음이 꽃봉오

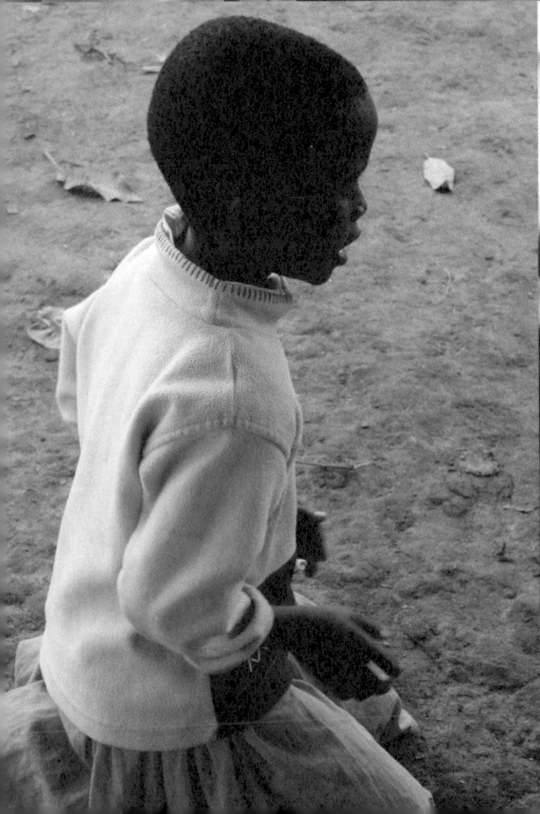

리처럼 얼굴 가득 피어나던 학생이었다. 7학년 로즈. 이름이 얼굴과 같구나 하고 싱긋 웃었더니 질문이 날아든다.

"어디서 오셨어요?"

"선생님 나라에서도 옥수수 죽을 먹어요?"

"주요 산업은 무엇인가요?"

"우간다에는 왜 오셨어요?"

"아버지 이름은 무엇인가요?"

"무슨 부족 출신이에요?"

시간이 없어 아이의 물음에 제대로 대답을 해주지 못하고 학교를 나섰다. 아마 그래서였을 것이다. 나를 불러 세운 그 아이를 다시 보고 싶다는 생각이 문득 들었다. 못 해준 대답도 해주고 싶었다. 하지만 이 초등학교는 내가 소속된 UPA에 등록되어 있지 않은 곳이라 따로 승인이 필요했다. 그래서 학교장을 만나 면담을 하고, 다시 UPA 담당자들과 학교장이 모두 모여 회의를 했다. 그리고 긍정적인 대답이 떨어졌다. 그 자리에 모인 모든 사람들이 힘찬 악수를 주고받았다.

그렇게 나는 엘 셰다이 초등학교의 첫 번째 봉사자가 되었다.

교실과 마찬가지로 특별할 것 없는 교무실에서 다과를 즐기는 선생님들.

'베푼다'는 착각에서 내 자신을 내려놓는 일

학교에는 선생님이 부족했다. 교실도 부족했다. 5학년과 6학년은 같은 교실을 썼다. 선생님이 5학년 수업을 하는 동안 6학년은 자습을 했다. 6학년이 수업을 하면 그 반대였다. 누구도 아이들에게 공부를 열심히 하라고 또 잘하라고 닦달하지 않는데, 아이들은 무엇이든 배우고 싶어했다.

"뭘 공부하면 좋을까요?"

수업 첫날, 아이들에게 물었다.

"과학이요."

"수학이요."

"영어요."

"사회요."

그러니까 결국, 아이들이 배우고 싶은 것은 정규 과정의 네 과목 전부였다.

고심 끝에 4학년부터 7학년까지 영어를 맡았다. 하지만 실제 교과서를 가지고 정규 영어 수업을 할 수는 없었다. 학년별 수준에 맞춰 수업을 하기에는 전공자가 아닌 내 실력이 부족했기 때문이다. 또 굳이 변명을 하자면 수업에 쓸 교과서는 전교에 딱 한 권뿐이었다. 미리 수업을 준비할 수도, 그 책을 빌리기도 어려웠다. 몇몇 학년의 어떤 과목은 교과서조차 없었다.

그래서 정규 과정에서 배우지 않는 것을 가르쳐보기로 했다. 그건 다양한 활동을 포함한 영어 수업이었다. 학급 신문 만들기, 마인드 맵 그리기, 직업 세계

탐구, 영어 퍼즐, 스피드 게임, 감상문 쓰기, 종이접기 등을 비롯해 사전과 세계 지도를 이용하는 수업도 계획했다.

이곳 아이들에게 꿈이란 직업, 즉 돈을 벌 수 있는 '기회'를 의미한다. 또 그들에게 세상은 학교와 집이라는 울타리 안에만 존재했으므로 그 세상 밖에 얼마나 다양한 직업이 있는지 알기란 힘들었다. 예전에 우리가 그런 것처럼 아이들에게는 은행원, 선생님, 의사, 농부가 전부였다.

그래서 준비한 것은 각종 신문과 잡지 등에서 오려낸 직업인들의 모습. 시청각 자료가 전무하다시피 하니 직접 눈으로 보여주고 싶은 마음이 컸다. 아이들에게는 수의사도, 컴퓨터 프로그래머도, 모든 게 낯설었다. 사람도 아닌 동물이 치료를 받다니, 컴퓨터가 대체 뭐라니, 의문과 호기심을 품은 아이들의 눈이 늘 그렇듯 반짝였다.

"선생님, 모델도 '블루밴드'를 먹나요?"

뜻밖의 질문이었다. 어떻게 모델이 될 수 있느냐, 모델이 하는 일은 무엇이냐, 7학년 무주니가 궁금한 것은 이런 예상 질문에서 한참 벗어나 있었다.

"글쎄. 그게 왜 궁금해?"

"키가 저렇게 크잖아요. 블루밴드를 먹는 게 분명해요."

반에서 키가 가장 작은 무주니는 키가 껑충한 모델 사진을 보고는 믿을 수 없다는 표정으로 자꾸만 고개를 저었다. 블루밴드는 유명한 마가린 상표인데, 현지인들은 좀더 값싸고 활용도가 높은 팜유를 쓰기 때문에 먹을 기회가 거의 없다. 그래서 아이들은 비싼 블루밴드를 먹으면 키도 크고 살도 찐다는 생각을 갖고 있다. 필시 무주니도 모델 키의 비결은 블루밴드 때문이리라, 그렇게 생각했을 거다.

종이접기 시간에는 아이들이 처음으로 종이를 접어본다는 것을 알게 됐다.

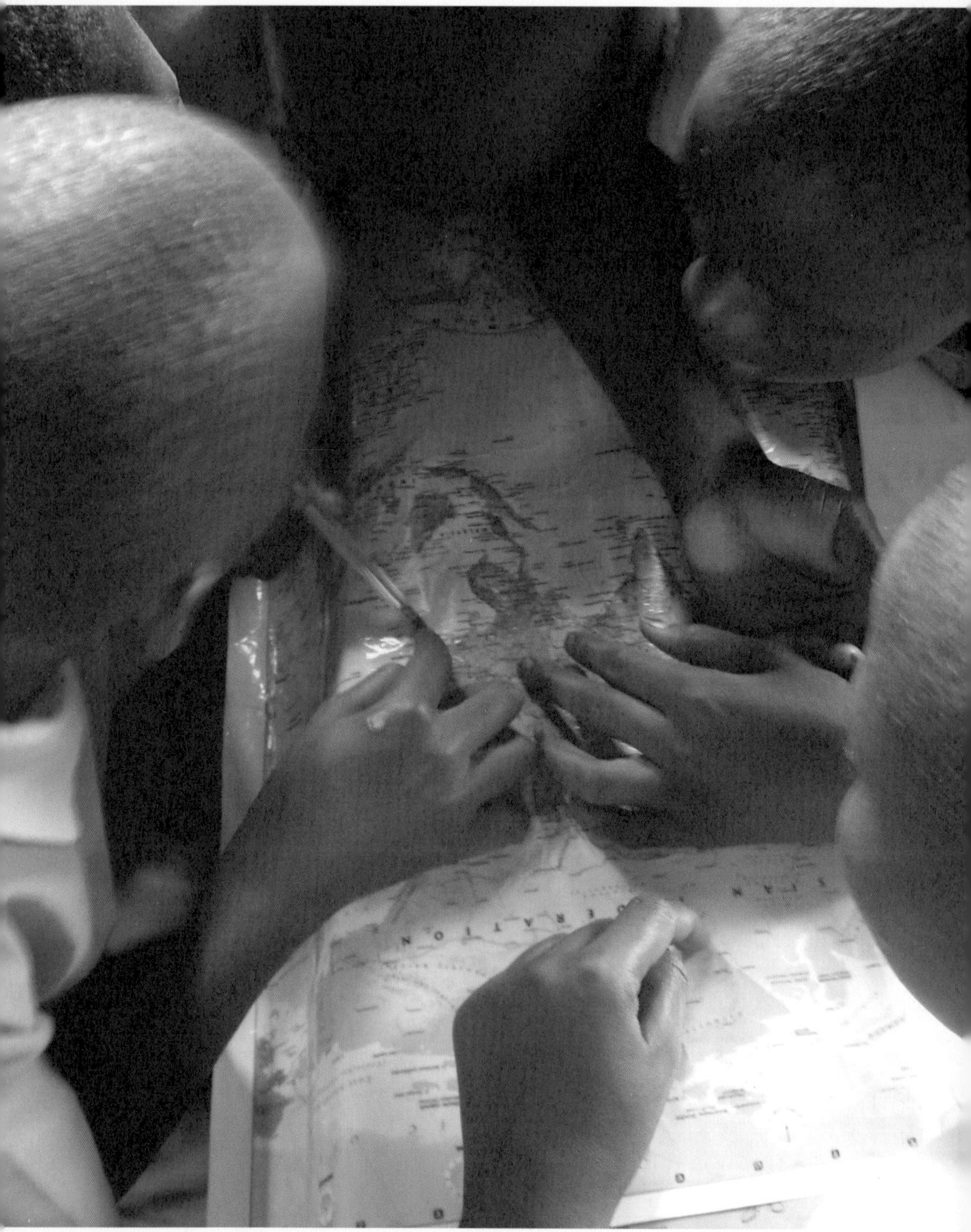

세계는 넓다! 지도를 처음 본 아이들은 많은 나라의 이름 앞에서 '어지럽다'고 했다.

종이배나 비행기는 기본 중의 기본이라고 생각해 처음부터 학 접기를 시도했는데 어려운 모양이었다. 시범을 보이며 한 단계씩 차근차근 접어나가는데도 한 시간에 한 가지를 완성하기도 쉽지 않았다. 그러자 처음에는 답답하기만 하던 마음이 급기야 상할 지경이었다. 그러다 나도 모르게 안타까워하는 부모의 심정이 됐다.

'아이들이 뭔가를 접어보고 갖고 놀고 그래야 두뇌도 개발되고 할 텐데.'

그런 나를 비웃는 듯 동심 그 자체인 아이들은 색이 입혀진 종이를 신기해하며 그걸로 무언가를 만들어낸다는 데 놀라워했다. 그리고 자기들 손으로 만든 '장난감'이 좋아서 자꾸만 들어 보이며 자랑이었다.

그 어느 날의 스피드 퀴즈는 처참한 실패였다. '커피', '책상'처럼 쉬운 단어를 골랐는데도 아이들은 잘 설명하지 못했다. 수줍음 때문이었다. 자리에서 일어나 무언가를 한다는 것이 낯선 아이들은 제 차례인데도 팔과 다리를 배배 꼬면서 모기만 한 목소리로 겨우 말했다.

"선생님, 못하겠어요."

그래서 포기. 그러면 소풍 다녀온 감상문을 써보자, 하고 주문했더니 공책과 연필이 없단다. 과목별로 딱 맞춰 공책을 준비하기에 따로 여유분이 없는 까닭이었다. 그때부터 나는 내 수업 시간에 나눠줄 종이 뭉치를 따로 들고 다녔다.

영어 사전으로 수업을 한 날에는 옥스퍼드에서 나온 '동아프리카 학생들을 위한 영어 사전'을 준비해갔다. 이곳 실정에 맞게 주로 쓰는 단어들이 포함되어 있었다. 사전을 처음 본 아이들이 우르르 모여들었다. 사전 보는 방법부터 가르쳐야 했다. 아이들은 여덟 명인데 사전은 두 권이라 수업은 더디게 진행됐다.

세계 지도를 보며 각국의 위치와 지리, 문화 등을 공부하는 날, 아이들은 세상이 이렇게 넓다는 것을 처음 알았다고 했다.

"지구는 둥근데 왜 지도는 네모에요?"

아이들은 아프리카 대륙도, 우간다도 쉽사리 찾아내지 못했다. 몇 개의 힌트 끝에 겨우 각 대륙에 있는 몇몇 나라들을 구별해낼 수 있게 됐다. 재빨리 한국을 찾아낸 아이는 그 땅이 조그맣다고 놀려댔다.

지도 곳곳에 아이들의 손톱자국이 도장처럼 찍혔다. 수업이 끝난 뒤 지도를 교실에 붙여 놓으려고 했지만, 지도를 자세히 들여다보고 싶은 아이들이 자꾸만 떼냈다. 그래서 결국은 순서를 정해 차례차례 돌려 보기로 했다.

내가 '가르친' 것은 주요 과목이 아니었다. 전공자도 아니고 제대로 아이들을 가르쳐본 경험은, 그것도 영어로는, 전혀 없었다. 하지만 원하기만 하면 학교에서 아이들을 가르칠 수도, 고아원에서 아이들을 돌볼 수도 있다. 여기에 저개발국 자원봉사의 맹점이 있다.

그나마 우간다에서는 영어가 공용어라 수업을 영어로 진행하지만 그렇지 못한 나라들도 많다. 그 경우 현지어와 영어 실력을 겸비해야 하는데 쉽지 않은 일이다.

고아원이나 NGO에 소속돼 활동하는 것은 상대적으로 나은 편이지만 영어로 누군가를 가르친다는 것은, 자그마치 '교육'을 담당한다는 것은 쉬운 일이 아니고 쉽게 생각해서도 안 될 일이었다.

하지만 우간다를 비롯해 저개발 국가들의 교육 여건은 좋지 않다. 고양이 손이라도 빌릴 형편이다. 그들의 처지에서는 봉사자들의 실력이 부족하더라도 일단 도움을 주니 반갑고 고맙다. 아이들도 처음 보는 외국인이라 신기해하며 잘 따른다. 그래서 많은 학교들이 봉사자라면 그저 환영이다. 실제로 내가 체류할 동안 많은 봉사자들을 만났고 그중 몇몇은 의사소통조차 쉽지 않았지만, 그런데도 각자의 프로젝트를 가지고 자기 할 일을 충분히 해내고 있었다.

완벽하지 않아도, 누군가에게 도움이 될 수 있다는 것. 그것이 이곳 봉사의 매력이고 함정이다. 우리가 매일 하는 고민도 바로 그거였다. 가진 능력에 견줘 많은 기대를 받고 책임과 특혜도 따르지만 '실질적'인 도움을 주기란 쉽지 않다는 것.

일본에서 온 아사노도 언어 때문에 고민이 많았다. 학교에서 수업을 하거나 보조 교사를 해야 하는데 엄두가 나지 않는다고 했다. 그러던 어느 날 '사건'이 생겼다.

"비가 왔나봐. 학교는 온통 물바다였어. 교실에 들어갔는데 천장에 구멍이 뚫려 있고 물이 무릎까지 차 있었어. 아이들은 거기서 수업을 받았는지 칠판에 뭐가 잔뜩 씌어 있더라. 교실도 운동장도 모두 진흙탕인데 아이들은 그 진흙탕에서 놀아. 운동장도 따로 없어. 게다가 학급 수에 비해 선생님도 턱없이 부족해. 너무 충격이었어. 자꾸 그 학교가 생각나."

우연히 어떤 학교를 방문한 아사노는 내게 그 말을 꺼낸 지 얼마 되지 않아 프로젝트를 바꿔 사정이 좋지 않은 그 학교로 나가기 시작했다. 선생님이 부족해 하루 수업 중 절반은 그냥 멍하니 앉아 있거나 자습을 하는 아이들에게 선생님이 전문가인지 아닌지는 큰 문제가 되지 않았다. 집에서도 학교에서도 관심 받지 못하는 아이들은 수업도 수업이지만 '보살핌'이 필요했다.

그랬다. 존재만으로도 위안이 되는 일이 이곳에서는 자주 있었다. '절대적'으로 자신이 필요한 상황에 놓이자 아사노는 제자리를 찾은 듯 행복해했다. 그녀가 새로 소속된 학교의 학생들도 더는 멍하니 있지 않게 되었다.

종종 방송을 보다 보면 누가 봐도 명백히 도움을 주는 사람이 나와서는 눈물을 보이며 구태의연한 소리를 한다.

"저는 이 활동을 통해 많은 것을 배웠어요. 제가 도움을 주는 게 아니라 오히려 도움을 받았거든요."

아프리카에 닿기 전, 봉사라고는 해본 일이 없던 나는 저런 말을 들을 때마다 코웃음을 쳤다. 가식이고 입에 발린 말이라고 생각했다. 그런데 아니었다.

'베푼다'는 착각에서 내 자신을 내려놓는 일, 그것이 우간다에서 내가 얻은 전부다.

그 쑥스러운 호칭 '선생님'이라는 말을 들을 일은 내 평생에 다시 오지 않을 것이다. 쑥스러움이 많은 내가 다시 누군가를 가르치는 일도 일어나지 않을 것이다. 하지만 그 아이들에게만큼은 '선생님'이라는 호칭을 듣는 일이 즐겁다. 짧은 시간 나를 가르친 건 아이들이었지만, 다시 만나게 되더라도 나를 선생님이라고, 그렇게 불러주면 좋겠다.

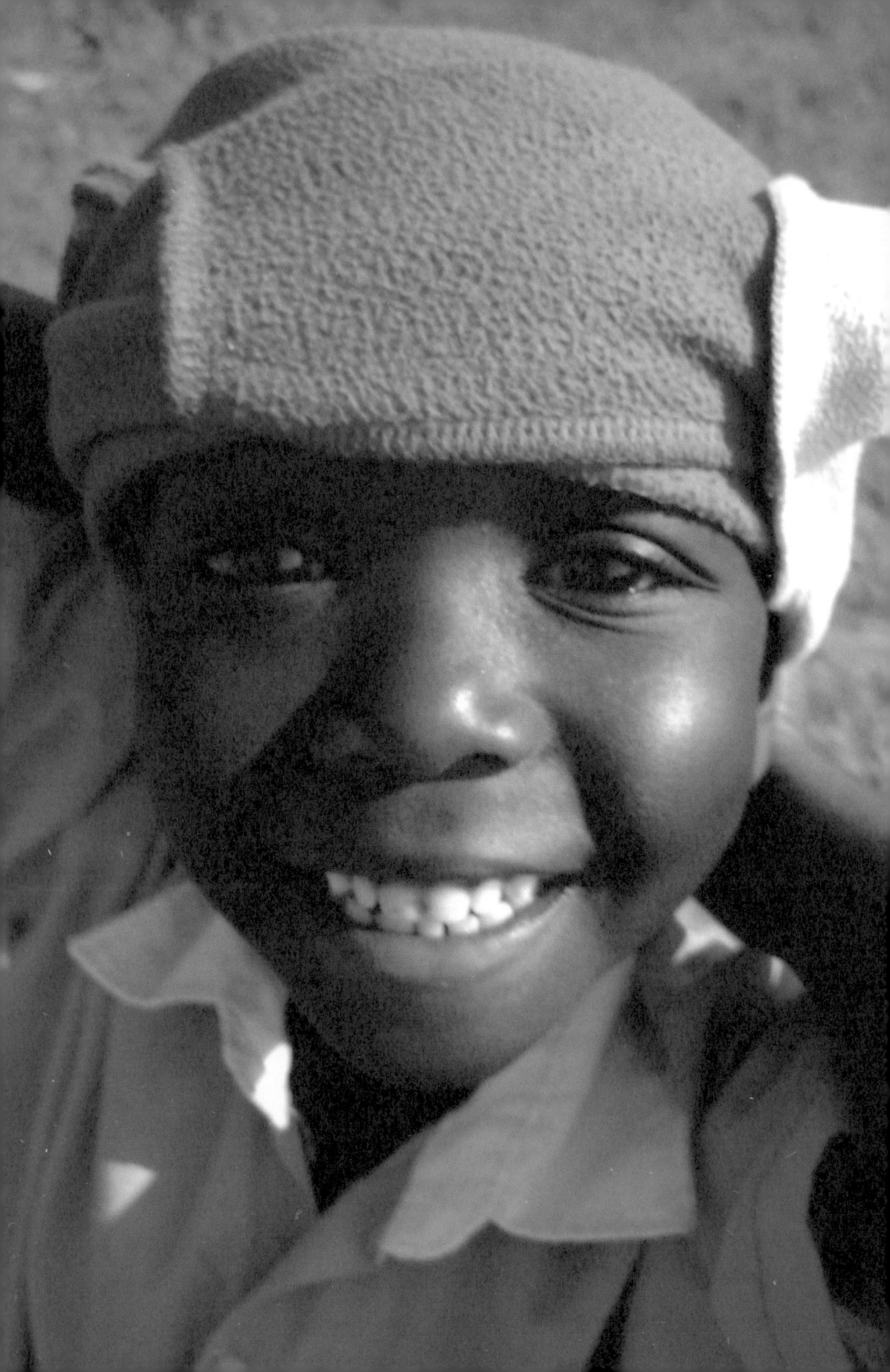

선생님,
달걀
못 먹어요?

•

학교에서 가장 듬직한 녀석을 꼽으라면 나는 주저 없이 페레즈의 손을 들어 올릴 것이다. 그는 나이답지 않은 침착함, 명석함, 예의바름을 고루 갖춘 녀석이었다. 언제나 말을 아꼈고 무엇에든 앞장섰으며 수업에는 열성적이었다. 그 어느 날의 쉬는 시간이었던가, 단둘이 이야기를 나눌 기회가 생겼다. 옆에서 다른 아이들이 자기들 말로 떠들고 있었는데 나는 그 내용이 몹시 궁금해 무리에서 떨어져 있던 페레즈에게 다가갔다.

"페레즈, 쟤들 무슨 얘기 하는 거야?"

"죄송해요 선생님, 저도 잘 몰라요. 부간다Baganda가 아니라서요."

"그랬구나, 미안해."

"괜찮아요. 저도 이해해보려고 노력 중이에요. 매일 조금씩 공부하고 있어요."

페레즈는 동부 음발레Mbale 지역에서 이모가 살고 있는 이곳으로 왔다고 했다. 알고 보니 부모님의 사정이 좋지 않아 이모 집에 맡겨진 것이었다. 그러니까 페레즈는 우간다의 다수 종족인 부간다족이 아니었고, 다른 아이들이 영어에 골몰할 때 영어와 우간다어를 모두 익혀야 했다. 소수민족이 겪는 또 다른 설움이었다.

무주니가 수줍게 내민 것은 코코아 열매였다. 그 마음이 고맙기도 하고 코코아 가루나 초콜릿만 보다가 그 재료인 열매를 보니 절로 '시원始原의 땅' 아프리카에 와 있는 기분이 들었다. 아까워서 먹지도 못하고 집으로 돌아와 선반

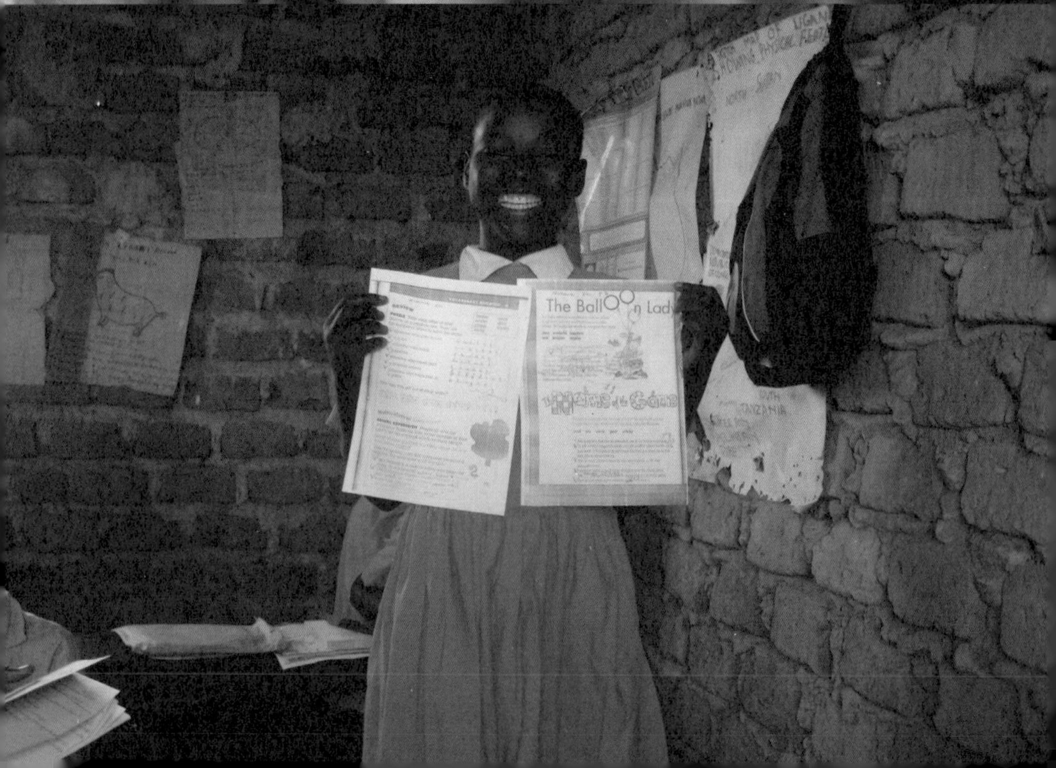
TANZANIA

에 가만 올려두었다. 뭐든 척척 해내고 웃음이 많던 개구쟁이 무주니는 방학이 끝났는데도 학교로 돌아오지 않았다. 아이들은 아프다고만 했다. 나는 시들어 버린 코코아 열매를 볼 때마다 무주니가 떠올랐지만 누구도 그 아이의 소식을 제대로 알지 못했다.

어느 휴일, 특별 교실을 열어 학교 운동장에서 아이들과 뛰어놀던 날 무주니가 왔다. 한 달 만에 본 아이는 마르지도 않고 아파 보이지도 않았지만 눈빛이 자꾸 흔들렸다.

"수업료 때문이니? 아니면 정말 어디 아픈 거야?"

자꾸 물어도 대답은 돌아오지 않았다. 그 많던 장난기도 다 사라지고 없었다. 본인에게 듣지 못했으니 알 수가 없었다. 우간다를 떠날 때까지 나는 그 숙제를 풀지 못했다.

매블은 늘 꼴찌였다. 최고 학년인 7학년이었는데 영어에 특히 약했다. 문제를 내면 매번 꼴찌로 풀었고 친구들의 도움을 받아 겨우 답안을 작성했다. 배우려는 의지가 크지는 않았지만 딱히 농땡이를 부리는 것도 아니었다. 그저 착한, 그 또래에 걸맞은 아이였다.

매블의 집은 풍족한 모양이었다. 아이는 매일 먹을 것을 가져와 친구들에게 나눠줬다. 하루는 매블이 수줍게 삶은 달걀을 내밀었다. 이곳에서 달걀은 특히나 귀하다. 다른 아이들은 매블의 손에 들린 하얀 달걀과 내 얼굴을 번갈아 바라보았다. 꾸울꺽, 어디선가 마른침 삼키는 소리가 크게 들렸다.

"선생님, 엄마가 갖다 드리랬어요."

"고마워. 어머님께 감사하다고 말씀드리렴. 하지만 다음부터는 안 가져와도 괜찮아. 그런데 매블, 선생님은 오늘 무척 배가 부른데, 매블이 집에 도로 가져가서 언니랑 먹으면 어떨까?"

"선생님, 달걀 못 먹어요?"

1 학교의 요리사 6학년 로즈(왼쪽)의 진두지휘로 모두 먹을 옥수수 죽이 완성됐다.

2 학기가 끝나면 아이들은 대청소를 하는데 그때 모든 물컵을 포대 자루에서 꺼내 깨끗이 씻는다.

3 종교 시간에 함께 부르는 찬송과 율동. 울음을 터뜨리며 기도하던 모습은 온데간데없다.

매블이 놀란 강아지 같은 눈으로 물었다.

'어떻게 이 귀한 달걀을 마다할 수가 있어요.' 아이의 눈이 그렇게 말하고 있었다. 나는 배를 통통 두들기며 달걀을 다시 매블의 손에 쥐어주었고 아이는 가져온 달걀 5개를 친구들과 나눠 먹었다.

로즈는 내게 현지식 이름을 붙여주었다.

"로즈, 나는 새가 좋은데 그런 이름은 없어?"

"그런 건 없어요. 코끼리, 원숭이는 있는데. 그건 어때요?"

나는 쉽사리 결정하지 못했다. '늑대와 함께 춤을'이나 '머리에 부는 바람' 같은 이름을 갖고 싶었던 건지도 모른다. 로즈가 골라준 이름은 모두 여성만 쓸 수 있는 이름이라고 했다. 이름에도 성 구별이 확실한 것이 이채로웠다.

7학년 로즈가 추천한 이름 중에서 내가 고른 건 '나무두Namudu'. 나무리, 나루레, 나루무, 나루고 등 쟁쟁한 후보들을 제치고 단지 입에 착착 달라붙는다는 이유로 고른 이름이었다. 이름에 특별한 뜻이 있는 건 아니었다. 아이들은 자기들끼리 '나무두 선생님'이라고 불렀다가 뭐가 그리 재밌는지 까르르. 하지만 새로운 이름이 낯선지 더는 부르지 않아 속상해하자 로즈는 종이에 우간다어를 적어주었다. 숫자며 주요 단어들을 그림과 함께 단어장처럼 만든 것이었다. 나는 그 종이를 들고 다니며 몇 개의 표현을 익혔다.

레스티도 내게 현지어를 가르쳐주고 싶어 안달을 하더니 몇 가지 표현을 일러주고는 날마다 점검했다. 그 질문은 기습적인데다 아이의 표정이 아주 엄격해서 나는 아는 것도 몇 번 틀리고 말았다.

"선생님, 열심히 안 외웠죠? 내일 다시 질문할게요."

그 덕분에 몇 가지 현지어를 익혀 우간다에서 머무는 동안 사람들과 더욱 가까워질 수 있었다.

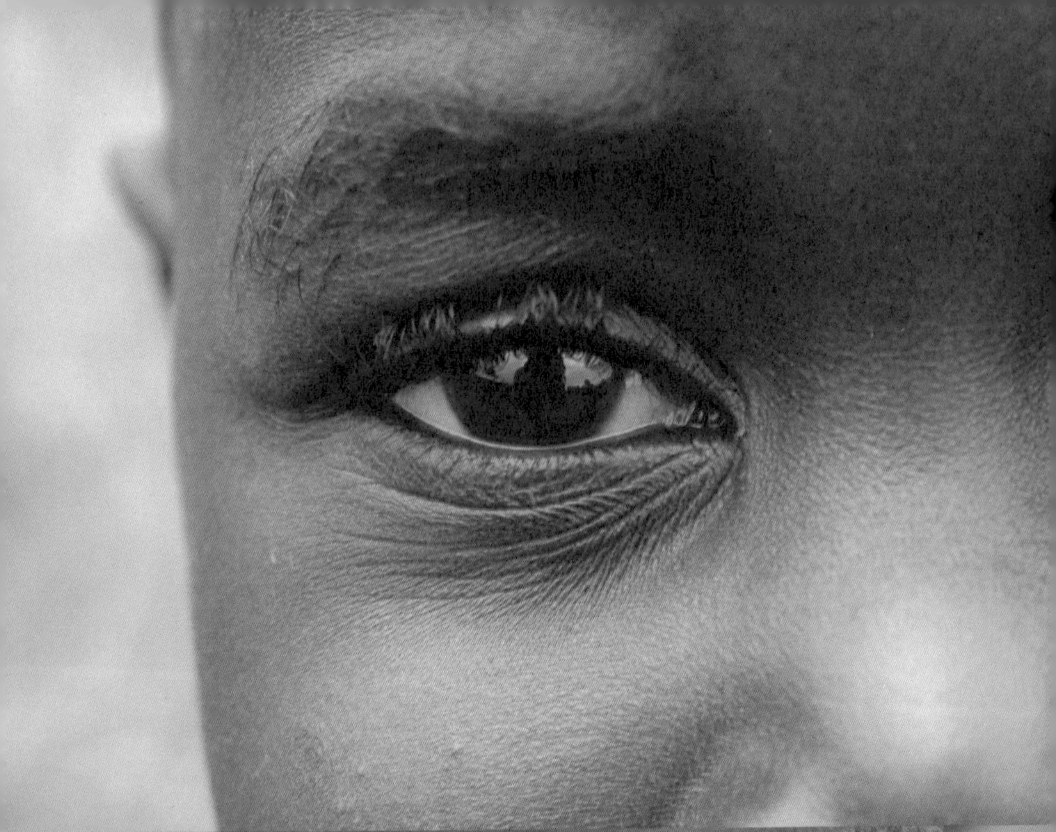

아이들은 한글에도 관심이 많았다. 하루는 제라드가 공책을 내밀며 한글을 적어달라기에 그렇게 했더니 그 뒤에도 몇 번이고 발음을 물었다.

"안녕핫쉐요."

"아니 아니, 안. 녕. 하. 세. 요. 다시 해봐. 천천히."

인사말을 다 배운 제라드가 한글로 아버지, 어머니를 어떻게 발음하느냐고 물었을 때, 나는 참지 못하고 빨간 눈이 되었다. 근처 고아원에 살고 있는 아이는 내게 외로움을 자주 들켰기에 그 질문이 그냥 넘겨지지 않았지만 아이에게 내색하지는 않았다. 아이 덕에 오랜만에 우리말로 아버지, 어머니를 외치니 갑자기 몸서리치게 부모님이 그리웠다.

수잔도 갑작스런 질문으로 내게 향수병을 안겨주었다.

"선생님의 엄마 아빠 이름은 뭐에요?"

가족 중심의 사회에서 자란 아이들은 언제나 내 가족을 궁금해했다. 그리고 몇 번이나 "우리는 한민족"이라고 일러줬지만 믿지 못하고 자꾸 다시 물었다. 다수 부족이 한데 엉켜 살아가는 이곳에서 '단일 민족'은 외계인만큼 생소한 모양이었다.

수업을 마치고 지와가 가방을 챙겼다. 정확히는 '숍 라이트'라는 대형 마트의 비닐봉지였다. 그 노란색 봉지가 지와의 학교 가방. 하지만 부끄러운 일은 결코 아니었다. 검은 봉지, 흰 봉지, 노란 봉지, 색깔만 다를 뿐 지와의 친구들도 봉지 가방을 들고 학교에 다녔으니까.

6학년 로즈를 우리는 '안티 쿡Aunt cook'이라고 불렀다. 몸이 아파 더는 나오지 않는 요리사 아주머니를 대신해 로즈가 옥수수 죽 준비를 맡았다. 남자 아이들이 장작을 패면 그걸로 불을 피웠다. 적당한 양의 옥수수 가루와 물을 섞는 것도 로즈의 몫. 부엌에 가면 언제나 불을 피우려고 몸을 낮춰 힘껏 입바람

1 우리네 체육 교과와 같은 PE 시간.

2 선생님의 신호에 맞춰 짝꿍의 팔을 힘껏 눌러 제압하는 게임. 모든 것이 '체력 단련'을 위해서라고 한다.

을 넣는 로즈의 훤한 등이 보였다.

매주 수요일에는 PE Physical Education 활동이 있고 금요일에는 종교 행사가 있다. 물론 하루 종일 특별 활동을 하는 건 아니지만 아이들은 수업 외 활동에 많은 시간을 할애한다. 그들의 PE는 학교 정화인데, 그것은 곡괭이를 이용하는 것으로 꽤나 거칠었다. 아이들이 학교 구석구석을 청소하고 풀을 뽑거나 구덩이를 팔 동안 유아반 아이들은 팬티만 입고 PE를 했다. "신체를 단련하기 위해서"라는 선생님의 말이 좀 가혹하게 들렸다. 아이들은 고작 너덧 살이고 그날은 바람이 찼다. 팬티만 입은 다이애나가 나를 발견하고는 달려왔다.

이를 드러내고 웃었던 때가 언제인가. 원래 그런 타입이 아니기도 하지만, 그럴 만한 일이 많지 않기도 했다. 여기서는 잇몸까지 드러내놓고 웃어 젖힌다. 참외 배꼽을 내놓고 조막만한 손을 흔들며 지나가는 유아반 애들 앞에서는 체면이고 뭐고 그냥 다 무너진다.

그렇게 언제나 아이들만 마음에 안았다. 학교 행정은 주먹구구식이었고 어른들의 세계는 비정했다. 심지어 가끔은 아이들에게도 배신감을 느끼고 진심을 외면당하기도 했지만, 영원한 진리 그대로 '아이들은 아이들일 뿐'이었다.

정신을 차려보니 누가 붙였는지도 모를 조그만 스티커가 손등에 붙어 있고 불량 식품인 설탕 가루 색소가 훈장처럼 손가락에 물들어 있던 날, 아이들이 가져온 아보카도가 책상에 산처럼 쌓이던 날, '사라'와 함께 햇빛 속을 걸어 집으로 가던 날, 수업료를 못 내 학교에서 쫓겨난 아이들이 다시 교실에 나타나던 날, "안녕하세요"를 기억하고 우리말로 인사를 걸어오던 날, 우르르 몰려나온 아이들의 배웅을 받던 날.

그런 날들의 연속이었다. 하루하루는 이렇게 채워야 한다고 새로 배우던 날들이었다. 해바라기 같은 아이들의 활짝 핀 웃음으로 시작해 웃음으로 끝난 날들이었다. 바람대로 '무중구'에서 시작해 '선생님'으로 끝난 날들이었다.

먹고 읽고
보고 느껴야,
그래야 자라니까

•

새 학교에 나온 지 이틀째 되는 날이었을 것이다. 점심시간에 아이들이 부엌 근처로 모여들었다. 부엌이라고 해봐야 비바람을 겨우 막는 수준의, 나무로 직접 불을 피워야 하는 작은 공간에 불과했다. 나무에 매달려 놀며 밥 때만 기다리는 아이들에게 물었다.

"안녕?"

우간다에서 "하우 아 유"는 흔한 인사다. 길을 가다가도, 처음 보는 사람에게도 그저 하우 아 유. 그래서 그날도 아무 생각 없이 인사를 건넸다. 그런데 "네, 좋아요. 고맙습니다 선생님(I'm fine. Thank you teachr)"이 아닌, 뜻밖의 대답이 돌아왔다.

"지금 너무 배가 고파서요, 그렇지만 곧 괜찮아질 거예요."

당장은 괜찮지 않지만, 이제 점심시간이니 곧 괜찮아질 거라는 말이었다. 그 짧은 대화가 시작이었다. 나는 이유 불문 묻지도 따지지도 않고 아이들을 좀 먹이고 싶다는 생각에 사로잡혔다.

'기부'라는 공을 머릿속에서만 굴리고 있던 어느 날, 나는 고기에 마토케를 점심으로 받았다. 나를 교실로 불러 음식을 내준 선생님은 빵을 점심으로 먹고 있었다. 그날은 아이들 모두 굶은 날이었다.

"데이지, 이걸 어떻게 혼자 먹어요. 아무도 못 먹고 있는데."

"다 드셔야 해요. 선생님이 안 드신다고 해도 다 굶는 마당에 누굴 주겠어요?"

몇 술 떴지만 도저히 먹을 수 없었다. 바나나를 으깬 그 부드러운 마토케가 모래알마냥 입 안에서 서걱거렸다. 모두 굶는데 혼자 입술에 기름을 반질반질 묻히고 고기 냄새를 풍기는 그 기분이란. 그날 수잔의 입이 삐죽 나와 있어 무슨 일이냐고 물었더니 대답은 간결했다.

"배가 너무 고파요."

하루는 한국 문화와 우간다 문화에 대해 수업을 했다. 마침 책자가 있어 아이들에게 한국 음식이 어떻게 생겼는지 직접 보여줄 수 있었다. 아이들은 처음 보는 음식이 신기해 이것저것 물어보았고 쩝쩝 입맛을 다시며 먹고 싶은 것을 앞다퉈 이야기하던 그때, 갑자기 한 아이가 풀이 죽었다. 근처 고아원에서 우리 학교에 다니던 제라드였다. 점심도 못 먹고 앉아 있는데 문화네 뭐네 하면서 음식 이야기만 잔뜩 하니 배는 더 고프고 짜증도 났을 것이다. 나는 미안한 마음에 슬그머니 다른 주제로 넘어갔다. 또 어떤 날에는 아이들이 앞다퉈 솥을 씻겠다고 나서는 것을 봤다. 옥수수 죽을 끓인 큰 솥에 붙어 있는 죽을 핥아 먹고 싶어서였다. 당연하게도 한창 나이의 아이들에게 한 컵의 죽은 넉넉하지 않았다.

결심이 섰지만 막상 기부를 받을 일을 생각하니 고민이 많았다. 떠나오기 전 누군가는 그랬다. 봉사를 하려면 한국에서 하지 왜 거기까지 가서 돈을 쓰냐고. 급식 예산 줄여 다른 데 쓰는 정부 밑에서 우리 아이들도 배불리 먹지 못하는 마당에 무슨 남의 나라 애들을 돕겠다는 거냐고.

하지만 정작 내 고민은 아이들에게 이 기부를 어떻게 이해시킬 것인가였다. 아이들에게 '돈 많은 무중구의 도움'이라는 편견을 심어주고 싶지 않았다. 또 있다. 내가 머무는 기간은 짧고 그 사이 아이들이 받을 혜택도 일시적이다. 그리고 괜히 아이들에게 때를 묻히는 건 아닌지 걱정됐다. 하지만 대답은 하나였다. 배가 고프다는데.

사실 처음에는 아이들이 배고픈 이유를 정확히 알지 못했다. 아이들은 수업료를 내는데 왜 옥수수 죽밖에 못 먹을까, 그것이 첫 번째 의문이었다. 들은 대로 다 믿는다면, 공교육이 정착되지 않은 우간다에서 내가 있는 학교 역시 사립학교이고 이 학교는 고아들에게 수업료를 받지 않는다. 그리고 정부의 도움을 좀 받고 일반 학생들이 낸 수업료로 모두 생활한다. 처음에는 학교 주인만 배불리는 게 아닌가 의심도 했지만 한숨 나오는 학교 환경이 이곳의 보편적인 현실이라는 것을 깨닫기까지 오래 걸리지 않았다. 또 고작 몇 개월 머무르는 처지에 수업료를 받아서 어떻게 쓰느냐, 왜 이거밖에 못 해주느냐고 따질 수도 없는 노릇이었다.

그래서 결론은 '아이들만 생각하자'는 것. 그래도 고민은 남았다. 어떻게 쓸 건가였다. 많은 기부자들이 수익을 낼 수 있는 데 돈이 쓰이길 바란다. 봉사자가 떠난 뒤에도 안정성을 도모할 수 있고 자립을 위한 힘을 키워주기 때문이다. 그런데 장기적인 수익 사업은 엄두를 낼 수 없다. 유이코처럼 기부금을 받아 밭을 매입하고 옥수수를 키워 학교 급식을 대볼까, 아니면 좀더 쉬운 방법으로 염소나 닭을 사서 그 수를 불려보면 어떨까 생각도 해보았다. 그런데 그 수익금이 고스란히 아이들을 위해 쓰일지 장담할 수 없는 것이 현실이다.

학교 주인인 니콜라스는 참 좋은 사람이다. 고아를 무료로 학교에 입학시켜주고 언제나 아이들을 위하는 모습이었다. 하지만 내가 그 사람을 알고 지낸지는 한 달이 채 안 되고, 장기 기부 계획을 세울 경우 다른 봉사자가 내 뒤를 이어 모니터링을 해야 하는데 누군가 이 학교로 와줄지 확신할 수도 없었다. 그리고 내게 주어진 시간은 고작 3개월.

그래서 욕심을 버렸다. 얼마가 될지는 모르겠지만 돈이 모이는 대로 컵, 축구공, 노트, 연필 등 당장 공부에 필요한 것들을 사고 간식이나 점심거리 등 아이들의 배를 채우는 데 쓰기로. 모금액이 더 되면 소풍이나 견학을 가도 좋을

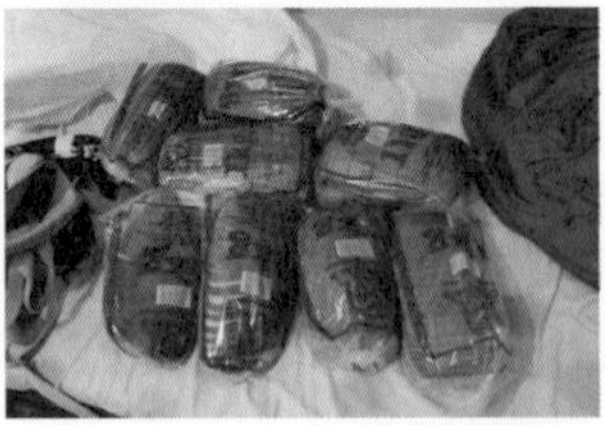

기부금으로 아이들에게 나눠준 학용품과 식빵.

것이다. 학교 근처에 사는 아이들이 이 조그만 마을을 벗어나기란 정말 힘든 일이니까. 그러고 나서도 여유가 된다면 "선생님이 가진 책을 읽어 달라", "이야기를 들려 달라", "책 읽는 것을 좋아한다"는 아이들에게 책을 안겨 주리라. 그래, 일단 먹고, 그리고 읽고 보고 느껴야 자라니까 말이다.

사실 이번 여행은 단순한 배낭여행이지 봉사 활동이 아니었다. 하지만 나는 아프리카의 어느 땅에 오래 머물고 싶은 마음을 외면할 수가 없었다. 봉사는 그 '욕심'에서 비롯된 것이었다. 여행에 봉사 활동을 추가할지 말지 결정할 무렵, 내 안의 자본주의가 속삭였다.

'네가 거기 가서 쓸 돈이랑 현지 단체에 기부하는 돈, 비행기 값을 다 합쳐 봐. 아마 어린이 한 명을 10년 동안 후원하고도 남을 걸. 그냥 편하게 후원이나 하시지.'

숫자 놀음을 제안하는 그 목소리를 무시하고 기어이 이 자리에 섰지만, 기부를 하는 것이 지인들에게 괜한 부담을 지우는 건 아닌지, 아니면 그들에게 함께하는 기쁨을 줄 수 있을지 확신이 서지 않는 것은 여전했다.

하지만 용기를 내서 지인들만 들어오는 블로그에 글을 올렸다. 더 많은 사람이 볼 수 있게 하면 더 많은 돈이 모이고 더 큰 도움이 되리라는 유혹도 있었지만 내게 주어진 시간을 고려하면 넘치는 일이 되지 말아야 했다. 일을 키우는 깜냥이 안 되는 사람이기도 했다. 짧은 시간에 65만 원 정도 모였다.

처음 컵을 사서 학교에 들고 간 날이었다. 몇몇 아이들이 집에서 컵을 가져오지 못해 침을 삼키며 친구들이 다 먹기만 기다리는 것을 본 뒤였다. 리처드는 박수를 치며 선물이 왔다고 교실마다 컵을 들고 가서 보여주었다.

아이들도 박수를 쳤다. 손을 가슴에 바짝 모으고 어깨를 힘껏 추켜세우며 흥겹게 치는 박수를 예전에 본 일이 있던가? 나는 아이들의 진심 어린 감사 앞에

기부금을 받기를 잘했다고 느낀 건 아이들과 소풍을 갈 수 있어서다. 생애 첫 소풍이 끝나가던 날,
서운함은 벌써 잊은 아이들.

서 고개를 숙였다. 그리고 “너희들이 너무 착해서 한국의 친구들과 가족들이 선물을 보내왔다”고 일러두었다. 나에게는 그것이 최선의 설명이었다. 앞으로도 좋은 학생으로 남아주길 바란다고 덧붙였지만 곧 후회했다. 아이들이 이미 충분히 훌륭한 학생이라는 데는 어떤 이의도 있을 수 없었다.

그날 나는 조심스럽게 리처드 선생님에게 모금에 관한 이야기를 꺼냈고, 아이들을 위해 무엇을 하면 좋을지 물었다. 눈물을 글썽이던 리처드 선생님은 단 1초도 고민하지 않고 가장 필요한 것은 ‘음식’이라고 답했다. 그 뒤 나는 전교생에게 한 조각씩 나눠줄 수 있는 빵 8킬로그램과 옥수수 죽에 넣을 설탕 4킬로그램을 거의 매일 학교로 가져갔다. 학교가 있는 조그만 마을에는 빵과 설탕을 구할 만한 가게도 없었고 그렇다고 선생님들께 돈을 주고 맡길 일도 아니었다. 미련하게도 매일매일 빵과 설탕을 12킬로그램씩 박스로 날랐지만 무거운 줄을 몰랐다. 그땐 그랬다.

점심시간에 빵을 받아든 아이들이 악수를 하자고 했다.

“잘하셨어요.”

의젓한 칭찬도 함께였다. 아이들은 빵을 옥수수 죽에 담가 먹거나 주머니에 넣어두었다가 아껴 먹었다. 뜯어진 교복 윗주머니에 뾰족 튀어나온 게 보이면 십중팔구 빵 조각이었다. 씹지 않고 조금씩 혀로 녹여 빵을 부드럽게 한 뒤 시간을 들여 삼켰다. 아무 맛도 나지 않던 옥수수 죽에 설탕이 들어가자 단맛이 조금 느껴졌다. 그러다 학기 말이 되어갈수록 학교에서 나오는 옥수수 죽마저 끊기게 되었다. 혹은 학비를 낸 학생들만 먹을 수 있었다. 그래서 한 조각에 불과한 빵이 아이들의 하루 식사가 되었다. 그 빵이 없었더라면, 나는 종종 아찔함을 느꼈다.

“소풍 또 가고 싶어요.”

“동물원에 데려다 주세요.”

“학비가 없어요.”

예상한 일이었지만 때때로 아이들이 무엇을 요구할 때마다 나는 마치 전혀 예상하지 못한 것처럼 깊이 좌절했다. 어떤 때는 기부를 결정한 것을 후회하기도 했다. 하지만 그때마다 나누는 기쁨을, 처음의 마음을 다시 떠올렸다. 그리고 어쩌면 그건 당연한 일이었다. 고작 열 살 내외의 아이들이었으니까. 유이코의 말처럼 몇몇 실망스러운 모습 때문에 계획한 것을 엎는 어리석음을 저지를 수는 없었다.

그리고 아이들, 근거 없는 희망 심기가 아닌가 싶어 “열심히 공부하라”는 그 흔한 말조차 섣불리 꺼내지 못했을 만큼 아이들의 사정은 어려웠지만, 다행히도 늘 맑고 밝았다. 언젠가 당장 수업에 쓰려고 볼펜을 한 자루씩 나눠준 일이 있었다. 늘 볼펜이 없어 옆자리 친구들에게 빌리는 녀석들이 절반도 더 되어 수업이 더디기만 했기에. 그런데 수업이 끝나자마자 아이들은 앞다퉈 볼펜을 내게 돌려주려 했다. 자기 것인지 몰랐으니까. 한 번도 그런 일이 없었으니까. 그리고 그 볼펜을 가져도 된다는 걸 알고 나서는 펄쩍 뛸 듯이 기뻐했다.

컵 30개, 축구공 3개, 영어 사전 8권, 세계 지도 2장, 설탕 47킬로그램, 빵 100킬로그램, 칠판지우개 8개, 전교생에게 모두 공평히 돌아간 연필, 지우개, 자, 공책, 색연필, 연필깎이. 그리고 3번의 소풍과 2번의 휴일 학교.

아이들은 더 이상 스펀지로 낑낑거리며 칠판을 지우지 않아도 되고 공책이 없다는 이유로 수업 시간에 엎드려 있지 않게 됐으며, 나도 아이들이 손을 다칠까 염려하며 면도칼로 연필을 깎는 모습을 아슬아슬하게 지켜보지 않아도 됐다. 이 모든 게 65만 원이 남긴 것이다. 나누고 싶다는 단순한 선의가 가져다준 선물이다. 한때의 배부름이나 곧 사라질 이벤트는 아니었다고 믿고 싶다.

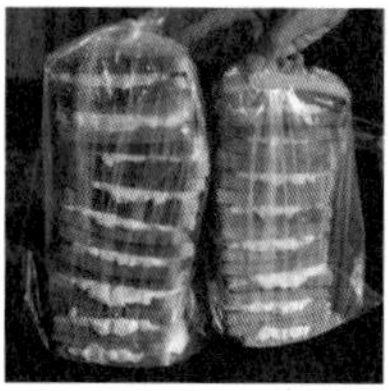

첫 소풍,
실패한
샌드위치의 교훈

•

신발 앞창은 벌어졌고 청바지 뒷주머니는 찢어졌다. 티셔츠에는 구멍이, 유니폼 뒷 단추가 떨어져 등이 훤하다. 그랬거나 말거나 즐거워 뛰고 까부는 아이들을 데리고 소풍 가는 길.

"첫 소풍이에요!"

아닌 척 했지만 설레긴 나도 마찬가지였다. 아이들을 데리고 마케레레대학교로 소풍을 간다고 했더니 루카가 말했다.

"걔들은 거기 입학도 못 할 텐데. 괜한 희망을 심어주지는 마."

알고 있었다. 하지만 못 가본 곳에 데려가고, 안 해본 일들을 하게 해주고 싶었다. 명색이 '소풍' 아닌가. 그래서 함께 소풍에 가기로 한 켈렙과 도시락을 준비했다. 짜파티나 사모사 등 간단한 음식을 사도 되지만, 역시나 소풍에는 도시락이 제격이니까.

우리가 준비한 건 달걀과 감자 속을 넣은 샌드위치. 빵과 감자, 달걀은 그럭저럭 샀지만 찾는 사람이 많지 않고 수입품이라 구하기 힘든 마요네즈가 문제였다. 게스트하우스 주변 마을을 다 돌아다녀 겨우 발견한 마요네즈는 6500실링(약 3달러). 이건 얼마냐 저건 얼마냐 꼬치꼬치 캐묻고 마지못해 얼마인지 알려주면 놀라서 입을 크게 벌리던 아이들처럼 나도 마요네즈 병뚜껑을 보고 놀라서 입을 쩌억 벌렸다. 병뚜껑에 붙은 그 숫자가 어찌나 크게 느껴졌는지 모른다. 이렇게 가끔씩 로즈와 아이작의 눈으로 세상을 보는 순간이 온다. 그럴 때마다 그런 순간이 더 자주 오기를 바란다. '고작' 마요네즈 한 병을 두고

WELCOME TO
KASUBI TOMBS
A WORLD HERITAGE SITE

MAKERERE UNIVERSITY
FACULTY OF
AGRICULTURE

다짐하는 순간이 내 인생에 찾아와 줄지는, 한 번도 상상하지 못한 일이었다.

여차저차 그렇게 해서 샌드위치를 만든다고 쓴 돈은 모두 1만 4300실링, 만 원이 채 안 됐다. 하지만 이 돈으로 달걀이나 사모사, 도넛이나 짜파티를 준비한다면 한 아이에게 5개씩은 나눠줄 수 있었다. 그런데 그걸, 고작 마요네즈 발린 샌드위치와 바꾸는 일이었다. 이 샌드위치라는 게, 배불릴 수 있는 쌀 대신 그 쌀에 비벼 먹을 마가린을 사먹는 일과 같았다. 이렇게 새로운 경험과 사치 사이에서 잠깐 망설였지만 우리는 끝끝내 색다른 걸 먹이자는 결론을 냈다.

마타투 차장은 아이들에게 너그럽지 않았다. 혹은 무중구 선생을 둔 '봉'쯤으로 생각했을 거다. 차장은 아이들도 어른 요금을 내야 한다고 고집을 피웠다. 실랑이 끝에 어른 요금을 내기로 하고 아이들을 태우는데 자꾸만 몸집 작은 아이들을 두 겹으로 앉혔다.

"그러지 마요! 아이들이 힘들어 하잖아요!"

"괜찮아요, 애들인데."

아이들도 놀란 눈으로 괜찮다 했지만 한 줄에 3명씩 앉는 좌석에 8명을 태우는 것을 보자 기어이 폭발했다.

"어른 요금 달라고 했죠? 그러면 그런 식으로 태우지 마요. 당신, 어른 승객도 그렇게 앉혀요?"

"알았어요. 알았다구요."

대답은 그렇게 했지만 차장은 기어이 한 줄에 여섯을 앉혔다. 아이들은 여섯이 함께 앉든 여덟이 함께 앉든 발이 밟히든 이마가 부딪히든 콧노래였다. 학교에서 마타투를 탈 수 있는 큰길까지는 걸어서 50분인데, 그 거리를 꼬박 걸어오느라 코끝에는 땀이 송송 맺힌 채였다.

마타투는 흙먼지를 일으키며 시골길을 달렸다.

"여기가 난사나야. 선생님이 사는 곳."

"여기는 카수비Kasubi 시장이야. 저기 언덕 보이지? 저기로 올라가면 카수비 왕릉이 나와."

아이들은 설명을 듣는지 마는지 그저 "우와우와", 난사나도 카수비도 차로는 지척인데 모두 처음 와본다 했다.

"선생님, 저게 다 파인애플이에요?"

과일이며 채소를 산처럼 쌓아놓고 파는 카수비 시장을 지나자 아이들은 입맛을 다시기 시작했다. 시장도 처음이라 했다. 저렇게 많은 채소를 누가 먹는 건지 이해할 수 없다는 표정이었다.

마타투에서 내려 아이들을 두 줄로 세우고 내가 선두를, 켈렙이 뒤를 맡았다. 마케레레대학교는 조금 떨어져 있어 걸어가야 했다. 차가 많고 복잡한 곳이라 사고가 가장 큰 걱정이었다. 출발할 때부터 이미 여러 번 주의를 줬지만, 오늘 아침 동네에서 마타투에 치어 피 흘리는 아이를 본 터라 마음이 좀체 놓이지 않았다.

뜻하지 않게 길을 잘못 들어 마케레레 컬리지 스쿨에 간 우리들은 학교장을 만나 견학 허가를 받은 뒤 담당자에게 학교 구석구석을 안내받았다. 허가를 받기 위한 절차가 까다로웠지만, 아이들이 제대로 된 설명을 들을 수 있으니 잘 된 일이다 싶었다. 알고 보니 마케레레 컬리지 스쿨은 마케레레대학교 바로 옆에 붙어 캠퍼스를 나눠 쓰고 있었다.

아이들은 학교 안 작은 연못의 물고기와 거북이에도, 쓰러질 듯 낡은 강당에도, 높은 건물을 보고도 입을 벌리며 감탄했다.

"선생님, 저 사람 봐요. 멋있어요She's smart."

우간다에서 '스마트'라는 표현은 똑똑하다는 뜻이 아니다. 옷이 좋다는 뜻이다. "옷을 잘 입었네요" 내지는 "멋있어요"라는 말이다. 학생들의 교복이 꽤나 근사한지 자꾸만 내 뒤로 숨으며 속삭이던 아이들의 표정에는 동경인지 수줍음인지가 가득했다.

마케레레대학교로 들어가 교회 근처 잔디밭에서 점심을 먹었다. 결과적으로 샌드위치는 실패였다. 감자는 이곳에서 주식이기에 아이들은 샌드위치 속에서 감자를 파내고 먹었다. 나와 켈렙은 아이들에게 낯선 음식을 소개하는 일이 무모한 도전이라는 것을 인정해야 했다.

게임을 하고 대학을 둘러본 뒤 우리가 향한 곳은 카수비 왕릉. 얼마 전 불에 타버려 일정에 넣지 않았는데 아이들이 가보고 싶다고 성화였다. 불에 타고 남은 터라도 보고 싶다며. 역시나 대부분의 아이들이 부간다족이었다.

"슬프네요."

불탄 왕릉을 본 아이들이 말했다. 슬픔이 무엇인지 아는 눈을 하고, 비탄에 가득 찬 목소리로. 주요 왕릉이 모두 불타 구경할 만한 것이 없었다. 복원 공사가 시작되기도 전이었다. 아쉬운 대로 예전 모습이 남아 있는 안내판 사진을 배경으로 기념 촬영을 했다. 카수비 왕릉은 우간다 최고의 문화유산이지만, 여전히 왕족을 존경하고 종교처럼 삶 안으로 깊이 받아들이는 이들에게는 단순한 문화재가 아니었다.

그래서 나는 카수비 왕릉의 화재 소식에 남대문이 불탄 것과 같은 안타까움을 잠시 느꼈을 뿐이지만, 이들에게는 친족의 무덤이 훼손되고 불타버린 셈이었다. 그 슬픔의 무게는 다르게 실려 각자의 어깨로 내려앉았다. 하지만 슬픔은 찰나였다. 생애 첫 소풍이 아직 끝나지 않았기 때문에.

> 신이시여 감사합니다. 왜냐하면 우리는 어떤 사고도 당하지 않았기 때문입니다. 우리 모두 살아 있게 해주셔서 감사합니다. 감자를 달걀 섞은 속과 함께 먹은 것은 생애 처음이었습니다. 우리는 선생님에게 줄 것이 아무것도 없지만, 신께서 그들을 축복하소서.
>
> **7학년 로즈의 소풍 감상문 중에서**

내 자전거여, 내가 너에게로 간다

소풍은 아이들에게 쉬는 날을 만들어주자는 의미도 있었다. 아이들은 언제나 바쁘다. 학교에 오면 장작을 패 자기들 먹을 옥수수 죽을 끓이고 가끔은 선생님들이 먹을 밥까지 짓는다. 집으로 돌아가도 쉴 틈은 없다. 역시나 밥을 짓거나 설거지를 하고 청소와 빨래, 물 긷기 등 집안일을 돕는다. 그래서 소풍은 핑계고 아이들은 그제야 제자리를 찾아 맘껏 뛰어놀 수 있는 것이다.

소풍 장소로 정한 곳은 카붐바 레크리에이션 센터. 학교에서 비교적 가까운 이곳에서는 수영장과 놀이터 등의 시설을 이용할 수 있고, 무엇보다 자전거를 빌릴 수 있다. 교통수단이 애매해 마타투 한 대를 섭외하고는 장을 봐 음식을 준비했다. 우리는 수십 개의 채소를 씻고 다듬어 썰었다. 스파게티 소스를 만들고 채소 볶음을 만들었다. 그 밖의 음식은 미리 식당에 주문을 해놨다.

"빠진 거 없겠지?"

"그럼. 완벽해. 우리 이러다 이벤트 전문 회사 하나 차리겠어."

이것저것 챙길 것을 메모하며 켈렙과 의논을 하는데 몇 번이나 소풍을 함께 준비하다 보니 손발이 척척 맞는다. 농담을 가장해 "내 학생들을 너무 좋아하는 거 아냐?" 하고 질투했을 정도로 켈렙은 아이들을 좋아했다. 내 계획에 기꺼이 뜻을 함께하고 이것저것 많은 도움을 주었다. 게다가 우간다에 오기 전 친구들에게 기부금을 받은 켈렙은 내 든든한 후원자이기도 했다. 나중에 합류한 아사노도 아이들과 놀아주는 일에 열심이었다.

"소풍 전문 아시아 팀(Team Aisa)을 만드는 거야."

농담처럼 한 말이 씨앗이 되어 우리는 세 번의 소풍과 두 번의 특별 교실을 함께했다.

학교 근처의 약속한 장소로 가보니 아이들이 안 보였다. 어떻게 된 일인가 싶어 당황하기 무섭게 왼편 교회에서 아이들이 우르르 뛰어나왔다. 마타투에 나눠 태우려고 세보니 얼추 50명이나 됐다.

"아카가리 캉게, 아카가리 캉게"

누군가 시작한 노래가 마타투 전체에 울려 퍼져 나중에는 합창이 되었다.

"무슨 뜻이야?"

"음, 영어로 하자면요. 내 자전거, 내 자전거. 뭐 그런 뜻이에요."

아이들은 그곳에 가면 자전거를 탈 수 있다는 걸 '들어' 알고 있었다. '자전거 송'이 울려 퍼지고 아이들은 기대감에 목청을 키웠다.

일편단심 자전거에만 목이 마른 아이들이 50명이었다. 그런데 자전거는 고작 18대. 켈렙이 아이들을 세 조로 나누고 타는 시간을 정해주었지만 잘 지켜지지 않았다. 순서가 흐트러지고 먼저 타고 싶어하는 아이들을 달래느라 진을 뺐지만 금세 웃었다. 여기선 웃지 않는 것이 이상한 일이었다.

몇 명은 탈 줄도 모르면서 자전거를 끌고만 다니고 또 몇 명은 못 타다가도 금세 배워 페달을 밟았다. 잘 타는 몇몇 녀석들은 우리가 자리잡은 방갈로 앞을 지나가며 손을 흔들었다. 켈렙은 자전거에 꼭 붙어 있는 아이들에게서 눈을 떼지 못했다.

"나도 어렸을 때 자전거를 좋아했거든. 매번 새로 나온 자전거를 사 달라고 졸라댔지. 그런데 말야. 모델을 바꿔 가면서 자전거를 타던 그 시절을 반성해."

더 가지지 못한 것을 아쉬워만 하던 우리들은 어느새 많이 가지려 하던 것을 부끄러워하게 됐다.

GO-FIGHTER

자전거 탈 차례를 기다리던 나머지 아이들은 놀이터에서 뛰어놀거나 푹신한 잔디 위를 망아지처럼 달렸다. 내가 당나귀를 탈 수 있다고 귀띔하자 몇몇이 달려갔다. 왜 달리는지도 모르면서 그 뒤를 따르는 아이들이 줄을 이었다. 그러다 센터 한편에 수영장이 있는 것을 발견한 모양이었다.

“선생님, 수영하면 안 돼요?”

“수영하려면 수영복이 있어야 해.”

“수영복이요? 속옷 입고 들어가면 안 되나요?”

“미안해. 안 된단다. 다른 사람들도 함께 수영하는 곳이라서 수영복을 꼭 입어야 한대. 다음에 하도록 하자.”

사실 미리 수영복을 준비시킬까 하다가 말았다. 수영복을 가져올 수 있는 아이들이 몇 명 있겠지만 이왕이면 함께 어울릴 수 있도록 하고 싶었기 때문이다. 아이들은 잠깐 부은 얼굴이 되었다가 다시 놀이터로 흩어졌다.

놀이터에는 트램폴린이 두 대 있었다. 가녀린 아이들이 하늘로 솟아올랐다. 머리카락 대신 옷자락이 펄럭였다. 아이들이 이끄는 대로 나도 트램폴린에 올라 발을 굴렀다. 이십 년 만이던가. 중력을 거스르는 기분을 만끽하며 한참 동안 아이들의 공간을 뺏었다.

먹고 뛰어놀고 먹고 뛰어놀고, 아이들은 종일 자신의 본분에 충실했다. 집에 돌아갈 시간이라고 하니 “조금만 더요”를 외치다가 이내 마음을 접는다. 우리는 아이들이 쉽게 포기하고 수긍하는 모습에 안쓰러워하다가도 금세 밝아져 내미는 미소에 사로잡혔다. ‘마성의 아이들’은 마타투를 기다리며 흘러나오는 음악에 맞춰 춤을 추기 시작했다.

아이들은 태어날 때부터 춤추는 센서를 몸에 부착하고 나오는 건지 음악만 나오면 자동이다. 누가 등을 떠밀어 나온 녀석들은 수줍어서 혀를 쏙 내밀다가도 이내 리듬에 몸을 맡긴다. 씰룩씰룩, 덩실덩실, 장르를 알 수 없는 춤들이

흥겨운 몸짓에 실려 세상 밖으로 나온다.

"빵빵!"

마타투 운전사가 경적을 울려 흥을 깰 때까지 춤과 노래는 계속됐다. 아이들은 '자전거 송'을 다시 불렀다. 한 번도 가져보지 못한 자전거에 대한 순정이 피어올랐다. 그날 밤 아이들은 자전거를 원 없이 타는 꿈을 꿀 것이다.

Scott Foresman - Addison
Everyd
Spelli
Vocabulary • Writing • Cross-Curricu

찍힐 준비 됐나요?

•

"Are you ready?"

5학년 아이작은 사진을 찍기 전에 항상 물었다. 우리는 대열을 흩트리고 마주본 채 크게 웃으며 다 되었다고 외쳐주었다. 그러면 녀석은 심호흡을 하고 거대한 카메라에 눈을 갖다 댄 뒤 조심스럽게 셔터를 눌렀다. 그 삼사 초의 시간은 길게만 느껴졌고 꼬물거리는 게 당연한 아이들은 몸을 비틀었다. 하지만 누구도 불평하지 않았다.

처음 카메라를 잡던 날, 아이작은 마른침을 삼켰다. 셔터의 위치를 찾지 못하는 녀석의 꼬질꼬질한 손이 카메라를 조심스레 더듬었다. 누구도 그 손이 더럽다고 말하지 않았다. 우리는 그날로 성실하고 인내심 있는 사진사를 갖게 되었다. 전용 사진사의 탄생, 이었다.

두 번째 소풍을 간 날, 많은 아이들의 부러움을 뒤로 하고 아이작은 카메라를 잡았다. 처음 보는 기계를 만져보고 싶다는 열망이었을 것이다. 그 열망은 '켈렙 선생님 카메라 자유이용권'이라는 예상 밖의 수확으로 돌아왔다. 자신의 DSLR을 선뜻 아이작에게 내준 켈렙이 귀띔했다.

"아이작은 카메라를 대하는 태도가 진지해. 놀잇감 이상으로 보는 것 같아."

사진사의 '소양'이란 게 있다면 무얼까. 아이들은 언제나 손으로 밥을 먹고 흙장난을 한다. 켈렙은 아이작의 손을 닦아주며 "카메라를 소중히 대하는 사람이 훌륭한 사진사가 될 자격이 있다"고 말했다. 그 뒤로 아이작은 알아서 척척이었다. 우리는 소풍을 갈 때마다 배불리 먹었다. 먼지 묻은 손으로 짜파티를 뜯고 삶은 달걀을 비벼서 까먹었다. 사모사도 팝콘도 아이들 차지였다. 음식을 먹고 난 뒤 아이작은 알아서 손을 닦았다. 물수건을 빌리기도 했고 수돗가를 찾기도 했다. "금방 씻고 올게요, 잠시만요!" 그럴 때마다 엄숙한 표정으로 잠깐씩만 우리에게 카메라를 맡겼다.

개구쟁이 아이작은 카메라를 잡을 때만 진지한 사진사로 변신했다. 깨지기 쉬운 보물을 다루듯 카메라를 어루만졌다. 달래고 말을 걸었다. 요리조리 버튼을 돌려보고 질문을 해댔다. 설명을 해주면 입을 "헤~" 벌리고 "네 선생님"을 구호처럼 붙였다.

그날도 평범한 날이었다. 수업을 마치고 집으로 돌아온 나는 다음날 수업을 준비하며 무심코 카메라를 켰다. 남은 메모리를 확인하기 위해서였다. 그리고 거기서 내가 찍지 않은 많은 사진들을 봤다. 그 안에서 아이들이 웃고 까불고 뛰어놀고 있었다. 모두 아이작의 '작품'이었다. 그중 몇 컷이 기어코 눈물을 뽑아냈다.

나는 켈렙에게 아이작의 사진을 보여주었다. 우리도 아마추어지만 우리보다 더 아마추어인, 심지어 카메라를 잡은 지 며칠 되지 않은, 게다가 자동 모드로밖에 찍을 줄 모르는 아이작의 사진에는 분명 '무언가'가 있었다. 우리는 그 무언가가 무엇인지도 몰랐으면서 차라리 아이작이 아무것도 갖지 못했으면 더 좋았을 거라고 쉽게 생각해버렸다. 그것이 흙 속에서 진주를 캐내는 일이 아니기 때문이다. 무언가를 가져본 일 없는 아이에게 그것마저 빼어오는 일이었다.

"모르는 게 나을 뻔했어."

"휴, 정말 재능이 없는 게 나을지도 모르겠다. 아이작 형편에 사진을 제대로 배울 수도 없고, 우리가 가고 나면 더는 찍을 일도 없겠지. 이제 어쩌면 좋아."

우리가 할 수 있는 일이 있을지 고민했다. 우선 어린 예술가들을 위한 프로그램이 있는지 알아보기로 했다. 와토토 교회에 줄을 댔고 괴테 센터에서 주최

하는 거리 페스티벌에 참가한 사진작가에게 아이작의 사진을 보여주었다.

"그러네요. 뭔가 달라요. 정말 난생 처음 찍은 거 맞아요? 아이가 몇 살이라고 했죠?"

사진작가는 아이작의 사진을 보고 감탄했지만, 그리고 확실히 재능이 있는 것 같다고 말해줬지만 방법이 없기는 마찬가지였다.

우간다를 떠날 때까지 우리는 아이작을 위한 방법을 찾지 못했다. 내가 할 수 있는 거라곤 그저 내 카메라를 쥐어주는 것뿐이었다. 디지털 카메라이니 마음껏 찍을 수 있게 했다.

긴 여행을 마치고 한국으로 돌아온 뒤 켈렙에게 반가운 메일을 받았다. 와토토 교회에 비슷한 프로그램이 있어 교회의 복지사와 아이작을 연결시켜준 것. 구체적이지는 않지만 그들이 아이작을 위해 무언가를 할 수 있을 것 같다고 했고, 우리가 떠날 즈음 도착한 멕시코 봉사자 안드레스가 가교 구실을 해주기로 했다.

그러던 어느 날, 우간다를 떠난 지 5개월 만에 놀라운 메시지를 받았다. 아이작에게서 온 것이었다. 아이작은 안드레스에게 컴퓨터와 인터넷을 배운다고 했다. 안드레스의 도움을 받아 한 자 한 자 자판을 두드렸을 녀석의 눈망울이 눈에 선했다. 띄어쓰기도 마침표도 쉼표도 없는 짧은 메시지가 모니터에서 반짝, 빛을 내며 떠올랐다.

> 안녕 선생님 잘 지내요 나예요 당신의 친구 아이작 부디 선생님 저는 신이 당신을 축복하길 바라요 안녕 안녕 선생님!

나는 아이작의 렌즈에 언제나 포착되었을 정도로, 아주 가까이 그의 곁에 있었다. 하지만 이제는 서로를 볼 수도 목소리를 들을 수도 없는 지구 반 바퀴

거리에 떨어져 있다. 만약 어떤 신비로운 일이 생겨 그가 '초수퍼울트라멀티' 망원 렌즈를 갖게 된다면 그 먼 곳에서도 나를 볼 수 있겠지. 나는 또 괴상한 모델 포즈로 그를 웃겨줄 수 있겠지. 그런 일은 결코 일어나지 않을 것이지만 나는 쉽게 슬퍼하거나 섣부른 희망은 갖지 않는 것으로 그를 추억했다.

아이작의 작품 세계.

1

2

3

1 무중구가 득실대는 캄팔라 시내의 카페에서는 한국과 비슷한 값에(현지 물가를 생각하면 많이 비싸다는 얘기) 훨씬 맛있는 커피를 즐길 수 있다.

2 아이보리 호텔의 야외 식당. '호텔'이라는 이름에 겁먹을 필요 없다. 다양하고 저렴한 메뉴를 즐길 수 있다.

3 매일 아침을 장식한 아프리카 커피.

‘아프리카 커피’ 한 잔 주세요

•

가끔 혼자 있고 싶을 때가 있었다. 그러면 학교를 마치고 숙소 근처의 ‘아이보리 호텔’로 갔다. 호텔은 이름값을 하느라 길목에 커다란 상아 모형 두 개를 교차시켜 세워놓았다. 조악한 그 조형물을 지나면 호텔이라는 이름을 붙이기에는 조금 초라한 건물들이 나왔다. 그 호텔은 화려하지 않은 대신 저렴한 가격의 음식을 내놓는 식당을 밖에 끼고 있었다.

오후에 가면 사람이 별로 없었다. 시선에서 해방되어 죄책감을 조금 내려놓고 커피를 마시거나 간단한 스낵을 먹었다. 어떤 날은 혼자였고 어떤 날에는 식당 안 작은 텔레비전으로 축구를 보며 낮부터 맥주를 마시는 사내들이 있었다. 또 어떤 날에는 외식을 나온 가족들이 옆자리를 차지했다. 아이들의 아빠로 보이는 남자는 엄청난 양의 음식을 시켜 먹고는 예닐곱 개의 열쇠가 달린 꾸러미를 자꾸만 흔들어냈다. 열쇠는 부의 상징, 지켜야 할 게 많은 그는 피곤해 보였다.

거기서 처음 커피를 마셨다. 외국인을 상대로 하는 시내의 번듯한 카페에서야 카푸치노고 라테고 모카고 커피 메뉴가 다양했지만 현지 식당이나 조그만 규모의 길거리 카페에는 오직 두 개의 메뉴밖에 없다. 이곳 식당도 그랬다. ‘아프리카 커피’, ‘아프리카 차’.

호기심이 생길 만했다. 우간다 커피도 아니고 도대체 아프리카 커피가 뭘까? 궁금증을 못 이겨 1달러짜리 아프리카 커피를 시켰다. 데운 우유와 ‘네스카페’ 로고가 큼지막하게 찍힌 인스턴트커피 깡통이 함께 나왔다. 나는 그만 웃고

커피나무 아래의 소년.

말았다. 아프리카 커피는 그 어디에도 없었기에. 뜨거운 물 대신 따뜻한 우유에 설탕과 인스턴트커피 가루를 넣고 '셀프'로 만들어 마시라는 거였다.

나중에야 알게 됐다. 이곳에서는 인스턴트커피가 일반 원두 분쇄 커피보다 훨씬 비싸다는 걸. 양질의 커피를 전세계로 수출하면서 정작 현지 식당의 아프리카 커피 메뉴는 고작 인스턴트커피라니.

마트에서 직접 가격을 확인한 나는 놀라고 말았다. 깡통에 든 인스턴트커피는 몇천 원인 데 반해 원두 분쇄 커피는 고작 몇백 원이었다. 한국에서는 그 반대인데 말이다. 물론 원두커피의 원두 질은 우리가 수입해 마시던 것하고는 다르다. 좋은 건 수출하고 남은 것, 품질이 떨어지는 것만 내수용이라고 한다.

커피를 즐겨 마시던 캐스틴이 언젠가 물었다.

"맛있는 커피 마실래?"

"물론이지!"

커피를 마다할 내가 아니었다. 그녀가 준비한 것은 원두커피였는데 종이 필터나 거름망 같은 걸 구할 수 없어 우린 그냥 뜨거운 물을 붓고 가루를 가라앉혀 마셨다. 아프리카에서 마시는 커피라서 그랬을까. 마구 끓인 것이었는데도 향이 좋고 맛이 깔끔했다.

"이거 정말 맛있다. 어디서 샀어?"

"잠비아산인데 유럽에서 온 거야."

"응? 우간다 게 아니구?"

사정은 이랬다. 그녀는 게스트하우스에서도 커피를 마시고 싶어 캄팔라 이곳저곳을 뒤져봤지만 질 좋은 커피를 구할 수 없었단다. 하는 수 없어 아프리카로 여행을 오는 남자친구에게 부탁을 했고 그가 커피를 가져다준 것이다.

"나는 지금 아프리카에 있는데 유럽에서 오는 남자친구에게 커피를 사다 달라는 게 우습지 뭐야. 커피를 받아보니 잠비아산이었어. 유럽으로 수출된 잠비아산 커피를 다시 아프리카로 들고 온 거지. 신식민주의, 그 말이 탁 떠오르더라."

우간다는 아프리카 커피 생산량 2위, 전세계적으로는 7위일 정도로 양질의 커피를 많이 생산하고 있다. 학교의 어느 선생님은 "커피가 우간다를 먹여 살린다"고 말했다. 하지만 정작 우간다 사람들은 그 맛있는 우간다 커피의 맛을 몰랐다. 씁쓸한 위안이지만 그래도 다행이었다. 안 마신다고 굶어 죽지는 않으니. 나는 우간다에서 커피가 기호 식품이라는 것에 얼마나 안도했는지 모른다.

매일 이른 아침, 숙소에서 가까운 도로로 나가면 자전거에 은색 우유통을 싣고 다니는 우유 장수를 만날 수 있다. 꼭 누구 한 사람은 컵이나 그릇을 들고 나와 우유를 사고 있다. 혹시나 우유 장수를 만나지 못해도 실망할 필요는 없다. 길 건너 우유를 파는 곳에 가면 막 가져온 우유를 살 수 있으니까. 그래서 자주, 우유를 따뜻하게 데워 '아프리카 커피'를 타 마셨다. 우유는 한국보다 훨씬 빛깔이 노랬고 더 고소한 냄새를 풍겼다. 인스턴트커피가 녹으면서 따뜻한 우유가 갈색으로 변하는 그 몽글몽글한 순간이 좋았다. 단 인스턴트커피라도 다국적 기업의 것이 아니라 우간다 제품이어야 했다. 그것이 우리의 불문율이었다.

그렇게 우리는 아프리카 커피에 길들여졌다. 비록 우간다산 신선한 원두커피를 마시지는 못했지만 그 서운함도 조금씩 사라져갔다.

세계의 쓰레기통을 뒤적였더니

우간다는 맛있는 커피와 차, 그 밖의 각종 농수산물을 전세계로 수출한다. 하지만 우간다가 수입하는 것은 대체로 남들이 쓰다 버린 것이다. '재활용'이라는 좋은 단어가 있지만 가끔씩 너무한다 싶을 때도 있었다.

학교로 가는 길이었다. 9시까지는 도착해야 하는데 마타투의 바퀴가 '또' 펴졌다. 두 번이던가, 세 번이던가. 그 바쁜 출근 시간에 자꾸만 바퀴의 바람이 빠지는데도 운전사는 별 당황하는 기색이 없다. 흔히 있는 일이기 때문일 것이다. 그는 태연히 주유소에 들러 바람을 넣고 휘파람을 불며 달렸다. 고물을 이만큼 굴리는 데만도 감사해야 할 것이다.

우간다의 주요 교통수단인 마타투는 대부분 일제 도요타 중고 차량이다. 그것을 수리해서 쓰는 모양인데 굴러가는 게 신기할 정도로 오래된 것이 많다. 자동차뿐만이 아니다. 거리 곳곳에서는 신발을 닦는 사람들을 흔히 볼 수 있다. 다른 나라에서 들여온 중고 신발들을 커다란 고무통에 담가놓고 물에 세제를 풀어 솔로 닦는다. 어찌나 때가 나오는지 검은 세제 거품이 대야 밖으로 튀어 오른다. 나는 중고품 수선 대회가 있다면 기꺼이 그 사람들을 추천할 것이다. 검은 운동화를 흰 운동화로 만들 수 있을 게 분명했다. 그렇게 빨아 말린 운동화는 거의 새것처럼 반짝반짝한 상태로 진열된다.

"오위노Owino 가려고?"

"엑! 오위노 간대."

1 어떻게 굴러가는지도 모를 낡은 도요타 봉고가 캄팔라 시내를 가득 메우고 있다. 택시 파크 부근.

2 경희대 태권도의 위용? 버스에서 만난 꼬마 녀석의 티셔츠가 인상 깊어 한 컷.

3 우간다 어디서든 길거리에 중고 물품을 늘어놓고 파는 상인들을 만날 수 있다.

4 난사나 시내의 작은 슈퍼에 눈에 익은 글씨가 눈에 띄었다. 가까이 가서 봤더니 한국에서 온 중고 냉장고. 갯벌산낙지 집에서 썼던 모양인데 지금은 물과 음료 냉장고로 환골탈퇴.

"누구랑? 혼자?"

"그래 한 번쯤 가보는 것도 나쁘지 않지. 하지만 절대 혼자 가지는 마!"

오위노 시장에 간다고 하자 반응이 저랬다. 시장에 물건 사러 가는데 웬 호들갑이냐 했을 정도로. 카타리나와 나는 반소매 티셔츠나 찾아볼까 하고 캄팔라로 갔다. 오위노 시장은 캄팔라의 뉴 택시 파크 근처에 있는 거대한 시장이다. 없는 게 없다는 이 시장은 여행자들에게는 유럽 등지에서 들여온 중고 의류로 유명하다.

오위노 시장은 무심코 지나치면 결코 시장이라고 알아챌 수 없는 곳이다. 멀리서 보면 얼기설기 판잣집이 끝도 없이 늘어서 있다. 오죽하면 그곳이 시장인지 모르던 때, 나는 빈민가이겠거니 생각했다.

밖은 환한데 안으로 들어서자 생각보다 어두웠다. 햇볕을 가리기 위한 천막 때문이었다. 어젯밤의 비로 군데군데 빗물이 고여 있어 질척였지만 그래도 천막 덕분에 더운 날씨에 볕을 피해 쇼핑을 할 수 있었다.

오위노는 무질서 속의 질서로 정연했다. 빈약해 보이는 가녀린 나무 기둥과 매대가 죽 늘어서 있고 많은 사람들이 그 사이를 오갔다. 손님은 물론이고 상인에게 음식을 파는 식당 아줌마, 물건을 나르는 인부들로 북새통이었다. 그런데 누구도 부딪히거나 넘어지지 않았다. 구역이 따로 정해져 있는 듯 신발을 파는 골목이 끝났다 싶으면 남성복, 커튼이나 쿠션을 파는 골목, 여성복이나 가방, 셀 수 없을 정도로 많은 골목들이 거미줄처럼 얽혀 있었다.

닳고 닳은 상인들은 온갖 술수로 우리를 유혹했다. 손이나 팔을 잡고 쓰다듬는다. 사지 않겠다 해도 길을 막아서고 비키지 않기도 한다. "헬로우 시스터", "헬로우 마이 프렌드", 집요하게 묻고 또 말을 걸어온다. 물론 그들 중 몇몇은 판매보다는 사심이 크다.

"이봐, 여기 무중구가 있어."

우리는 물건을 구경하고, 사람들은 그런 우리를 구경했다. 카타리나와 나는 처음에는 입을 꾹 다물고 있다가 전략을 바꿨다. 우리는 그들의 인사에 일일이 화답하고 질문에 열심히 대답하면서 물건을 들여다보기 시작했다. 간간이 잡담도 섞고 비싸다고 투정도 부렸다. 그랬더니 쇼핑은 훨씬 쉬워졌다.

사실 어떤 곳은 터무니없는 가격을 불렀다. '무중구'니까 그 정도는 내야 한다는 식이었다. 1000원이면 될 것 같은 스카프를 5000원에 부르는 사람도 있었다. 그건 애교였다. 중고 원피스가 예뻐 가격을 물었더니 5만 원이 넘었다.

그러다 우리는 물건을 쌓아놓고 판매하는 구역에 이르렀다. 아무 생각 없이 시장 안을 배회하다가 저절로 흘러든 모양이었다. 마음먹고 찾으려고 해도 그럴 수 없을 것이다. 나는 지금도 그 구역이 시장의 어느 쪽에 있는지 모른다.

그 구역의 상인들은 매대를 갖지 못했다. 상하의 구별 없이 수십 벌의 옷이 작은 언덕 모양으로 쌓여 있었다. 남대문 시장처럼 거기서 원하는 것을 골라내면 되는데 가격은 귀를 의심할 정도로 쌌다. 어떤 것은 300원, 어떤 것은 500원이었다.

나와 카타리나는 집중해서 옷 무더기를 뒤지기 시작했다. 얼룩이 묻어 있거나 구멍이 난 것도 있었다. 따로 옷을 빨거나 가려내지 않아 싼 모양이었다. 유럽의 유명 브랜드도, 간간이 한국 제품들도 눈에 띄었다. 유행이 지났거나 조금 상한 곳도 있었지만 멋 부릴 일 없는 이곳에서는 넘치고 충분했다.

우기가 코앞이라 카타리나는 빨간색 고무장화를 사고 싶어했다. 하지만 좀처럼 원하는 걸 찾을 수가 없었다. 그러다 들른 어느 가게에서 나는 아동용 장화에 검은 유성펜으로 쓰인 이름을 봤다.

"이거 한국에서 온 거네."

카타리나에게 아이의 이름을 읽어주었다. 치수만 맞으면 내가 신고 싶을 정도로 깜찍한 장화였다. 하지만 한국에서였다면 '이 나이에' 결코 신을 수 없는 디자인의, 게다가 비가 와도 잘 신을 일이 없는 장화였다. 한때 장화를 신고 씩

씩하게 걸었을 이 장화의 꼬마 주인은 모르고 있을 것이다. 발이 커져 혹은 싫증이 나 신지 않게 된 장화가 이 먼 곳까지 와서 누군가에게는 귀하게 대접받을 거라는 사실을.

장화를 포기하고 걸어가는데 '남성복' 매장의 직원이 물었다.

"무엇을 찾나요?"

"글쎄요."

"나한테 물어봐요."

"반바지요."

"이쪽으로 와봐요."

"내가 입을 거예요. 여긴 남자 옷을 파는 데잖아요."

"없는 게 없다니까요. 잠시만 기다려요. 5분만! 곧 돌아올게요."

괜찮다며 돌아서는 우리를 붙잡아 세워놓고 그는 바람처럼 사라졌다. 오래지 않아 돌아온 그의 손에는 바지가 가득하다. 결국 고르지 못했지만 "없는 게 없다"는 그 말은 옳았다. 그리고 "무엇이든 구해준다"는 것도.

시장에는 헌 옷만 있는 게 아니었다. 신선한 과일이며 채소, 각종 향신료와 양념들도 있었다. 파는 물건마다 골목마다 분위기가 달랐다. 우리는 '바닐라 빈'을 샀다. 바닐라 라테를 마시며 시럽만 맛보았지, 그 맛을 내는 바닐라 빈은 처음 본 거다. 한 묶음의 바닐라 빈은 고작 500원. 우리는 현지인들처럼 길에서 파는 조각 파인애플을 입에 물고 3시간 만에 시장을 나섰다.

'아프리카는 세계의 쓰레기통인가?'

버려진, 헌, 오래된 것들이 모두 이곳으로 오는 것을 보고 처음에는 이렇게 생각했다. 내수 시장이 빈약하고 자체적으로 생산할 수 있는 물건이 적으니 당연할 것이다. 어차피 수입은 해야 하는데 새 제품은 어마어마하게 비싸니 말이다. 그리하여 우간다는 고집스런 수집가처럼 전세계에서 많은 중고품을 들여

오고 있다. 비단 우간다의 일만은 아닐 것이다. 문득 대청소를 할 때마다 내가 버리는 '멀쩡한' 신발과 옷가지들을 떠올렸다. 나 같은 사람이 전 세계에는 아주 많을 테니 중고품마저도 살 수 없는 사람들을 위해 세계적인 '헌 옷 나눔'이 일어나면 어떨까. 벌써 많은 단체들이 그런 일을 하고 있겠지만 알다시피 아프리카는 아주 넓으니까.

어찌됐든 싫증이 나서, 새로운 모델로 바꾸느라, 더 좋은 걸 쓰고 싶어 버려진 물건들은 이곳에서 값을 받으며 팔리고 있다. 누군가에게 줄 선물이 되거나 특별한 날에 겨우 하나 장만하는 귀한 대접을 받고 있는 것이다.

폐기될 무언가들이 새로운 생명을 얻고 있는 곳. 그랬다. 이곳은 생명의 땅, 아프리카니까.

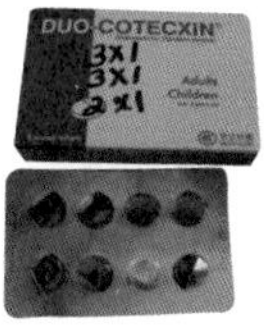

안 걸렸음
말을 말어,
말라리아 투병기

그날 저녁, 나는 식욕이 없었다.

이제 식욕이 없다는 게 어떤 건지 확실히 안다. 몸이 추워 뜨거운 것을 삼켜볼까 했지만 목구멍이 열리지 않았다. 극도로 피곤한데다 어지럽고 열이 심했다. 체온은 38. 5도였던가. 한국에서 가져온 해열제를 한 알 먹고 아주 일찍 잠자리에 들었다.

잠결에 확인해보니 옷은 땀에 푹 절었고 열은 정상으로 내려가 있었다. 그런데 곧 오한에 잠이 깼다. 그런 오한은 처음이었다. 여기가 열도의 아프리카인지 내가 시베리아에 와 있는 건지 그 비현실적인 추위에 꿈을 꾸는 것도 같았다. 얇기는 하지만 옷을 입었고 재킷과 오리털 침낭을 덮었는데도 말이다. 가진 옷을 다 빨아 더 껴입을 것도 없었다. 몸의 일부가 조금만 침낭 밖으로 나가도 얼어버릴 듯 했다. 뒤척일 때마다 바람이 들어왔고 나는 턱을 덜덜덜 떨며 두려움과 고통으로 간간이 욕을 내뱉었다.

얼마나 시간이 흘렀는지 모른다. 춥다는 말을 하지 않으면 입이 얼어붙을 것 같아 수백 번은 입 밖으로 꺼내면서도, 곤히 잠든 룸메이트를 깨울 수 없어 끙끙거리며 버텼다. 그러다가 지쳐 잠들었지만 금세 깼다. 오한 다음은 다시 발열이었다. 온몸이 견딜 수 없이 뜨거웠다.

몸이 무거웠다. 그건 수사가 아니었다. 단순한 피로감이 아니라 몸의 무게가 실질적으로 다가왔다. 무언가를 들어 올리는 일도, 아니 그 전에 내 몸을 들어 올리는 일도 쉽지 않았다. 근육인지 관절인지 따져볼 틈도 없이 저리고, 힘이란 힘은 모두 빠져나가 고무풍선이 되어버린 느낌이었다. 지금 생각하면 어떻게 움직일 수 있었는지 의아한데, 기적처럼 물수건을 만들어 와 얼굴과 목을 차례로 문질러 열을 낮추려고 애썼다. 한국에서 말라리아에 관한 자료를 찾아볼 때 말라리라에 걸려봤다던 누군가가 그랬다. "조금 심한 몸살감기"라고. 나는 누군지 모르는 그 사람에게 욕을 퍼부었다.

'이건 차원이 다르잖아!'

화장실에 가려고 침대에서 일어서자마자 표현하기 힘든 현기증과 어지러움, 호흡 곤란이 왔다. 무릎 밑이 심하게 저렸고 마비되는 것처럼 감각이 없었다. 두려웠고 아팠다. 결국에는 울었다.

나를 본 페이션스가 당황하며 방으로 부축해주었다. 곧 옆방 사무실에서 자넷이 찾아와 택시를 알아볼 테니 병원에 가자고 했다. 나는 친구들이 돌아오면 함께 가겠다고 버텼다. 자넷은 평소답지 않은 강한 어투로 말했다.

"안 돼요. 당장 병원부터 가야 해요. 얼른 택시 알아볼게요."

다행히 얼마 지나지 않아 켈렙과 아사노가 돌아왔다. 그 사이 내 상태는 악화되었다. 택시를 기다리는 동안 다리의 감각이 없어졌다. 이를 빼느라 마취 주사를 맞았을 때 서서히 굳던 잇몸과 비슷한 이물감이, 그리고 이물감마저 사라지고 남았던 뻐덩뻐덩한 느낌이 다리에 전해져왔다. 숨 쉬기가 힘들어 심장에 무슨 일이 생긴 것도 같았다. 증세에 비해 머릿속은 평온했으므로, 만일 당장 한국으로 돌아가야 하는 거라면 어떻게 할지 고민하는 사이 병원에 도착했다.

의사는 쿨했다.

차분히 읽던 신문을 마저 읽고는 끙끙 앓는 소리가 진료실을 가득 채울 즘 내게로 다가왔다. 모든 환자의 서운함이리라. 당장 죽을 것만 같은데 의료 서

비스는 거북이처럼 느리다는 생각. 의사는 몇 가지를 물었고 나는 며칠 전 엘곤 산을 등반했다는 것과 고산병, 말라리아의 가능성에 관해 이야기했다. 목소리가 나오는 게 신기했다. 의사가 열을 쟀다. 39도가 훨씬 넘는다 했다. 간호사가 와서 말라리아 검사를 위해 피를 조금 가져갔고 혈압을 쟀다. 혈압에는 큰 문제가 없었다. 결과를 기다리는 사이 진통제를 한 알 주기에 먹었다.

"말라리아네요."

잠시 후 의사가 엄숙하지 않은 말투로 선고했다. 그랬다. 그것은 말라리아였다. 어쩐지 남의 일처럼 여겨지던 말라리아. 정체를 알게 되니까 외려 마음이 편했다. 주사를 처방받고 흑인 간호사 앞에서 얌전히 엉덩이를 내렸다. 그러고 나서 진정될 때까지 누워 있었다. 한기는 그대로라 여전히 오들오들 떨면서. 병원까지 가지고 온 침낭 속에 파묻혀 얼마나 더 떨었을까. 돌아가도 된다는 말에 비틀거리며 대절해온 택시에 올랐다. 모기만 한 목소리로 나는 물었다.

"자넷, 내가 너무 늦게 병원에 간 거 아니에요?"

"아니에요. 만약 너무 늦었더라면 병원에서 링거를 놓거나 입원을 시켰을 거에요. 안심해요. 곧 괜찮아질 테니."

함께 병원에 갔던 켈렙은 내 말라리아 수치가 '3++'라고 일러주었다. 단계가 1부터 5까지 있으니 그리 낮지 않은 수치라 생각했다. 지금도 충분히 이렇게 고통스러운데 수치가 4를 넘어가면 얼마나 힘들까, 감히 상상하기도 싫었다.

돌아와서는 잠을 청했다. 할 수 있는 건 그것밖에 없었다. 잠에서 깨어나면 약을 먹어야 했다. 약이 많았다. 3알의 말라리아 치료제와 3알의 진통제. 병원에서 먹은 것까지 계산하면 오늘 하루 진통제만 4알이다. 과하다 싶다가도 지금 느끼는 통증을 고려하면 약은 넘치지 않는다. 생각할 겨를 없이 알약 6개를 한입에 털어넣었다.

집에 전화를 하고 싶었지만 그럴 수 없었다. 걱정할 게 뻔했다. 염려 섞인 친구들의 목소리를 들었고 저녁에 돌아온 캐스틴이 손을 잡아줬다. 그런 친구들이 있는데도 몸이 아프니 마음도 도리가 없었다. 어쩔 수 없이 통증보다 더한 것은 외로움이었다.

밤새 열이 조금 내려가나 싶더니 이튿날 아침에는 모든 증상이 고스란히 돌아와 있었다. 나는 두려움을 숨기지 못하고 다시 택시를 불러 달라고 부탁했다. 어제 그 운전사는 바빠서 못 오는 것 같았다. 새로운 운전사는 어제 지불한 비용의 두 배를 불러 UPA 직원들이 흥정에 나섰지만 물러날 기색이 없어 보였다.

어떻게 흥정을 했는지 택시는 굴러갔다. 병원에 가서 다시 피 검사를 해보니 말라리아 수치는 '3++'에서 '1++'로 떨어져 있었다. 의사는 시간이 더 필요한 것일 뿐 괜찮다며 나를 안심시켰다. 검사 뒤 집으로 돌아오는데 택시 기사가 길에 차를 세우고는 누군가와 한참 통화를 했다. 아픈 사람 붙잡고 한몫 하려는 것 같아 안 그래도 불편하던 참에 통화가 길어지니 더는 참을 수가 없었다.

"너무 힘드니 빨리 좀 가주세요."

"알았어요. 하지만 이건 내 비즈니스에요. 중요한 일이라구요."

"지금 장난해요?"

나는 날카로웠다. 그는 아픈 내게 다른 수가 없다는 걸 알고 터무니없는 요금을 불렀고 배려심이라고는 눈곱만큼도 없었다. 나는 우습게도 처음 보는 그에게 배려심을 바랐을 정도로 아팠고, 내 상태에 절망했다. 하지만 더는 화낼 수 없었다. 그에게 화를 내면 벌을 받아 증세가 악화될 것만 같았다. 그러니까 그런 미신까지 허투루 대할 수 없을 정도의 몸 상태였다.

3일째 거의 공복이던 나는 켈렙이 끓여준 미음을 억지로 입에 넣었다. 켈렙의 정성이 고마워 몇 술 뜨는 시늉을 했지만 세 숟가락을 넘기지 못했다. 그날 밤 내 상태가 어땠는지는 역시나 기억에 없다. 다만 엄마의 김치 한 조각과 찰진 흰 쌀밥이 그리웠다는 것밖에는. 그것만 먹으면 다 나을 것 같았다.

3일째 되던 날 아침, 화장실에 가다가 주저앉았다. 하지만 곧 거짓말처럼 상태가 호전됐다. 3일치였던 말라리아 약을 다 먹은 날이었다. 앉을 수도 걸을 수도 먹을 수도 있었다. 켈렙은 보양식을 계속 만들어줬고 나는 굶주린 사자처럼 먹었다.

그렇게 거짓말처럼 아팠고 거짓말처럼 나았다. 본격적으로 앓은 지 5일 만에 목욕을 하고 거울을 보았다. 그새 폭삭 늙은 내가 보였다. 방 정리를 싹 하고 시트를 갈고 밀린 빨래도 했다. 땀에 절어 쉰내가 나던 옷을 벗어던지니 속이 시원했다. 그런데 그것이 끝이 아니었다.

며칠 뒤 눈에 뭐가 떠다니는 것이 보여 말라리아 후유증인가 하고 병원을 다시 찾았다. 다행히 후유증은 아니었다. 대신 의사는 내 오른쪽 눈에서 백내장기를 발견했다. 서른의 나이에 백내장이라니. 이건 말라리아보다 더 어처구니없지 않은가! 내가 상심하자 의사는 더 진행되지 않을 수도 있지만 알고 있는 게 도움이 될 거라고 했다. 말라리아 덕에 앞으로 관찰해야 할 병이 생긴 것이다.

아프리카에 비교적 오래 머물렀지만, 말라리아는 딴 세상 일이었다. 한국에서 챙겨간 모기 방지 스프레이는 냄새와 끈적임 때문에 그냥 던져두고 있었다. 게다가 나는 예방약조차 먹지 않았다.

'말라리아는 아프리카에서 감기와 같은 것입니다. 약도 치료도 잘 되어 있습니다. 만일 말라리아에 걸리면 현지에서 치료받으세요. 예방약도 나라마다 적용되는 것이 다릅니다.'

먼저 아프리카를 다녀온 사람들의 말이었다. 총 6개월의 체류를 계획하고 온 나는 예방약의 부작용에 더 무게를 두었다. 게스트하우스 친구들 중에도 약을 먹지 않는 경우가 더 많았다. 우리는 농담처럼, 그러나 호기롭게 말했다.

"말라리아 모기가 주로 활동하는 시간은 새벽이라구. 그 시간에 우리는 모기장을 치고 자니까 염려 없어."

하지만 인생은 복불복. 말라리아 모기는 새벽까지 클럽에서 놀다 들어오는 친구들 대신 나를 선택했다.

회복 후 나는 변했다. 여전히 체류 기간이 많이 남아 예방약은 먹지 않았지만 열심히 모기 방지 스프레이를 뿌렸다. 우간다를 떠나 혼자 여행을 시작하면 예방약도 먹을 계획이었다. 그제야 엘곤 산과 시피 폭포에서 이상했던 내 몸 상태도 모두 설명됐다. 말라리아가 서서히 그 본색을 드러내기 시작한 것이다. 낫고 나서야 '그래도 운이 좋았다'는 생각이 들었다. 만약 산꼭대기나 외진 곳에서 증상이 나타났다면, 생각만 해도 아찔하다.

한인 병원이 있어 편하게 진료를 받은 것도 다행이었다. 마케레레대학교 바로 앞에 있는 '베데스다 병원'은 한인 병원이다. 아무래도 증상을 설명하기에는 우리말이 편했다. 그리고 병원비도 캄팔라 시내의 유명 병원보다 훨씬 쌌다. 말라리아 검사 비용만 비교해봐도 한인 병원은 약 2달러, 시내 병원은 10달러다. 외국인이 운영하는 몇몇 병원에는 보증금 제도가 있다. 예전에 고열 때문에 찾은 모 유명 병원의 보증금은 약 30달러. 보증금에서 치료비를 빼고 남은 돈을 돌려준다지만 보증금을 내지 않으면 아예 접수조차 할 수 없는 시스템을 보면서 왜 그 병원에 외국인 환자밖에 없는지 이해가 됐다.

이렇게 기본 복지인 의료의 빈익빈부익부는 우간다가 넘어야 할 큰 산이다. 간단히 치료받을 수 있는 병도 돈이 없어 고치지 못한다. 이 모든 게 '빈곤'이라는 뫼비우스의 띠에 걸려 있다.

어쨌든 말라리아에 걸린 뒤 난 분명히 대답할 수 있게 됐다.

"말라리아? 안 걸렸으면 말을 말어. 무조건 피해야 돼. 상담한 뒤에 예방약 먹고, 아니면 정말 철저히 모기 스프레이 뿌리고. 모기장은 필수인 거 알지? 누가 좀더 심한 감기 몸살이라 그래. 아파 죽을 것 같다고!"

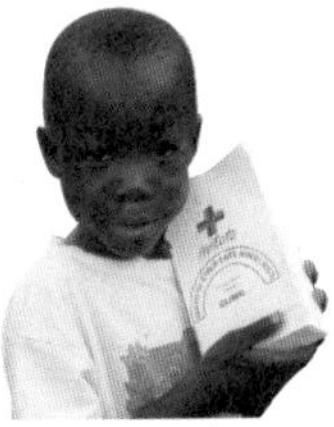

아프지 마, 아프리카

“내 학생이 죽었대.”

페트라의 눈빛이 흔들렸다. 봉사하고 있는 학교의 한 학생이 어제 병으로 죽었다고 한다. 나와 비슷한 시기 우간다에 온 핀란드 출신의 페트라는 현지인 가정에서 생활하면서 프로젝트에 참가하다가 주말이 되면 게스트하우스로 놀러 오곤 했다. 페트라가 받은 충격은 생각보다 컸다.

“아프다고 해서 얼마 전에 문병을 갔거든. 꼭 나아서 함께 뛰기로 했는데. 그런 병일 줄 몰랐어.”

아이의 병명은 겸상적혈구빈혈증. 우리에게는 생소한 병이지만 아프리카에서는 드물지 않은, 흑인들의 유전 질환이라고 한다. 그래서일까. 죽은 아이의 형제들 모두 같은 병을 앓고 있었다. 그 부모가 가질 상실감이 생판 남인 우리에게도 전해졌다. 갑자기 페트라가 벌떡 일어섰다.

“나 좀 뛰고 올게.”

평소 페트라의 취미는 조깅이었다. 오늘만큼은 답답한 마음을 풀고 싶을 거였다. 신발 끈을 고쳐 묶을 때의 표정이 비장했다.

이런 유전병처럼 잘 알려지지 않았을 뿐 다양한 질병이나 사회 문제들이 이들을 괴롭히고 있다. 하지만 여전히 에이즈나 말라리아 등 고질적인 질병이 큰 비중을 차지한다. 과거에 견줘 수치상으로는 줄어들고 있지만 여전히 사회적인 관리가 필요하다. 카타리나가 하는 일이 이 연장선에 있었다. 독일에서 온 카타리나는 독일 정부의 지원으로 파견된 봉사자다. 항공비와 대부분의 체재비를 독일 정부에서 지원받는다. 카타리나가 일하는 곳은 '키파드'라는 NGO로, 에이즈와 빈곤 문제에 관심을 두고 감염자 지원과 예방 교육, 상담 등의 다양한 활동을 펼치는 곳이다. 특히 정기적으로 찾아가는 에이즈 검사 서비스를 하고 있는데 카타리나를 만난 그날도 검사가 있는 토요일이었다.

"검사 잘했어? 사람들 많이 왔구?"

"응, 별일 없었어. 한 160명쯤 왔나. 그중 4명이 양성이었어."

"그 정도면 양호한 거지?"

"그렇지. 생각하던 것보다는."

"카타리나. 그런데 그 검사라는 거, 사람이 하는 일이잖아. 사고가 날 위험도 있는데 두렵진 않아?"

"괜찮아. 우리는 보조 중에서도 보조야. 현지 직원들이 혈액 채취 등을 담당하고 우리는 검사를 원활히 진행시키고 그 사람들을 돕는 수준의 일을 하지. 하지만 가끔씩은 그래. 두렵지 않다면 거짓말일걸."

우간다 혹은 아프리카에 대한 이미지는 '에이즈 빈곤국'이었기에 우리는 양성인 4명의 안위는 안중에 두지 못하고 생각보다 적은 숫자에 안도했다.

우리 학교에도 에이즈 고아가 많다. 하루는 리처드 선생님이 학생 한 명을 불러다 앉히고 이런저런 것을 묻더니 돌려보냈다. 그러더니 내게 하는 말.

"저 아이도 에이즈에 걸렸어요."

"네. 그렇군요."

다행이라면 그날이 첫날이라 학생의 얼굴도 이름도 잊었다는 것. 만일 그 학생이 누구인지 기억했더라면, 조금은 아이들과 거리가 생겼을지도 모른다는 생각이 든다. 나는 선생님들에게 아이들 중 몇몇이 에이즈에 걸렸다고 듣기는 했지만 누가 그런지는 모르고, 그래서 안고 쓰다듬고 하이파이브에 악수에 아무 거리낌 없이 아이들과 접촉할 수 있었다. 물론 누군가가 다치거나 피를 철철 흘리는 응급 상황이 일어나지 않아 가능한 일이기도 했다.

한편 말라리아는 흔한 질병이지만 검사비와 약이 비싼 편이다. 학교 선생님들은 말라리아인줄 알고도 돈이 없어 죽는 경우가 종종 있다고 했다. 얼마나 그랬던지 안 팔리는 약을 팔기 위해 말라리아가 아닌 사람도 무조건 '양성'으로 판정한다는 현지 병원의 이야기가 루머처럼 떠돌았다.

하긴 질병뿐만이 아니다. 약자 중의 약자인 아이들과 여성들은 두 배의 고통과 차별을 감내해야 한다. 우간다에는 여전히 매 맞는 여성들이 많다. 3월 8일 국제 여성의 날을 공휴일로 지정해놓았지만 그날은 그 상징성조차 얻지 못했다. 여성 인권을 존중하자는 간판이 도시 곳곳에 세워져 있지만 눈여겨보는 사람은 없다. 가정 내 폭력 문제가 특히 심각한데, 이건 남성들의 알코올 중독하고도 연관이 있다.

일설에 따르면 농업 구조의 변화가 남녀의 지위 변화, 알코올 중독, 폭력 문제를 낳았다고 한다. 1970년대에 이르러 전통적인 환금換金 작물이던 커피, 차, 면화 등의 비중이 줄고 콩, 감자, 옥수수 등의 비중이 커지면서 남성들이 참여하던 협동조합 대신 시장을 통해 직접 농산물을 내다팔기 시작한 것이다. 그 결과 그 일은 자존심 센 남성 대신 여성들의 몫이 되었고, 자연스레 여성들이 현금을 만지게 된 것. 이런 지위 변화가 남성들의 알코올 의존과 폭력으로 나타났다고 한다.

아이들도 고달프다. 일부 아이들은 부모가 에이즈에 걸린 탓에 함께 에이즈로 고통 받는 것으로도 모자라 대개는 부모를 일찍 여의기 때문에 고아원이나 친척집을 전전하면서 생활한다.

부모가 살아 있다 해도 상황은 크게 다르지 않다. 어른들이 돈을 벌 동안 아이들은 각종 집안일을 도맡는다. 특히 물 긷는 것은 대체로 아이들의 몫. 10리

1 NGO '키파드'에서 진행하는 여러 프로그램 중 마사지와 미용 강좌를 수강하는 학생들이 자신들을 가르쳐준 봉사자의 환송회에 전통 복장을 하고 참석했다.

2 매일 물을 길으러 나오는 아이들.

터는 족히 넘을 노란색 플라스틱 물통을 들고 30분씩, 멀게는 1시간씩 떨어진 곳으로 가 물을 긷는다. 그래서 아주 어린 아이들도 팔이 단단하고 근육이 잡혀 있다. 선진국에서는 멋으로 단백질 파우더를 먹어가며 애써 근육을 키우지만, 이곳에서는 생계형의 '슬픈 근육'이다.

언젠가 레크리에이션 센터로 소풍을 갔을 때의 일이다. 3학년 산요가 많이 아팠다. 아이는 힘이 없이 축 늘어져 잔디밭에 누워 있었다. 온몸이 뜨거웠고 열 때문인지 아이의 조그만 입술은 말라 비틀어졌다. 집으로 돌아갈 차가 오기 전까지 물을 마시게 하고 찬 수건으로 머리와 목, 팔 등을 닦아주었다. 혹시나 말라리아일까 걱정이 앞서 가까운 병원으로 데려갔다.

하필 그날은 일요일이었다. 병원은 진료를 하지 않았다. 근처 약국에 들렀더니 약사가 말라리아 약을 권했다. 이미 말라리아에 걸린 경험이 있던 나는 고민 끝에 검사 없이 독한 약을 먹는 데 반대했다. 결국에는 아이가 호소하는 증상대로 감기약, 위장약 등을 사줬다. 이튿날 조마조마하며 찾은 교실에서 산요를 만나자마자 열부터 쟀다. 아이의 이마에서는 여전히 미열이 느껴졌지만 활짝 웃고 있었다.

"고마워요, 선생님."

"많이 좋아졌네. 그래도 앞으로는 절대 아프지 마. 아프면 안 된다!"

아이가 부러 아팠던 것도 아닌데 나는 신신당부를 했다. 다음날도 그 다음날도, 내가 떠나기 전까지 아이는 괜찮았다. 얼마나 다행이었는지 모른다. 만약 산요가 말라리아에 걸린 거였다면, 아무 치료도 못 받고 고통 받았다면, 페트라의 학생처럼 이 세상을 등지게 되었다면. 나는 새삼 페트라의 마음이 어땠을지 조금 짐작이 됐다. 그때는 모두 쉽게 책임감을 느끼고 부채감에 시달릴 때였다. 또 남의 고통을 내 것으로 할 수 없어 마음을 다치고 내가 저지른 것이 아닌 일에도 쉽게 죄책감을 느꼈다. 우리는 초보 봉사자였다.

길마다 쌓여 있는 쓰레기.

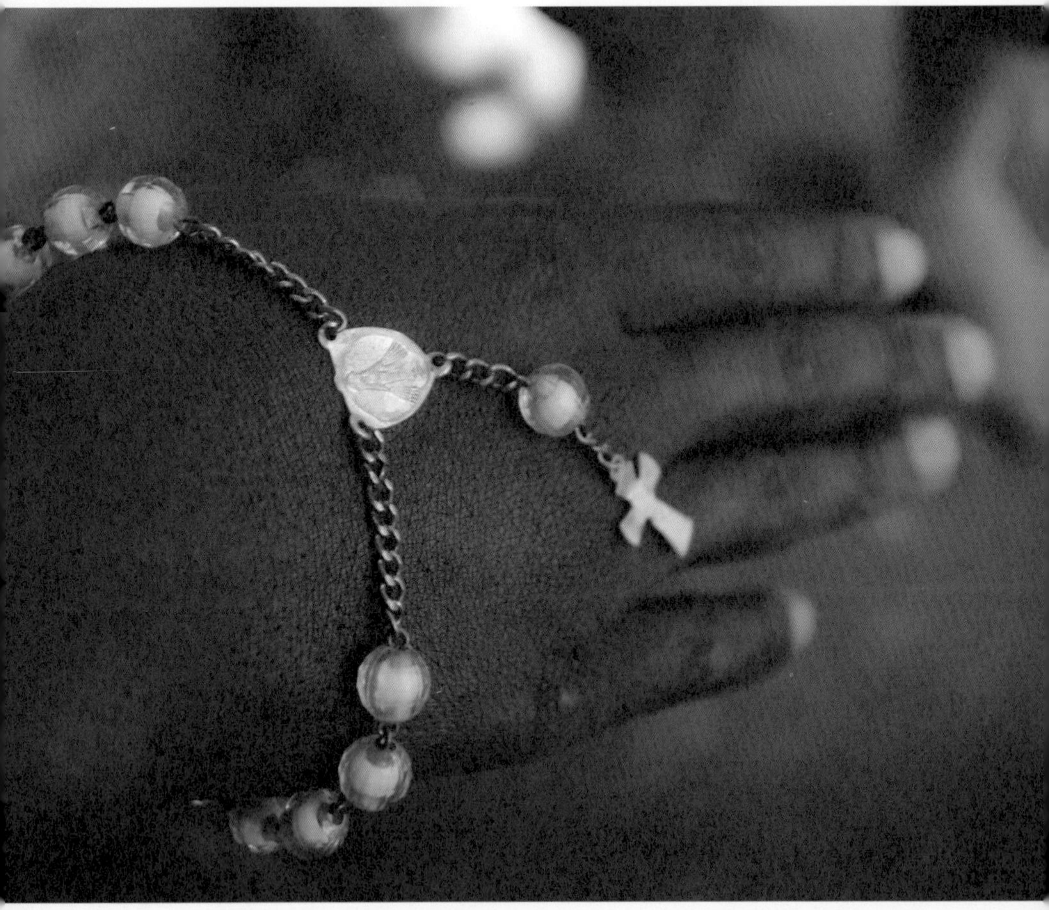

신이 세상에 있다면 그분은 흑인이어야 해

•

그건 한 편의 영화였다.

오드리 햅번과 친구가 여자 주인공으로 등장했다. 한데 그 친구는 오래지 않아 아프리카로 끌려가게 되었다. 그렇게 둘은 연락이 끊겼고, 아주 오랜 세월이 흐른 뒤 오드리 햅번은 책 한 권을 소포로 받는다. 두꺼운 양장본이었다.

책을 펼치니 한 장의 사진이 눈에 들어온다. 손가락이 잘린 친구의 사진이다. 바로 그 밑에 "노예로 생을 마감하다"라는 글귀가 적혀 있다. 바로 친구의 일생을 다룬 책이었던 것이다. 오드리 햅번이 놀라면서 책 표지를 본다. 책 제목은 이랬다. '백인 노예의 역사'.

그건 꿈이었다. 그런데 꿈 치고는 너무나 생생하다. 마차가 등장하고 주인공들은 레이스가 많이 달린 드레스를 입었다. 흑인이 아닌 백인 노예의 역사라. 아프리카의 역사는 식민의 역사라 해도 과언이 아닌데, 만약 정말로 역사가 뒤바뀌었다면 아프리카와 나머지 서구 열강은 어떤 관계로 발전해왔을까. 자다 말고 꿈 내용을 적으며 잡념의 가지를 뻗쳤다. 하긴, 이런 생뚱맞은 꿈을 꾼 것도 일리는 있었다. 처음 우간다에 왔을 때 나는 의문이었다. '정말 독립한 거 맞아?' 아프리카에는 여전히 식민의 그림자가 남아 있고 '신식민주의'는 현재 진행형이었으니 말이다.

쉬는 시간이었다. 운동장으로 나와 아이들과 이야기를 나누고 있는데 유아반의 다이애나가 달려왔다. 아이는 내 맨다리를 마구 문질러대더니 자기 얼굴에다 다시 문지르는 시늉을 반복했다. 주변의 아이들은 깔깔거리기만 할 뿐이었다. 너무 놀라 무슨 일인가 물었더니 누군가 말했다.

"저렇게 하면 자기 얼굴도 하얘질 거라고 생각하는 거예요."

'도대체 왜?'

묻고 싶었지만 물을 수 없었다. 다만 다이애나를 번쩍 안아 올리고 볼을 한 번 잡아당겨 주었다. 그런데 이런 일은 자주 있었다. 주로 천진난만한 유아반 아이들이 그랬다. '흰 사람'에 대한 아이들의 동경은 언제부터 어떻게 생긴 걸까. 고작 네 살인 다이애나가 자기 피부색을 부정하고 흰 피부를 동경하는 것을 어떻게 설명해야 할까. 이것은 단지 '미의 기준'일까, 유전자 깊이 박힌 식민의 잔재일까. 나는 궁금함을 참지 못하고 리처드 선생님에게 슬쩍 물었다.

"그건 아이들이 양 선생님을 '신'이라고 생각하기 때문이에요."

"네? 신은 무슨 신?"

"신과 같은 피부색을 가졌다고 생각해요. 그래서 닮고 싶어하는 거지요."

오, 신이시여. 왜 흰 피부로 강림하셨나이까. 그냥 형체 없이 있어주실 것을.

선생님의 말을 빌리자면 그건 미의 기준도 식민의 잔재도 아닌 종교의 힘이라는 것이다. 하지만 종교가 서구에 의해 이식된 것임을 생각하면 아예 동떨어진 건 아닌 듯하다.

그제야 이해가 되었다.

"나는 내 피부가 차라리 검었으면 좋겠어. 달라 보이지 않게."

언젠가 다시 우간다로 돌아와 일을 하고 싶다던 유이코가 진지하게 하던 말의 의미를. 유이코는 우간다에 푹 빠져 있었다. 자신을 그들과 '구별'짓는 피부색이 원망스럽다고 했다. 하지만 나는 우리가 그들과 같은 피부색을 가졌다면 이런 식의 환대는 없을 거라고 생각했다. 모든 일은 지금 같지 않고 더 어려워

질 것이다. 아무리 바라고 원해도 우리는 이방인일 수밖에 없었다.

내게도 비슷한 일이 있었다. 어렸을 적 나는 피부가 유난히 희었고 머리칼도 밝은 갈색이었다. 그런 나를 두고 동네 꼬맹이들은 말했다.

"야! 너 미국에서 왔지? 너네 땅으로 돌아가!"

그게 어찌나 서럽던지 학교도 들어가지 않은 꼬맹이 주제에 염색을 해달라고 조른 기억이 있다.

인도를 여행할 때도 유난히 흰 내 피부색이 원망스러웠다. 지독히도 사람들 속으로 들어가고 싶었던 나는 그들의 환대에도 불구하고 그 모든 것이 '나'라는 사람이 아닌 '돈 있는 이방인'의 존재감에서 나오는 것이라는 생각을 했다. 별 수 없음을 알면서 우간다에 와서도 틈만 나면 피부를 태우려고 애썼다.

그래놓고는 아이들에게 피부색은 단지 신체적인 조건일 뿐 그 조건이 약점이 될 수는 없다고 말해주었다. 피부색은 우리가 선택할 수 없는, 코가 하나이고 눈이 두 개인 것처럼 자연스러운 것이라고 목소리를 높였다. 하지만 역시 별 소용이 없었다. 아이들은 여전히 내 피부색을 동경했고, 그 동경은 어쩔 수 없는 것이었지만 나는 그럴 때마다 불편해진 마음을 감추는 것밖에 할 줄 몰랐다.

언젠가 학교를 마치고 보다보다를 탄 날, 여느 때처럼 오토바이를 타고 시골길을 달리는 나를 향해 아이들은 손을 흔들며 "무중구 안녕"을 외쳐댔다. 내가 손을 흔들거나 "안녕"이라고 외칠 때마다 자지러지게 웃었고, 나도 그런 아이들이 귀엽기만 해 웃음이 떠나지 않았다. 그런 내가 꼴불견인지 운전사가 한마디 했다.

"그거 알아요? 저 아이들이 당신을 좋아하는 건 당신의 피부색 때문이에요. 단지 그것뿐이라구요."

그는 유난스레 '그것뿐'이라는 말에 힘을 주었다. 나도 그 정도는 잘 알고 있다고 생각했는데 괜한 상처를 받았다. 우간다에 와서 가장 먼저 배운 말도 '무중구'였다. 흰 피부색을 지닌 사람, 바로 외국인을 뜻하는 말이다. '무중구'가 우간다 말이 아닌 스와힐리어에서 왔다는데도 이렇게 많은 사람들이 생활어로 쓰고 있는 것을 보면 이들에게 피부색이 얼마나 중요한 문제인지 짐작할 수 있다.

"선생님, 선생님처럼 되고 싶어요."

그 언젠가 수줍음 많은 로즈가 내 귀에 대고 속삭였다. 나는 그 말이 얼마나 슬프던지 집에 와서 울었다. 아이들은 무중구를 부러워하고 무중구는 아이들을 부러워했다. 우리 사이에 많은 것들이 쌓여 서로 특별한 사람이 되고 더는 상대방의 피부색에 신경 쓰지 않게 될 때까지. 그렇게 되는 데는 적지 않은 시간이 걸렸다.

스코틀랜드의 마지막 왕

•

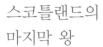

비가 엄청나게 쏟아지던 밤이었다. 아마 비 때문이었을 것이다. 그날따라 모두 게스트하우스를 지켰다. 역시 비 때문이었을 것이다. 전기가 나간 바람에 우리는 각자 자기 방에서 뒹굴고 있었다. 빗소리 말고는 고요했다. 촛불 아래서 책을 읽다가 덮었다. 금세 눈이 침침해졌다. 라디오를 켰다. 이해할 수 없는 우간다어와 잘 알아들을 수 없는 영어가 뒤섞여 흘러나왔다.

그날 어느 채널인지도 모를 라디오 방송에서 내가 들은 단어는 딱 두 개였다. 카수비 왕릉, 그리고 불. 진행자의 목소리는 격앙되어 있었고 무언가에 쫓기는 듯 서둘렀다.

'뭐지? 번개 맞았나?'

거실로 나와 아무나 들으라는 듯 말했다.

"카수비에 뭔 일이 있는 것 같아."

그때 거짓말처럼 비를 쫄딱 맞은 샘이 들어왔다. 샘은 UPA의 총책임자다.

"카수비가 불탔어. 분위기가 안 좋아. 모두 내일은 나가지 말고 여기 머무르는 게 좋겠네."

다음 날 우리는 긴급 비상회의 같은 것을 가졌다. 현지인 가정에서 홈스테이를 하는 봉사자들까지 모두 모였다. 마케레레대학교에서 학생들이 데모를 했는데 그 와중에 경찰의 총격으로 2명이 죽었다는 이야기까지 흘러나왔다.

이 모든 게 하루 만에 일어난 일이었다. 나는 갑자기 엄청난 역사의 소용돌

불타기 전의 카수비 왕릉과
불에 타버린 뒤의 모습(아래).

이 안에 들어온 기분이 들어 아찔해졌다. 우리는 텔레비전을 빌려 거실에 둘러 앉았다. 뉴스에서는 사람들이 절규하는 모습, 다 타버린 왕릉의 잔해를 계속 해서 보여주었다.

그랬다. 유네스코 세계문화유산이기도 한 카수비 왕릉은 우간다에서 가장 영향력 있는 부간다족의 왕릉 군을 말한다. 이곳은 부간다족에게는 성전과도 같은 곳이며 외국인들에게는 박물관 등과 함께 필수 관광 코스로 꼽히는 곳이다. 나도 우간다에 와서 가장 먼저 찾은 곳이 바로 이 카수비 왕릉이었다. 왕릉은 나무와 갈대 같은 것으로 지어져 쉽게 불탔을 것이다.

모두 알 수 없는 두려움에 떨었다. 누군가는 이 모든 게 내년에 있을 선거와 관련된다고 했고, 또 누군가는 조심스럽게 대통령이 꾸민 짓이라며 분개했다. 유이코는 곧 우간다를 방문하기로 되어 있던 동생의 연락을 받았다. 그녀들의 만남은 취소됐다. 캐스틴도 계획하던 여행지를 바꿨다. 나도 프로젝트를 바꿔 다른 지역에서 일을 해볼까 한 생각을 고쳐먹었다.

사태는 단순한 화재가 아닌 것으로 흘러갔다. 대통령의 사고 현장 방문을 막은 사람들이 총에 맞았다는 소문이 떠돌았다. 프로젝트 장소로 가다가 총을 든 한 무리의 군인들을 보고 다시 돌아온 봉사자도 있었다.

이를테면 '선진국'에서 온 우리들은 험악한 분위기에 쉽게 휘말렸다. 특히 정보가 부족했고 간혹 정보가 있다 해도 출처를 알 수 없는 것이었다. 결정적으로 우리는 우간다에 대해 무지했다. 다행히 며칠 지나자 모든 게 안정돼 보였고 나도 다시 학교에 나가기 시작했다. 이번 화재로 슬퍼하는 사람들은 많았지만, 염려하던 대로 이유 없이 우리에게 적개심을 품거나 분풀이를 하는 사람은 없었다. 모든 건 평소대로 흘러갔다. 그해 8월, 결국 카수비 왕릉은 '위험에 처한 세계유산'으로 지정됐다.

카수비 화재 후 얼마쯤 지났을까. 친구들과 비디오를 빌려다 보기로 했다. 한국에서는 '라스트 킹'이라는 제목으로 소개된 영화였다. 굳이 원제를 번역하자면 '스코틀랜드의 마지막 왕The Last King Of Scotland'쯤 될까. 우간다의 악명 높은 독재자 '이디 아민Idi Amin'을 다룬 영화였다.

이 영화는 스코틀랜드 출신의, 막 의과대학을 졸업한 주인공이 자유와 모험을 찾아 도착한 우간다에서 이디 아민을 만나고 측근이 되어 어떻게 변해 가는지, 또 어떻게 살아남는지 보여준다. 물론 변하는 것은 그 백인 주인공만이 아니다. 영화는 이디 아민의 광기에 더욱 집중한다. 집권 처음에는 인기 있는 지도자였지만, 그 순간은 반짝할 정도로 짧았다.

비록 영화였지만 아민, 그는 명성대로 악랄했다. '인간 백정'은 그를 위해 준비된 말이었다. 정적을 쉽게 죽였고 그 방식도 잔인했다. 팔, 다리를 자르거나 복부에 쇠꼬챙이를 꽂아 들어 올리는 등 차마 눈 뜨고 보기 힘든 장면들도 많았다.

영화가 끝나자 약속이나 한 듯 모두 한숨을 쉬었다. 현지인 직원인 페이션스가 물었다.

"영화 어땠어? 우리에게 동정심이 생기지 않아?"

"음, 글쎄, 동정심이라기보다는……."

나는 말을 끝맺지 못했다. 조금 침통해졌던 것도 같다. 거기서 나만 유일하게 식민지 경험이 있는 나라에서 왔고, 그 나라 역시 비슷한 시기에 악랄한 독재자를 가져본 적이 있기에, 그리고 여전히 그 나라의 정치는 어지럽고 후퇴하고 있기에, 동정심보다는 동병상련이 옳았다.

언젠가 학교에 갔다가 돌아오는 길이었다. 한 여성 운전사가 차를 세우고 목적지를 묻더니 태워주었다. 차에 오르자마자 대뜸 내게 던진 질문은 국적도 이름도 아니었다.

"내년에 선거할 거예요?"

"아, 대통령 선거요? 그런데 투표권이 없어요."

"그렇군요. 투표를 해야 하는데."

"당신은 누구를 지지하나요?"

"무세비니죠."

"특별한 이유라도 있나요?"

"난 변화가 싫어요. 지금 이대로가 좋아요."

당연했다. 한 번의 만남으로 판가름하기에는 무리가 따르지만 그 사람은 부유해 보였다. 오너 드라이버에 자기 사무실을 갖고 있다고 했다. 수시로 밥을 굶는 사람들에 견주면 지켜야 할 것도 많을 터였다.

한 번은 이런 일도 있었다. 캄팔라에서 보다보다를 탔는데 익숙하지 않은 내가 쌩쌩 달리는 오토바이 위에서 벌벌 떨고 있는 동안 수다쟁이 운전사는 말을 그칠 줄 몰랐다. 그의 관심은 한국, 그중에서도 한국의 정치와 경제에 있었다. 바람 소리에 목소리가 묻혀 고래고래 고함을 질러야만 했다. 게다가 위험천만한 오토바이 택시 위에서 나눌 주제는 아니라는 생각이 퍼뜩 들었지만 나는 오지랖을 떨며 이러저러한 점 때문에 정부를 비판한다고 했다. 운전사는 놀라움을 감추지 못하며, 고개를 설레설레 저었다.

"어떻게 그럴 수 있어요? 난 우리 대통령을 좋아해요!"

나는 졸지에 철없는 아이가 되었다.

어딜 가든 정치란 언제나 어려운 화제다. 이곳 현지에서도 민심을 읽기란 쉽지 않다. 게다가 모든 사람들이 '먹고사니즘'에 충실하느라 정치는 외면하고 있다. 이러쿵저러쿵 해도 과거의 지독한 독재자들보다는 나으니까 그러려니 하는 사람들도 많다. 새로운 인물이 무슨 일을 저지를지 모르니 그냥 기존에 일하던 사람을 뽑겠다는 경우도 있다.

지금 우간다는 2011년 2월 대통령 선거를 앞둔 상황이다. 4선에 도전하는 현 대통령 무세비니가 다시 권좌를 차지할지, 아니면 야당(민주변화포럼FDC) 지도자 베시게일 박사가 승리할지, 사람들은 말을 아꼈지만 곧 밝혀질 것이다.

물론 예전에 비해 절차상의 민주주의가 확립되었지만 우간다에서 정치란, 그리고 민주주의란 아직도 갈 길이 멀다. 여전히 선거철만 되면 양쪽 캠프의 대립으로 나라는 흉흉하다. 내가 머물던 UPA에서도 선거철에는 안전을 장담할 수 없어 봉사자들을 적극적으로 받아들일 수 없다고 했다. 《데일리 모니터The Daily Monitor》 같은 진보 언론도 있지만 대부분의 핵심 언론이 권력의 나팔수 구실을 할 뿐이며 지도층의 부패도 심각하다.

지금, 여기, 우간다에서 무엇보다 중요한 과제는 종족 간의 갈등을 봉합하고 진정한 화합으로 나아가는 길을 모색하는 것이다. 그것이 허울 좋은 구호로 그치는 것을 경계해야 한다. 겨우 진압됐지만 반군의 활동과 내전, 그에 따른 소년병 문제나 빈부 격차도 그 연장선에 있다. 하지만 이런 빈곤과 여러 가지 현실 문제로 고통 받는 우간다를 떠올릴 때 우리가 잊고 있던, 혹은 생각도 하지 않던 것을 이제는 기억해둘 때가 됐다. 독재자의 탄생 뒤에는 열강의 이권이 도사리고 있었다는 것. 그들이 제 앞의 이익을 놓고 독재를 방조하거나 독재 정권의 성립에 일조했다는 사실.

그래서 어쩌면 우간다를 비롯한 아프리카 나라들의 진정한 독립은 지금부터일지도 모른다. 그래서 조금은 서글프다. 식민 해방에서 독재 청산까지만 해도 충분히 고단했는데 여전히 갈 길이 먼 탓이다.

물은 결코 낮은 곳으로 흐르지 않아

아프리카에 오기 전, 비는 언제나 '낭만'의 문제였다. 재해가 일어난 때를 빼고 비는 빈대떡에 막걸리 한 잔을 부르고, 오래된 친구에게 전화를 걸게 하며, 예전 일기장을 뒤적거리게 만들었다.

그런데 아프리카에 오고 나서, 비는 언제나 '생존'의 문제였다. 비는 그냥 흘러서 사라지는 것이 아니라 '물' 그 자체였다. 음용수에 생활용수였다. 빗물만 잘 받아두면 멀리 물을 길으러 갈 것도 없으니 노동의 수고를 덜어주는 친구와도 같았다.

우간다에서 나는 비가 내리자마자, 혹은 비 올 것을 알고 미리 내놓은 온갖 그릇이나 물통에 빗방울이 떨어지는 소리를 사랑했다. 빗방울은 '타다닥 타다닥' 소리를 내며 기어이 밖으로 튀어 오르다가 조금이라도 고이면 금세 조용해졌다. 포장되지 않은 길은 이리저리 패이고 질척였지만 그 길을 맨발로 뛰는 아이들이 있어 차라리 비포장인 것이 나았다.

게스트하우스에는 당연히 세탁기가 없다. 빨래는 언제나 손빨래. 겉옷을 빨 때 좀 고되기는 해도 다 빤 빨래를 탁탁 털어 빨래터에 널고, 강한 햇살에 금세 마른 빨래를 걷으면 배가 부른 느낌이었다. 비는 언제나 갑자기 오므로, 때맞춰 빨래를 못 거두더라도 괜찮았다. 그냥 두고 다음에 빛이 나면 마르겠거니 한다. 한국에서처럼 비 맞은 빨래를 물에 다시 헹구는 것만큼 어리석은 일은 없다. 우린 어차피 받아둔 빗물로 빨래를 하는 거니까.

어둠을 매만지는 촛불을 켜면 우리들의 공식 낭만 타임이 시작된다.

어떤 때는 빗소리를 들으며 빨래를 했다. 비가 오자마자 이틀간 나오지 않던 물이 콸콸 쏟아진 날이었다. 그렇게, 앞으로 평생 할 손빨래를 4개월 동안 해치웠다.

게스트하우스는 수도 시설을 갖추고 있었다. 하지만 물이 나오지 않는 때가 많았다. 그래도 문제될 건 없었다. 큰 물탱크가 있으니까. 문제는 샤워를 하다가 갑자기 물이 끊기는 경우다. 씻다가 물이 끊겨 다시 옷을 입은 적이 몇 번은 됐다.

그런 불편은 차라리 양반이었다. 한 번은 비가 계속 오지 않았고 수돗물도 끊겼고 그러다 결국 물탱크의 물과 따로 받아둔 물통의 물까지 거의 바닥을 드러냈다. 그때는 정말 두려웠다. 그러자 현지 직원들이 안심시키며 말했다.

"걱정 말아요. '워터보이'에게 물을 사면 되니까요."

몇백 원만 주면 한 번의 샤워를 할 수 있는 물 한 통을 살 수 있다고 했다. 하지만 그건 최후의 선택이었고 다행히도 그런 일은 일어나지 않았다.

전기가 끊기는 것은 오히려 애교스러웠다. 우리는 종종 어리석은 질문을 던졌다.

"물이 끊기는 게 좋아? 전기가 나가는 게 좋아?"

물론 둘 다 싫지만 꼭 하나를 골라야 했다. 전기보다 물이 소중하다는 데 모두 손을 들었다. 우간다에서는 물이 생존이라면 전기는 아직까지 낭만이었다. 전기가 들어오지 않아 촛불과 손전등을 켜놓고 일기를 쓰는 밤이 좋았다. 전기가 나간 날, 반달이 그렇게 밝다는 걸, 당연하게도 어두운 건물 안보다는 별과 달이라도 켜진 바깥이 훨씬 밝다는 걸 깨닫기도 했다. 또 전기가 나간 어느 날에는 손전등을 들고 화장실에 갔다가 혼비백산한 바퀴벌레 수십 마리를 보고 비명을 질러 친구들의 단잠을 깨우기도 했다.

3일 째 전기가 들어오지 않아 모두 핸드폰이 꺼졌을 때였다. 학교에서 집으로 돌아가던 길, 행여 전기가 돌아왔을까 알 수 없는 기대감을 안고 길거리 상점에 불이 들어왔는지 기웃거리던 일도 있었다. 수업에 쓸 자료를 복사하려고 가까운 시내로 나갔던 날, 정전으로 복사기는 작동되지 않았고 나는 노점상이 밝힌 기름등의 불빛을 따라 집으로 터덜터덜 돌아왔다.

전기가 끊겨도 사람들의 삶은 매끄럽게 계속됐다. 어차피 우리는 가진 것이 많지 않았다. 냉장고를 가진 사람들도 별로 없었고 텔레비전은 사치였으니까. 안이 어두우면 별이 총총 빛나는 밖으로 나오면 된다. 나는 단지 차가운 맥주를 마실 수 없는 것을 불평했다. 하지만 아프리카니까, 앞으로는 결코 하지 못할 미지근한 맥주 마시기에 정을 붙였다.

그렇게 생존의 법칙을 배워갔다. 비는 곧 물이었으므로, 갑작스런 비도 싫어하지 않게 되었다. 어느 날 한 시골 마을에서 큰 비를 만났다. 하교하는 아이들은 빗방울이 시작되기도 전에 본능적으로 뛰었다. 맨발이 진흙 길 위를 나는 듯했다. 그리고 얼마 지나지 않아 마치 아이들의 발걸음을 쫓는 듯 비가 내리기 시작했다.

"타다다다다!"

땅으로 떨어졌다 다시 튀어 오르는 기운찬 움직임들. 그 굵은 빗방울과 빗소리는 또 어떤가. 우산도 그 어떤 것도 소용이 없었다. 나와 친구는 완전히 압도당해 공사 중인 건물 처마 밑에서 비를 피했다. 빗속에서도 자유로운 아이들은 그런 우리를 지나쳐 집으로 뛰어갔다. 날 듯이 뛰고 젖어도 개의치 않는다. 카메라에 핸드폰에, 가진 게 많아 젖을 것이 걱정스러워 빗속을 뚫고 맘껏 뛰지도 못하던 우리들은 어정쩡하게 젖어 추위에 떨어야만 했다.

하지만 나도 친구도 물을 내려주는 반가운 우기의 비에 불평을 늘어놓는 불경을 저지르지는 않았다. 다만 모두 부산스러워지는, 길거리에 물통 든 사람들을 가장 많이 볼 수 있는, 아프리카다운 진흙탕이 곳곳에 생겨나는, 인간은 결코 하늘을 알 수 없다는 듯 신비하게 내렸다 신비하게 개는 우기의 아프리카, 그 하늘을 바라봤을 뿐이다.

또 어떤 날 아보카도를 사서 돌아오는 길에 미처 피할 틈도 없이 비를 쫄딱 맞았다. 근처 가게나 아무데나 들어가 비를 피할 수도 있었는데 그냥 걸었다. 걷고 싶었다. 눈도 뜰 수 없이 세차게 쏟아지는 비를 맞아본 건 언제였는지 기억조차 가물거렸다. 흙탕물이 무릎까지 튀어 올랐고 속옷까지 다 젖었지만 상쾌했다.

'이건 비가 아니라 물이니까. 선물이니까.'

그날도 비가 억수로 쏟아졌다. 안개인지 뭔지 온통 흐렸다. 파헤쳐진 아스팔트는 속살을 드러냈고 곳곳의 구덩이가 작은 계곡을 만들어 빗물이 그리로 모여 흘렀다. 오르막길을 오르며 아래로 흘러내리는 빗물을 피해 겅중겅중 뛰어다녔다.

그렇다. 물은 낮은 곳으로 흐르는 게 당연하다. 하지만 아프리카에서 물은 중력의 법칙을 무시하고 '지불 가능자'의 집으로 세차게 흐른다. 돈이 있으면 '거의' 24시간 이용 가능한 파이프 워터를 쓸 수 있고, 돈이 없으면 20분을 걸어 젤리캔에 물을 담아 와야 한다. 매일, 하루에 몇 번이고. 이곳에서 물과 돈은 위로 흐른다. 높은 곳으로, 높은 자들에게. 특히나 물을 긷는 일은 아이들의 몫이었으므로 비가 오지 않는 날이 계속되면 나는 물 걱정을 할 아이들이 자꾸만 떠올랐다.

언젠가 켈렙이 말했다.

"평생 허투루 흘려보낸 물을 지옥에서 모두 마시고 배가 터져서 죽을지도 몰라."

우리가 나눈 시시껄렁한 농담은 물이 선물임을 잊지 말자는 일종의 다짐이

1 비는 예고 없이 찾아온다. 하늘빛부터 달라진다.

2 밀린 빨래의 위용.

3 우간다에서 가장 흔히 볼 수 있는 물통. 생명줄이라는 생각이 절로 든다.

었다. 무자비한 지구 온난화는 아프리카에게도 그 책임을 묻고 있다. 수도 공급은 요원한데 가뭄이 계속된다. 물탱크 하나만 있어도 나을 텐데 이들에게 물탱크의 가격은 꿈에서도 상상할 수 없는 액수다. 물 부족만이 문제는 아니다. 여전히 1차 산업 의존도가 높은 아프리카에서 기후변화는 곧 생계의 위협을 뜻한다. 말라리아도 더욱 확산된다.

나는 괜히 아프리카를 대변해 억울한 심정이 된다. 기후변화가 어떻고 지구 온난화가 어쩌고 하면 아마 아이들은 물을 것이다.

"프레온 가스가 뭐에요?"

천진한 눈으로. 쉬지 않고 물을 길어 나르며.

학교에도 수도 시설은 없기 때문에 물탱크와 물통은 필수.

잃어버린, 사라져버린, 제라드.

제라드,
너
어디 있니?

•

제라드였다. 처음에는 닮았거니 했다. 아이는 그 복작대는 대로 한편에서 초점 없는 눈으로 엉킨 머리에 빗질을 하고 있었다. 막 붐비는 길을 건넌 참이라 그냥 지나칠 뻔했다. 아니 으레 그렇듯 평소대로 버스가 제 위치에 정차했더라면 그곳을 지날 일도 없었을 것이다. 이상한 곳에 내려준 버스에 대고 욕까지 하고 돌아섰는데 거기서 그 아이를 만났다.

저녁 6시를 훌쩍 넘긴 시간, 분명히 고아원에 있어야 할 아이가 도시의 귀퉁이를 서성이는 걸 본 순간, 안 그래도 짧은 영어가 쉬이 목구멍 밖으로 나와주질 않았다. 우리가 서 있던 곳은 교차로 한 모퉁이. 사람들이 지나가야 할 길을 우리가 막고 있는 셈이었고 우리 앞에 정차해 있던 차 주인은 뭐라고 궁싯거리며 계속 쳐다보았다. 그리고 많은 사람들이 왜 저 '무중구'가 허름한 아이의 어깨를 감싸고 볼을 만지작거리며 허리를 숙여 눈을 맞대고 말을 거는지 궁금한 눈초리를 숨기지 않았다.

그렇게 나는 다시 길 위에 선 제라드를 만났다. 내가 볼을 꽉 쥘 때마다 무표정하던 그 얼굴에 미소가 번지던 순간을 잊지 못한다.

너 지금 여기서 뭐 하고 있어?
친구 기다려요.
친구 누구?
데브스요.

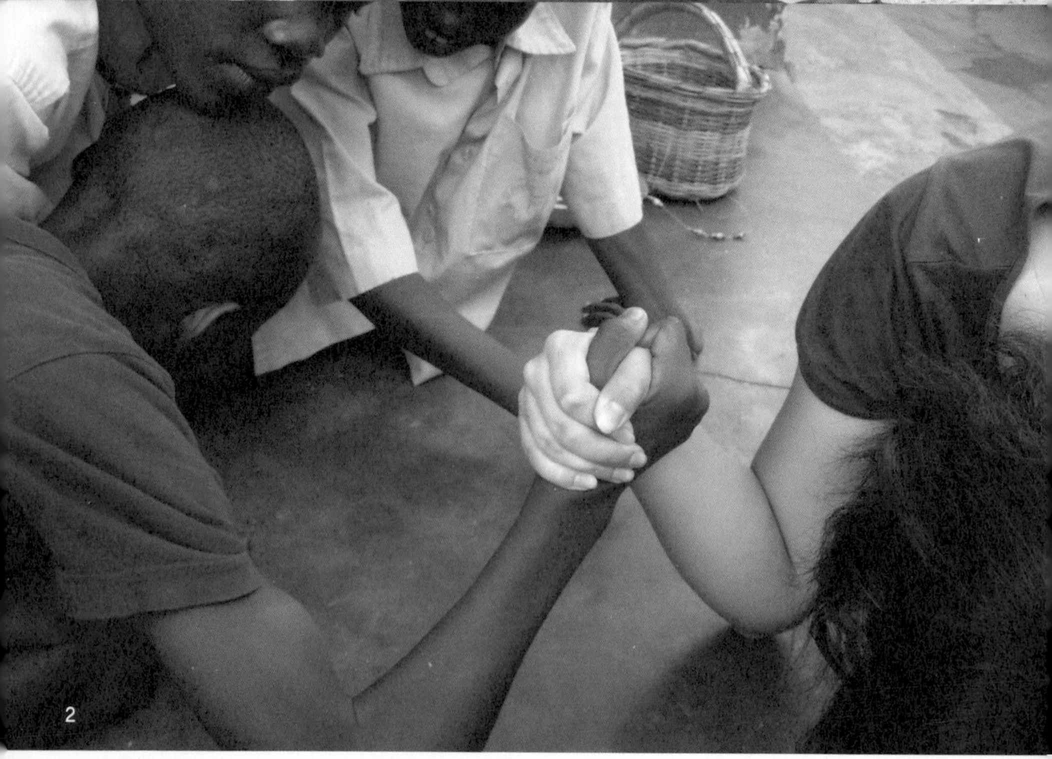

1 찰스의 고아원에서. 아이들이 손에 든 건 갈증 해소에 그만인 사탕수수

2 어리다고 말랐다고 얕보면 큰 코 다친다. 아사노와 아이들의 팔씨름 한 판.

너 고아원에서 나온 거야?

네.

어찌된 거야?

(침묵)

언제 돌아갈 거야?

(침묵)

어디서 자는 거야?

(어디 저쪽을 손으로 가리키고)

지금 고아원으로 돌아가자 같이. 응?

(고개를 젓고)

나 두 달 더 있을 거고 학교에서 계속 너희들을 볼 수 있어. 넌 학교 안 나올 거야? 선생님은 학교에서 널 보고 싶은데.

(한참을 침묵) 그러다 아이는 말했다.

다음 주에요.

꼭 나오는 거다. 알았지?

나는 고아원장인 찰스가 방학을 맞은 아이들에게 구걸이나 소매치기를 시키는 것일지도 모른다는 불온한 상상을 했다. 그 순간만큼은 아무것도 그 누구도 믿을 수가 없었다. 네덜란드에서 온 선배 봉사자인 샬롯이 한 말도 떠올랐다.

"그거 알아? 여기는 이런 말이 전설처럼 전해 내려와. '돈을 벌고 싶은가? 그럼 고아원을 열라.' 그럴싸하지 않아?"

에이즈나 내전 등의 이유로 실제로 많은 고아가 생겨난다. 그래서 고아원도 많다. 고아들은 구걸이나 범죄로 근근이 목숨을 잇기에 아이들이 고아원에 들어가 길거리 생활을 하지 않게 되는 것만도 감사한 일이다. 하지만 고아들을

종이를 말아서 목걸이를 만들고 분필을 만드는 아이들.
아이들의 생계에 큰 도움이 된다. 아이들은 일을 분담해 불평 없이 척척 해낸다.

데려다 착취를 하거나 아이들을 밑천으로 외국인들에게 기부를 받아내 사리사욕을 채우는 사람들의 이야기도 심심치 않게 들려왔다.

머릿속은 최악의 경우들로 가득 차고, 끝까지 안 가겠다 버티는 제라드를 두고 실랑이를 하다가 일행이 무거운 배낭을 메고 나를 기다린다는 이유로 더는 어쩌지 못하고 돌아섰다. 알량한 돈 몇 푼 쥐어주지 못한 채.

쇼크 상태로 돌아오는 마타투 안에서 도대체 어떻게 된 일인지 생각했다. 그제야 다시 제라드를 만날 수나 있을지 온 마음으로 걱정이 되었다. 이미 길 위의 삶을 살아본 녀석이 뭐가 좋다고 다시 집을 나섰는지. 아무리 방학 동안 목걸이 만드는 일이 힘에 부치고 지겹더라도 길 위의 삶만 하겠는가. 나는 어느새 제라드를 원망하는 마음이 되었다.

찰스의 고아원에서 봉사를 하는 친구들에게 제라드의 소식을 수소문하고 고아원에 들러 아이들에게도 자초지종을 물어보았다. 약간 망설이던 기색의 로널드가 대답했다.

"도망갔어요, 길거리로."

제라드가 어떤 남자의 가방을 훔쳤다고 한다. 도망친 것이 먼저인지, 가방을 훔친 것이 먼저인지 정확하지 않았다.

"네 생각에 제라드 다시 돌아올 거 같아?"

"네, 아마 다음 주에요."

제라드는 찰스가 운영하는 고아원에서 지냈다. 찰스는 두 개의 고아원을 갖고 있는데 그중 한 개가 내가 봉사하는 학교 근처에 있었다. 그래서 틈이 나면 그곳으로 가서 아이들과 놀아주었기에 제라드의 가출에 마음이 많이 쓰였다. 가출 이유를 두고는 짐작만이 가득했다. 고아원의 아이들은 방학 때마다 목걸이나 분필을 '집중적으로' 만들어 내다 팔았는데 그걸로 수업료도 내고 음식도 살 수 있었다. 물론 기부금을 받지만 찰스가 데리고 있는 아이들의 숫자를 생각하면 넉넉할 리 없었다. 그 목걸이를 만드는 일이 힘들어서였는지, 아니면 길에서의 자유로운 생활을 잊지 못해서였는지 이유는 알 수 없었다.

다음 주면 학교에 나올 거라던 제라드는 결국 돌아오지 않았다. 지금도 그 짧은 순간 한 번도 눈을 맞추려 들지 않았던 녀석의 눈동자가 떠오른다. 얼핏 봐도 피곤하고 허름한 행색에, 내 얼굴을 비추던 큰 눈동자에는 핏발이 서 있었다.

나는 크게 울었다. 그 초롱초롱한 눈동자를 다시 보지 못했고 "프렌드, 코리아, 친구"를 똑똑히 발음하며 한국어를 가르쳐 달라고 졸라대던 그 녀석의 노트에 한글을 더 적어주지 못했다. 상상조차 할 수 없는 것이 길 위의 삶이다. 특히나 이곳 아프리카의.

열다섯 제라드는 지금 어디에 있을까.

맨발의 댄서, 〈이마니〉의 주인공 필립

나는 그를 네 번 만났다.

첫 만남은 누군가의 송별회에서였다. 많은 봉사자들이 왔다 떠나는 곳이라 한 달에 한 번, 많으면 매주 송별 파티를 하곤 했다. 내가 그곳에 머물면서 떠나보낸 친구들만 열 명이 넘으니, 그중 누군가의 파티라고 기억할 뿐이다.

그날 나는 한 무리의 댄서들을 보았다. 그들은 파티에 늦어 안쪽으로 들어와 허겁지겁 음식을 먹었다. 우간다에 온 지 한 달도 채 못 되었을 때라 그렇게 건장한 청년들을 여럿 만난 것은 처음이었다. 그들은 환히 웃고 떠들며 좁은 거실을 꽉 채웠을 뿐인데 나는 부끄럽게도 약간의 두려움을 느꼈다.

그중 한 명이 다가왔다. 댄서라기에는 작은 키에 레게 펌이 인상적이었다. 한국에서 왔다고 하니 반가워하며 한국의 비보이들에 관해 물었다. 나는 떠듬떠듬 아는 척을 했다.

"잘하지, 잘해. 한국 비보이들이 국제 대회를 휩쓴다고 하든데? 전통 음악이나 클래식을 접목해서 공연을 했는데 아주 인기가 좋았어."

그는 연신 손가락을 치켜 올리며 "기회가 되면 꼭 한 번 한국에 가보고 싶다"고 했다. 나는 그가 아주 열정적인 아마추어 댄서라고만 생각했다.

두 번째 만남은 국립극장에서 우연히 이루어졌다. 캄팔라의 국립극장에서는 매주 월요일마다 '잼 세션'이 열린다. 순서가 짜인 공연이 아니라 누구든 참여

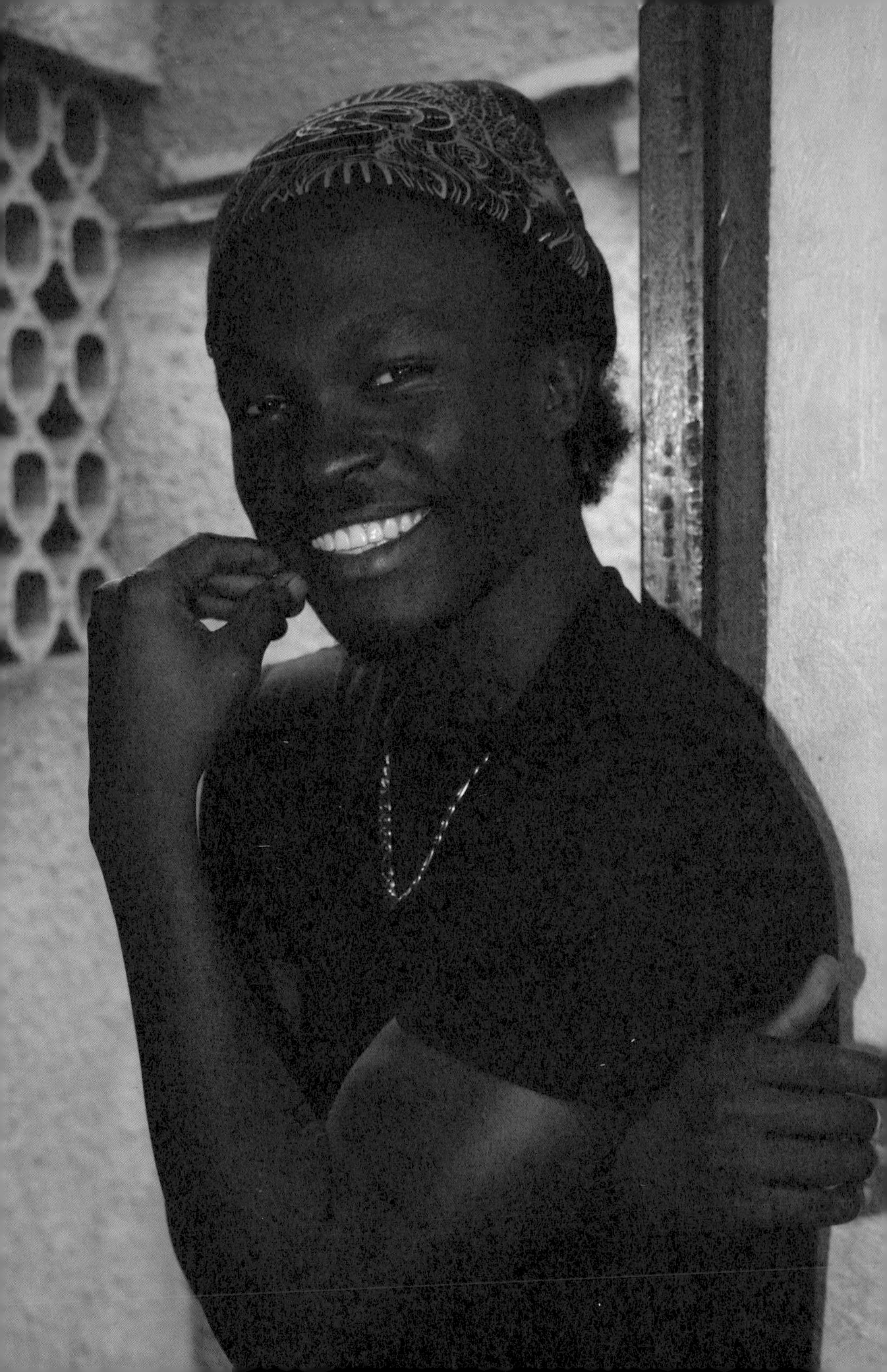

해 끼와 재능을 펼칠 수 있다. 그날 잼 세션은 생각보다 지루해 드럼과 일렉트릭 기타의 합주를 듣는데 연신 하품이 나왔다. 그들의 연주는 수준급이었지만, 한국에서도 들을 수 있는 것 말고 뭔가 '아프리카스러운' 리듬을 기대한 것 같다. 그날 공연의 백미는 뭐니뭐니해도 '리얼 밴드'의 무대. 여행을 온 두 여성이 어쩌다 마음이 맞아 현지인 친구들과 본격적으로 밴드를 꾸렸고, 당분간 눌러앉아 공연을 할 거라고 했다.

우리는 낭만적인 팀이라며 환호를 보탰다. 지금은 그 노래의 제목도 노랫말도 리듬도 다 잊었지만, 보컬의 목소리가 참 매력적이었다는 것과 그들이 많은 사람들에게 축하받던 모습만은 생생하다. 그리고 그 자리를 뜨기 전, 필립을 다시 만났다. 그는 힙합 댄서답게 헐렁한 옷을 입고 춤을 추듯 걸어왔다. 우리는 간단한 안부 인사를 나눴다.

'참 열심이군.'

그는 이리저리 돌아다니며 많은 사람들에게 아는 체를 했고 나는 그가 춤을 추고 싶어 그 기회를 잡기 위해 바삐 왔다 갔다 하는 거라고만 생각했다.

세 번째 만남은 스크린을 사이에 두고 이뤄졌다. 그 어떤 정보도 없던 내 앞에 필립은 일방적으로 나타났다.

"저, 저, 저 사람 필립인데!"

영화를 보다 말고 소리를 질렀다. 다행히 극장에는 우리 일행 셋을 포함해 다섯 명의 관객밖에 없었다. 함께 간 친구들에게 물어봐도 그를 모르겠다고 했다. 우리는 워낙 현지인들의 생김새를 구별하는 데 서툴렀으니까. 정말 가까운 사람이 아니면 한두 번 본 얼굴은 쉽게 잊기도 했다.

영화를 마치고 팸플릿을 챙긴 나는 조금 번진 사진 속에서 똑똑히 필립의 얼굴을 봤다. 그리고 확신했다.

"정말 필립이었어. 떠나기 전에 그를 꼭 만나야겠어!"

그 뒤 한 봉사자에게 부탁해 필립의 번호를 구했다. 쉬웠다. 그는 유명인사였다.

"안녕 필립? 나 기억하니? UPA 게스트하우스에서 봤는데. 한국에서 온 '양'이야."

"양? 코리아? 아, 기억하지! 반갑다, 와우!"

"얼마 전에 〈이마니IMANI〉를 봤어. 너한테 궁금한 것도 있고 해서. 언제 시간 한 번 내줄래?"

그렇게 해서 출국을 3일 앞둔 날, 호기심 많은 카타리나와 함께 그와 친구들의 연습실을 찾았다. 연습실은 국립극장 뒤편의 작고 허름한 공간이었다. 연습실 앞에는 기념품을 파는 가게들이 줄지어 있었다. 신발을 벗고 안으로 들어가니 벽 한 면이 거울. 그의 친구들이 거울에 눈을 박고 한창 연습 중이었다.

"연습하는 거 구경할래?"

"좋지."

새로운 안무를 구상하는 중이라고 했다. 음악을 틀고 몇 번이나 같은 동작을 반복했다. 연습이었기에 척 봐도 최선을 다하는 동작은 아니었다. 하지만 절도 있고 몸짓이 날랬다. 서로 문제점을 지적하고 자세를 교정해주던 맨발의 댄서들은 지칠 줄 몰랐다. 계속 연습하겠다는 친구들을 두고 필립이 우리 쪽으로 왔다.

영화 보고 놀랐어. 〈이마니〉, 그 주인공 너 맞지?

응, 나야.

춤은 언제부터 췄니? 너 꽤 잘 추던데.

9살 때부터 췄어. 교회에 다녔거든. 여기 교회에 가봤어? 예배 볼 때 춤추고 노래하잖아. 그렇다 보니 나도 자연스럽게 춤과 노래를 접하게 됐지.

누가 가르쳐준 건 아니구?

아니 그냥 친구들끼리 췄어. 지금도 우리끼리 연구하고 연습하는 게 전부야.

부모님 반대는 없었어? 예전에 한국에서는 춤 춘다고 하면 노는 걸로 생각했어. 여기도 그런 이미지가 크다고 들었어.

여기서도 그래. 그래서 본격적으로 춤을 추려고 했을 때 부모님 반대가 심하셨지. 당연히 열심히 공부해서 좋은 직업을 가지기 바라셨으니까.

지금은 어때?

지금은 당연히 괜찮지. 좋아하셔.

여기서 연습하는 거야?

어, 매일.

이렇게 연습해서 주로 어떤 일을 해?

저기 친구들 있잖아, 저들과 나는 한 팀이야. 우린 댄스 교실을 열거나 공연도 하고 쇼도 하지. 가끔 고아원 같은 곳에 가서 애들을 가르쳐. 춤이 그 애들을 긍정적으로 만들어주는 것 같아.

좋은 일이야. 나도 느꼈는데 아이들이 춤추고 노래 부르는 걸 아주 좋아하더라고. 그런데 영화에는 어떻게 출연하게 된 거야?

오디션을 봤어. 50명쯤 됐나. 그중에서 뽑힌 거야.

대단한데! 힘든 건 없었어? 첫 영화였잖아.

너도 영화를 봤으니 알지? 영화 속의 삶이 내 실제 삶과 크게 다르지 않아. 거기서건 여기서건 힘들게 춤을 추는 거니까 큰 어려움은 없었어. 단지 문제라면 연기 부분. 우간다에는 연기 학원 같은 곳이 없어. 어디 배울 데가 없지. 그래서 혼자 연습하고 준비해야만 했어.

계속 영화 쪽에서 일하고 싶어?

응. 여전히 춤을 사랑하고 계속 출 거지만 영화에도 매력을 느껴. 앞으로는 다방면으로 일해보고 싶어.

좀 쑥스러운 질문일지도 몰라. 꿈이 뭔지 말해줄 수 있어?

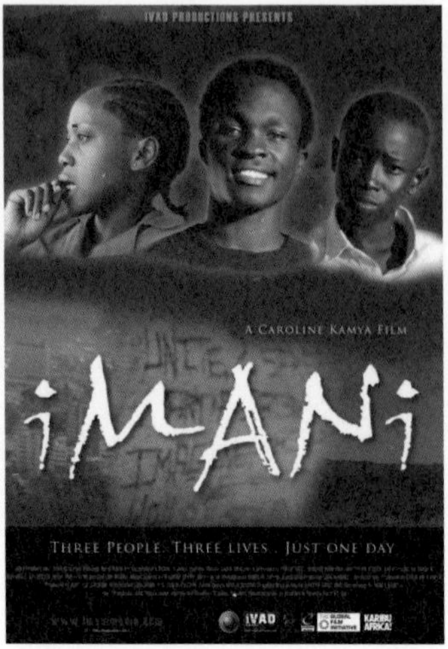

〈이마니〉는 캄팔라에서 나름의 돌풍을 일으켰다.
하지만 우리가 찾았을 때 극장 안은 썰렁했고 단 한 명의 현지인도 발견할 수 없었다. 하긴, 누가 그 거금을 들여 헐리우드 블록버스터를 마다하고 국내 다큐 영화를 보러 오겠는가. 하지만 외국인인 우리들에게는 우간다의 실상을 담은 이 영화만큼 좋은 교재는 없었다.
스와힐리어로 신념이라는 뜻의 〈이마니〉는 세 가지 이야기를 교차 편집해 보여준다. 필립이 등장하는 첫 에피소드는 뒷골목 두목이 된 친구의 방해를 받는 힙합 댄서의 이야기. 결국에는 모든 장애물을 이겨내고 댄스 공연을 무사히 성공시키는 모습을 보여준다.
나머지 두 에피소드는 여성 문제와 소년병 문제를 다룬다.
부잣집에서 가정부로 일하는 한 여성은 감옥에 간 여동생을 꺼내기 위해 결국에는 몸을 팔고, 내전이 심하던 북쪽 굴루 지방에서 구출된 한 소년병은 재활 센터를 거쳐 집으로 돌아가지만 전쟁의 충격에서 쉽게 벗어나지 못한다.
영화에서 언급된 여성 인권과 소년병은 우간다의 고질적인 문제다.
그래서 영화는 섣불리 어떤 해결책을 말하지 않는다. 담담하게 현실을 보여줄 뿐이다. 그래서 처음에는 정말 다큐멘터리인줄로만 알았다.
그만큼 사실감이 넘친다.
한국에 돌아와서 더 찾아보니 15회 부산국제영화제에서도 상영됐다고 한다.
영국에서 공부하고 제작사를 설립한 우간다 영화감독 캐롤라인 캄야의 작품.

영화 덕분에 또 공연 일로 유럽 등지의 여러 나라에 다녀왔어. 그러고 나서 마음을 다졌지. 이곳을 넘어서고 싶다고. 우간다뿐 아니라 아프리카, 나아가 국제적으로 활동하고 싶어. 그게 지금 내 꿈이야.

묻고 싶은 것을 묻고 대답하고 싶은 것을 실컷 대답한 뒤에 필립은 마치 모델처럼 포즈를 취했다. 나와 카타리나는 그가 대단한 영화배우가 될 거라며 마주보고 웃다가 필립을 향해 마구 셔터를 눌러댔다. 내가 기억하는 것은 그날 나눈 대화보다 그의 맨발이었다. 차가운 마룻바닥에서 신나게 미끄러지던 검고 단단한 두 발.

그 맨발에서 그의 미래를 봤다고 하면 필립은 웃을 것이다. 하지만 사실이었다. 영화 속의 암스트롱이 끝까지 포기하지 않고 공연을 성사시킨 것처럼, 많은 관객들이 그 공연에 환호하던 것처럼, 필립 역시 그러할 것이다.

새삼 기분이 좋았다. 그 영화에서 그의 에피소드만이 '해피엔딩'이었다.

사자가 울었어, 퀸 엘리자베스 국립공원

어릴 적 아버지는 동물 다큐멘터리를 좋아했다. 하지만 나는 지겨웠다. 큰 눈망울을 또롱또롱 굴리던 임팔라들은 사자나 치타의 먹잇감이 되었다. 수사자는 부른 배를 하고 만사 귀찮다는 표정으로 마른 풀 위를 뒹굴었다. 초원은 아름다웠지만 그 안은 냉혹한 세계였다.

그러다 우리는 〈퀴즈 탐험 신비의 세계〉를 함께 보기 시작했다. 나는 아빠 옆에서 문제를 맞혀 칭찬을 들을 요량으로, 그것도 아니면 채널권을 갖지 못해 그저 국으로 그 동물 퀴즈 프로그램을 함께 봤다. '원숭이 엉덩이가 빨간 이유' 따위가 문제로 나왔는지 지금은 기억나지 않지만, 하나 확실한 건 온 세상의 신기한 동물들이 화면을 채웠다는 거다. 어쨌거나 나는 거기서 세렝게티를 알았고 아프리카를 보았다. 그게 내가 아는 아프리카의 전부였다. 아마 아빠도 그러했으리라.

회사를 그만두고 아프리카로 가겠다고 하자 아빠는 침묵을 지켰지만 깊은 한숨을 내게 들키고 말았다.

"아빠, 내가 먼저 사파리 해서 질투하는 거지?"

나는 이런 우스갯소리를 아빠 앞에서는 하지 못했다. 미안했다. 아빠보다 먼저 사파리를 하게 된 것이. 아빠가 환갑이 되면 사파리를 보내 드려야지 했는데 그 돈을 모으기도 전에 내가 먼저 아프리카에 오고 만 것이다.

탄자니아의 세렝게티를 꿈꾸던 나는 일정과 비용상의 이유로 우간다의 퀸

엘리자베스 국립공원을 택했다. 따로 여행사에 투어를 신청하지 않아도 되고, 일정에 맞춰 마음대로 계획도 세우고, 비용도 훨씬 저렴했다. 국립공원 안의 숙소를 직접 예약하고 친구에게서 가이드의 연락처를 받아뒀다.

"한밤에 보다보다를 타고 국립공원을 가로질렀어. 공원 안에 우리가 묵을 숙소가 있었거든. 사방이 캄캄한데 하늘엔 별이 환했어. 내가 탄 오토바이 소리만 들렸지. 그런데 멀리서 동물의 울음소리가 들려오는 거야. 아주 크게."

"그, 그러니까, 오토바이로 거길 가로질렀다고?!"

"응, 오토바이 운전사가 선뜻 나서는 걸 보면 흔한 일 아닐까? 그리고 생각보다 위험하지 않았어."

"사자 밥이 안 된 게 다행인 줄 알아!"

떠나기 전날, 앞서 그곳에 다녀온 친구를 만났다. 친구는 늦게 도착해 오토바이 택시를 타고 초원을 가로질러 숙소까지 갔다고 했다. 잘 상상이 되지 않았다. 아무런 보호 장비 없이, 지프차도 아닌 오토바이를 타고. 내가 아는 야생에서 그런 일은 가당치 않았다. 친구는 무사했고 무사해서 다행이었지만, 떠나기도 전에 나는 야생에 대한 갈망이 사그락 조금 사그라지는 소리를 듣고 말았다.

꿈을 꾸었다. 사파리를 할 국립공원 안의 숙소에서였다. "우워어, 끼이이" 알 수 없는 짐승의 울음소리 때문에 내내 잠이 얕았다. 코끼리나 몸집 큰 동물들이 마음만 먹으면 숙소 안으로 들어올 수 있었다. 창문도 문도 약해 빠져 보였다. 그래서 약간의 두려움을 안고 잠자리에 들었던 것 같다. 그런데 꿈에서는 맥락 없이 기린이 나와 풀을 뜯었다.

지프차를 타고 하는 사파리는 아침 일찍 시작됐다. 운전사이자 가이드를 해 줄 모세는 시간에 맞춰 숙소로 와 있었다. 우리 말고도 몇몇 팀이 각자 섭외한

지프차를 타고 비슷한 시간에 출발했다. 차의 불빛들이 어둠을 갈랐다. 해가 떠오르는 모양인지 뭉개져 보이던 풍경의 윤곽이 조금씩 드러났다. 두 마리의 코끼리가 어디론가 향하고 있었다.

갑자기 모세가 차를 세웠다. 우리는 또 다른 동물이 나타났나 놀라서 주변을 기웃거렸다. 그는 동쪽 하늘을 가리켰다. 막, 해가 떠오르고 있었다. 이런 새빨간 일출은 오랜만이었다. 시야를 가리는 게 하나도 없어 해는 더 두드러지고 장엄한 기운을 사방에 뿌려댔다.

아침잠을 털어내며 모세에게 물었다.

"왜 이렇게 이른 시간에 시작하는 거죠? 더위 때문인가요?"

"그것도 그렇지만 동물을 많이 볼 수 있는 시간이니까요. 동물들은 해가 떠서 땅이 뜨거워지기 전에 아침을 먹어요. 그때 가장 많은 동물을 볼 수 있죠. 식사가 끝나면 수풀 밑에 숨어 쉬거든요."

차는 계속 달렸다. 나무가 울창하게 우거진 지대를 지나자 큰 도로가 나왔다. 도로 위에는 '길을 벗어나지 마시오Don't drive off road'라는 표지판이 세워져 있다. 동물들의 삶터와 인간의 구역을 경계 짓는 일종의 안내문처럼 생각된다.

초원의 수풀은 가을 논 같은 색깔이었다. 그런데 도로를 사이에 두고 한쪽은 검게 그을려 있다. 모세에게 물으니 일부러 건초를 태워 신선하고 새로운 풀을 자라게 하기 위해서란다.

본격적인 초원으로 접어들자 마음을 간질이는 풍경이 계속됐다. 홀로 앉아 있는 새, 사람의 모양을 한 선인장, 조용히 죽어가는 고목, 초원은 이 모든 것을 쓸쓸하게 만들려고 작정한 듯 끝없이 드넓었다. 그래서 그 안에서 살아가는 것은 그것이 나무든 짐승이든 풀이든 할 것 없이 모두 무리를 이루고 살아갈 수밖에 없는 모양이다. 또 그들은 쉼 없이 짝짓기를 해야 한다. 수를 늘리고 살아남아야 한다. 그래야 외로움을 이겨낼 수 있을 것이다.

UGANDA LODGES

이런 드넓음을 가져보지 못한 나라에서 온 나는 동물을 보기 이전에 자연의 규모에 먼저 경탄하다가 그들의 외로움을 마주하고는 침묵했다.

지프는 더 좁은 길로 접어들었다. 길이라고 따로 표시되어 있지도 않은, 수풀 사이로 바퀴가 다져놓은 길이었다. 초원 깊숙이 들어온 것이다. 차 안에는 정적이 흘렀다. 다들 침을 꼴깍 삼키고 눈알만 굴렸다. 순간 차의 앞 유리가 왜 금이 간 건지 궁금해졌다. '코끼리나 사자 등의 습격' 같은 낭만적인 이유면 좋겠다고 생각하면서.

우리는 많은 동물을 봤다. 영양을 닮은 우간다 콥Uganda kob, 버팔로African buffalo, 흑멧돼지warthog가 지천이었다. 드물게 본 몇 마리의 코끼리와 아프리칸 피쉬 이글African fish eagle은 '아프리카 종種'이라는 고고함을 턱 밑에 달고 있었다.

지프가 한 무리의 버팔로 사이를 가로질렀다. 몇몇은 무거운 몸을 이끌고 놀라서 반대편으로 뛰어갔고, 몇몇은 멀뚱한 눈으로 차가 지나가기만 기다렸다. 그러다 소금물을 좋아한다는 버팔로를 따라 소금 호수로 향했다. 거대한 구덩이에 고인 물이 모두 소금물이었다. 버팔로는 몇 개의 점으로 호수 근처에 찍혀 있었다.

문득 언젠가 본 다큐멘터리가 생각났다. 우간다의 소금 채취 노동자를 그린 내용이었다. 거기 나온 카트웨 소금 호수도 이 근처였다. 소금 캐는 사람들은 짠물에 상처가 곪는지도 모르고 열심히 그 물에 몸을 담그는데 버팔로는 한가로이 소금물을 마시고 있었다. '니 팔자가 낫구나' 소리가 절로 나왔다.

그 즈음 되니 모두 맹수를 보고 싶어했다. 사파리에서도 인기 동물은 따로 있었다. '과연 사자를 볼 수 있을까?' 그날 우리에게 주어진 시간은 고작 세 시간뿐이었다. 회의가 들었다. 이 드넓은 곳에서 어떻게 보고 싶은 것을 보겠는가, 동물들이 뭐가 아쉬워 우리가 다니는 길가로 나오겠는가 싶어졌다.

그래도 아주 조금 기대를 걸어보기로 했다. 사자를 만나면 눈 맞추리라, 버겁냐고 눈짓으로 말하리라 다짐하면서. 초원을 누비던 우리는 사자가 있을 만한 곳을 찾아다니기 시작했다. 모세는 다른 사파리 팀들과 부지런히 무전을 주고받았다.

다른 동물이 느낄 소외감은 고려하지 않은 채 그렇게 모두 사자만 기다렸다. 버팔로와 우간다 콥에게 조금 미안해졌다. 사자들이 주말에는 육식을 하지 말자고 담합한 것 마냥 좀처럼 나타나주질 않았다. 우리는 어리석게도 텔레비전 동물 프로그램에서 본 야생성 넘치는 사자의 사냥을 기대하며 베스트 먹잇감인 우간다 콥 주위를 서성였다. 때로 홀로 서 있는 우간다 콥을 발견할 때마다 근처에 사자가 있지는 않은지 살폈다. 지천에 널린 우간다 콥의 목숨 따위는 안중에도 없었다.

그러다 그만 포기하고 숙소로 돌아갈까, 그런 말들이 나오기 시작했을 무렵, 서너 대의 차가 모여 있는 것을 보고 우리도 재빠르게 그리로 이동했다. 하지만 아무것도 볼 수 없었다. 다른 가이드가 말하길, 사자가 수풀 뒤에 숨어 있다고 했다. 우리는 숨죽이고 사자가 사냥을 시작하기만을, 그것도 아니면 수풀 속에서라도 기어 나오기를 간절히 바랐다.

갑자기 지프차 한 대가 길을 벗어나 덤불로 향했다. 놀랐을 게 분명한 대여섯 마리의 사자들이 무기력하게 걸어 나왔다. 존엄을, 혹은 위엄을 잃지 않으려는 듯 뛰지도 성급히 굴지도 않았다. 천천히 어슬렁거리며 기어 나와 멀리 도망가지도 않고 근처에 다시 자리를 잡았다. 망원경도 줌 렌즈도 없던 나는 누런 수풀에 털썩 주저앉은 누런 사자를 구별해내려고 미간을 찌푸렸다. 야생성은 어디에도 없었다.

한 가이드가 물었다.

"150달러 낼 준비 됐어요?"

150달러를 내면 차를 안으로 몰아 가까이서 사자를 볼 수 있다고 했다. 농담이었는지 아니면 정말 그런 식으로 부수입을 올리는 건지 가이드의 표정만 봐서는 알 길이 없었지만 어쨌든 그제야 알았다. 사자들이 야생성을 잃은, 혹은 그런 것처럼 보이는 이유는 그들이 화폐로 환산될 수 있었기 때문이다. 다섯 마리의 사자를 보기 위한 150달러, 즉 한 마리는 30달러, 3시간 동안 우리가 '아주' 가까이서 본 동물은 대략 20마리, 한 마리당 5달러. 우습게도 말이다.

싱거웠다. 우리는 모세가 듣지 못하도록 목소리를 낮춰 소곤소곤 댔다.

"어제 숙소 가는 길에 들은 울음소리 기억나? 사자인지 코끼리인지 모를. 그게 더 짜릿했어."

정체를 알 수 없는 동물의 포효는 후두둑 소름을 돋게 했을 정도로 쩌렁쩌렁했다. 그것이 더욱 야생을 향한 호기심을 부채질한 것이다. 그러나 야생은 책에서 본 것과도, 그 포효와도 달랐다.

> 동물 떼가 움직이는 것이 녹빛 나는 갈색과 회색, 탁한 붉은색으로 짠 양탄자 같았다. 이들은 소 떼나 양 떼하고는 달랐다. 이들은 야생이고, 거기에는 아직도 인간보다는 자연의 소유물인 대지의 광막함과 자유가 배어 있었다. 인간의 통상 행위의 상징인 낙인이 찍히지 않은 길들지 않은 동물 수만 마리를 보면, 아무도 정복하지 못한 산을 최초로 오르거나 길이라곤 오솔길도 없고 도끼가 한 번도 닿지 않은 숲을 발견했을 때의 기분이 든다. 그러면 늘 듣던, 한때 세상은 기계와 신문과 벽돌담이 늘어선 도로와 시계의 횡포 없이도 잘 먹고 잘 살았다는 말의 뜻을 알게 된다. **베릴 마크햄의 《아프리카를 날다》 중에서**

야생은, 초원은, 사파리는 적어도 이런 식이어야 했다. 하지만 동물들은 우리가 멋대로 기대하고 상상하는 대로 내버려두지 않았다. 그들은 자연의 법칙대로 살고 있을 뿐이었다. 그것을 모르는 인간의 어리석음은 깨우쳐지는 성질

의 것이 아니었다.

돌아오는 길, 나는 초원에 널브러진 누군가의 흰 머리뼈를 보았다. 그 뼈는 턱이 긴 초식 동물의 것이 분명했다. 차가 지나갈 때마다 '우와와' 날아오르는 작은 새들의 생기 넘치는 움직임이 눈에 들어왔다. 적막을 깨는 새소리가 우리 뒤를 따랐다.

한 무리의 현지인들은 자전거에 마토케를 싣고 차 먼지를 들이마시며 몸을 움츠렸다. 페달을 밟을 때마다 온몸의 근육이 팽팽히 일어났지만 아주 느린 속도였다. 그 속도로 목적지가 절대 보일 리 없는 초원을 향해 조금씩 나아갔다. 우리는 약삭빠른 하이에나처럼 먼지를 일으키며 그 틈을 재빠르게 지나쳤다.

차창 밖으로는 한 마리의 새가 차와 같은 속도로 날았다. 몇 번의 날갯짓과 정지 동작을 정직하게 반복하더니 나뭇가지 위로 우아하게 착지했다. 신비로웠다. 동물들만 좇느라 지나쳤던 아름다움을 그제야 본다. 아주 단순한 것들이 주는 아름다움이 그곳에 있었다.

Mweya
VISITOR
INFORMATION
CENTRE

하마가
똥 싸는 모습을
본 적 있어?

•

지도에도 나오지 않을 작은 마을이었다. 완벽한 '하늘색'의 하늘을 배경으로 경사진 비탈 위에 작은 집들이 그림처럼 얹혀 있었다. 사람들은 모두 바빴다. 한 청년은 엉덩이를 내놓고 그물을 손질했고 꼬맹이들은 환대의 의미인지 마이클 잭슨 춤을 추었다.

보트 사파리를 하는 중이었다. 관광객들에게 그 마을은 동물만큼이나 신나는 볼거리인 게 틀림없었다. 우리는 배 위에서 마을과 사람들을 관찰하며 카메라를 들이댔고 마을 사람들은 바쁜 일손을 늦추지 않으며 우리가 탄 배를 흘끗거렸다. 하루 네 번의 보트 사파리가 있다고 들었다. 매일같이 내 삶터가 고스란히 타인에게 노출되고 수십 명의 사람들이 내 일상을 찍어대는 것을 지켜봐야 하는 기분은 어떨까. 나는 그들의 무언가를 훔치는 것 같기도 했다. 마음 편치 않아 하면서도 셔터를 눌러대는 손길이 부끄럼을 잊고 분주했다.

2시간 일정의 보트 사파리는 퀸 엘리자베스 국립공원 안의 카징가 운하 부근을 둘러보는 것이다. 오전에 지프 사파리를 했다면 점심을 먹은 뒤 오후에 보트 사파리를 하는 식으로 일정을 짤 수 있다.

에드워드 호수와 조지 호수를 잇는 카징가 운하는 산과 물의 어울림이 좋다. 푸른 산이 둥글게 그 곡선대로 부드럽게 물을 감싸고 하마와 버팔로 무리들이 물을 마시고 쉬기 위해 무리지어 있다. 배가 운하의 가장자리를 따라 도는 동안 관광객들은 배 위에서 편하게 동물들을 관찰하기만 하면 된다.

보트 사파리의 매력은 동물들을 가까이서 볼 수 있다는 점이다. 또 굳이 일일이 찾아다니지 않아도 동물들이 물가로 나와 있기 때문에 관찰하기가 쉽다. 시야가 탁 트여 있다는 것도 도움이 된다. 그래서 동물의 실제 크기에 압도당하기도 하고 구체적인 생김새와 먹고 마시는 모습을 느긋하게 지켜볼 수 있다.

거대한 하마가 물 속으로 들어가거나 물 밖으로 나올 때마다 배는 흔들렸다. 우리는 옅은 비명을 지르면서 혹시나 하마 밥이 되지는 않을까 영양가 없는 걱정을 했다. 누군가의 탄성이 들리거나 사람들이 손짓하는 곳에는 꼭 버팔로나 하마 따위의 동물이 '아주 가까이'에 있었다.

거대한 하마가 똥을 누는 장면은 압권이었다. 똥을 싸는 동시에 짧은 꼬리를 퍼덕여 똥을 털어내고 있었다. 또 못생긴 버팔로 때문에 사람들은 종종 웃음을 터뜨리기도 했다.

갑자기 배 안이 술렁댔다. 코끼리였다. 살면서 내가 본 가장 큰 동물이 뭐였는지 잠시 생각했지만 잘 떠오르지 않았다. 코끼리들은 거대한 두 그루의 나무처럼 우뚝 서 있었다. 버팔로가 꼬마처럼 작아 보였고 갑자기 서울대공원의 코끼리 '사쿠라'가 불쌍해졌다.

코끼리는 다치거나 병든 종족을 사람 눈에 띄지 않게 옮겨두고, 비밀 무덤을 마련해 죽은 종족을 거기에 가져다 둔다는 이야기를 읽은 적이 있다. 그리고 그 무덤은 한 번도 발견되지 않았다고 한다. 그래서 우리가 보는 코끼리는 언제나 늠름하고 당당한 것일지도 모른다. 나는 코끼리가 무슨 수로 동료를 옮기는지, 옮길 때 코를 쓰는지도 궁금해졌다. 그리고 코끼리에게 친구의 무덤이 어딘지 묻고 싶어졌다.

코끼리는 먹고 싶은 풀을 실컷 뜯어 먹더니 우리에게서 등을 돌렸다. 슬로우모션의 화면처럼 육중한 몸을 아주 천천히 틀었다. 더운지 연신 큰 귀를 펄럭였지만 그 속도가 빠르지 않아 시원해질까 의문이 생길 정도였다. 코끼리는 귀와 코를 열심히 움직이며 걸었다. 친구들의 무덤으로 가는 걸까, 보금자리로

EQUATOR

가는 걸까, 그들은 어디로 가는 걸까. 보트도 그 자리에 멈춰, 우리도 재잘대는 것을 멈추고 코끼리들의 꽁무니만 바라보았다. 한 쌍인 게 틀림없었다. 그들은 사이좋게 고개를 올랐다. 그리고 고개 너머로 사라졌다. 한 쌍의 코끼리는 서로 다정했지만 무리를 이룬 버팔로와 하마, 새 떼에 견주니 그 큰 덩치의 뒷모습이 점점 작아지고 쓸쓸해져갔다.

코끼리가 사라지고 난 자리에 갑자기 염소 한 마리가 떠올랐다. 학교에서 아이들의 성화에 목청을 다듬고 '아기 염소'를 꽥꽥거리며 부른 일이 있었다. 아이들은 생소한 노래에 손뼉으로 화음을 넣어주었고 나는 꽤나 오래전 노래를 잊지 않고 불러냈다는 데 으쓱해했다.

사파리를 마친 우리는 적도를 지나게 되었다. 태어나서 평생을 북반구에서만 살아온 나는 남반구에서 사파리를 하고 다시 북반구로 올라가는 역사적인 길 위에 있었다. 표식이 없으면 적도인지 알 수도 없었을 것이다. 어쩌면 그 표식 때문에 적도가 신비로워지는 건지도 몰랐다.

도로를 사이에 두고 원 모양을 한 두 개의 표식이 마주보고 있었다. 이쪽 원에서 저쪽 원 안의 푸른 초원을 응시했다. 멀리서 보면 이 두 개의 원은 겹쳐서 하나로 보일 것이다. 과학이 편의에 따라 나눴지만 어쨌든 지구는 하나였다.

나는 적도에 서서 남반구와 북반구가 고루 잘 살았으면, 한쪽이 어느 한쪽을 착취하지 않았으면, 누구도 고통 받지 않았으면, 이런 생각은 하지 않았다. 다만 내가 그 원 안에서 레오나르도 다빈치의 〈인체비례도〉처럼 두 팔과 다리를 벌리고 서면 원이 굴렁쇠처럼 데굴데굴 굴러서 어디로든 내가 원하는 곳으로 데려다주었으면, 하고 키득거렸을 뿐이다. 그때 내가 그 적도의 원에 올라타고 가고 싶던 곳이 어디였는지 지금은 기억나지 않는다.

나는 그렇게 중요하지 않은 것과 중요한 것을 가리지 않고 자주 잊었다. 만약 적어 놓지 않았으면 그 숙소의 이름도 잊었을 것이다. 그러니까 그 숙소의 이름을 굳이 번역해보자면 '백악관White house hotel'이었다.

사파리를 마친 우리는 안과 밖이 온통 하얀 그 집에서 하루를 묵기로 했다. 찌는 듯이 더운 날씨였는데 천장에 달린 선풍기는 고장이 나 있었다. 방의 창문이 건물에 붙은 계단을 향해 나 있어 열어놓고 잘 수도 없었다. 우리는 다른 선풍기가 없는지 물었고 여직원이 금세 하나를 구해다 주었다.

목이 긴 스탠드 형이었다. 강풍 버튼을 눌렀다. '웅' 소리만 날 뿐 날개가 돌아가지 않았다. 약, 중, 강 버튼을 차례로 누르고 전선과 콘센트를 점검하고 탕탕 두드려도 봤지만 소식이 없었다. 아까 그 직원에게 가서 선풍기가 고장 난 것 같다고 했다. 직원이 방으로 와서 선풍기를 흘끔 한 번 보더니 강풍 버튼을 꾹 누르고는 친절하게 말했다.

"조금만 기다리세요. 곧 작동될 거예요."

우리는 그럴 리 없다는 표정을 숨기지 않은 채 우선은 알겠다고만 했다.

"고장 난 게 분명한 것 같은데……."

5분이나 지났을까. 선풍기는 여전히 그대로였다. 선풍기와 수십 년 함께해 온 우리가 볼 때 명백히 고장이었다. 우린 직원이 '뭘 모른다'고 생각했다.

"아마 기계 같은 것에 대해 잘 모르지 않을까?"

"그래, 아니면 또 아프리카식으로 무조건 된다고 하는 걸지도."

다시 직원을 찾았다. 이번에는 좀 귀찮은 표정이었다. 방에 들어와서 강풍 버튼이 켜져 있는지 확인하더니 또박또박 힘을 주어 말했다.

"곧 될 거예요. 기다리세요."

"아뇨. 작동될 기미도 안 보여요. 이건 고장 난 게 확실하다구요. 다른 걸로 바꿔주세요."

그 순간 거짓말처럼, 선풍기의 날개가 기지개를 켜는 듯 서서히 돌아가기 시작했다.

'췟, 성질만 급한 무중구들 같으니라구!'

선풍기가 저런 소리를 냈던 것도 같다. 우리는 선풍기가 이 순간을 위해 부러 날개를 접고 기다렸을 거라고 의심을 했다. 여직원의 얼굴에 번져가던 승리의 미소를 아직도 잊을 수가 없다. 기다릴 줄 모르는 우리는 고맙다는 말과 '거 참 이상하네'라는 말을 열 번은 한 것 같다. 뭘 모르는 건 우리였던 셈이다.

사파리는 끝이 났다. 우리는 다시 많은 시간을 기다려 버스를 탔다. 버스가 훑고 지나가는 풍경이 경탄을 넘어 자연에 대한 경배를 낳았다. 아프리카 지도에서 우간다를 찾아보면 빅토리아 호수에 기댄, 생각보다 조그만 나라다. 하지만 우간다는 넓은 대륙에 자리잡은 까닭을 잊지 않은 게 틀림없었다. 풍경은 시시각각 모습을 바꿨다. 역동적인 산과 깎아지른 고지대를 지나자 어미의 가슴처럼 부드러운 대지가 나왔다. 온통 초록인 곳은 홍차 밭이었고 땀 흘리며 찻잎을 고르는 손길이 분주했다.

날씨도 풍경만큼이나 변화무쌍했다. 하늘은 쨍하니 맑았다가 비를 부었다. 빗줄기가 거세 낡아 빠진 창문 틈으로 들이쳤다. 한쪽 어깨가 조금씩 젖어갔다. 비 온 뒤 하늘은 엄청난 크기의 무지개를 품었다.

"저것 봐! 와, 아프리카는 무지개도 남다른 크기야!"

우리는 무지개 하나에도 소란스러워졌다.

어쩌면 우리가 기대하던 야생성이란, 그것마저 귓등으로 들은 풍월이나 텔레비전 속 기획된 장면들이 만들어준 옷이었다. 우리는 사파리가 끝나고 나서야 그 옷을 슬그머니 벗었다. 살아 있는 짐승의 뱃가죽을 뜯는 사자와 눈 맞추지 못했지만 괜찮았다. 원하는 때에 쉽게 볼 수 있는 야생성이 진정한 야생에서 가당키나 한가, 하면서 말이다.

거대하지만 어딘지 모르게 허술한 우간다의 장거리 버스.

그 산 밑 로즈의 집으로 초대합니다

•

우간다에는 승객용 기차가 없다. 두 개의 노선이 있었는데 정세가 불안정해지자 그것마저 이용할 수 없게 됐다고 한다. 장거리는 기차 여행이 좋지만 아프리카에서 그런 호사를 누려보지는 못했다. 세 시간 미만의 거리는 봉고 버스 마타투, 그 이상의 거리라면 무조건 버스였다.

마타투가 아닌 첫 버스 여행의 행선지는 엘곤 산이었다. 우간다 동부에 있는 엘곤 산에 가기 위해 우리는 우선 음발레로 가는 버스를 탔다.

터미널은 난장판이었다. 마타투가 출발하는 두 개의 택시 파크도 악명 높았지만, 버스 터미널도 같은 노선을 두고 여러 회사들이 경쟁 중이라 호객이 대단했다. 비 온 뒤의 진흙탕은 푹푹 빠지고 음료수와 스낵을 파는 장사꾼들과 호객꾼들이 엉켜 있었다.

우리는 서둘러 한 버스에 올랐다. 정각이 다 되어가고 있었기 때문이다. 보통 버스들은 매시간 정시에 출발(한다고 호객꾼들은 강조)한다. 버스는 거의 차 있었다. 우리 자리는 맨 뒷줄 바로 앞이었는데 머리 위의 스피커에서는 귀를 찢을 듯한 텔레비전 소리가, 맨 뒷좌석에서는 병아리의 울음이 그치지 않았다. 병아리 주인은 병아리들을 위해 좌석을 2개나 샀다고 했다. 좌석 2개와 의자 밑에 8개나 되는 박스가 놓였다. 숨구멍이라고 뚫어놓은 곳에서는 손톱만 한 병아리의 부리가 계속해서 튀어나왔다.

정시가 지났는데 버스는 좀처럼 출발할 생각을 하지 않았다. 사람들이 계속

들어찼다. 선반의 폭이 좁아 미처 올리지 못한 짐이 좁은 복도에 한가득이었다. 미처 자리를 구하지 못한 아이는 짐 위에 위태롭게 앉았다.

이날 나는 아프리카 여행에서 내 사이즈와 속도에 대해 고민했다. 버스는 한 줄에 2명과 3명이 앉게 되어 있고 중간에 복도가 있다. 그런데 한 좌석의 크기가 한국으로 치면 초등학생들이 앉으면 될 성 싶었다. 내게는 너무 좁았다. 팔을 앞으로 모으고 어깨를 최대한 움츠려야 옆 사람에게 피해를 주지 않았다. 도리가 없었다. 안락한 이동이라는 한국식 개념을 여전히 갖고 있는 내가 문제라고, 아프리카를 여행하려면 내 사이즈부터 줄여야겠다고 생각했다.

그리고 속도. 지도마다 다르게 표기되어 있어 확실히 판가름할 수 없지만 캄팔라에서 250킬로미터 정도 떨어진 음발레로 가는 데 꼬박 5시간이 걸렸다. 거의 다 와서는 중간중간 한 사람씩 내려주고 새로운 사람들을 태웠다. 이것도 직행의 개념을 가진 내가 문제일까? 버스는 더디기만 했다.

"왜 이렇게 더딘 거야, 왜 이렇게 좁은 거야."

아프리카 버스 여행의 묘미를 모르는 '무중구'들이 걱정을 하고 불평을 하는 사이 사람들은 흥겨운 버스 여행을 척척 해나가고 있었다. 얼마쯤 달렸을까. 갑자기 버스가 정차한다. 그러면 어디선가 등에 숫자가 적힌 파란색 유니폼을 입은 상인들이 우르르 몰려든다. 버스에 탄 사람들은 내리지 않고 그냥 창문만 연다. 그러면 간식을 파는 사람들이 뒤꿈치를 들어 각종 꼬치나 구운 바나나가 든 바구니를 번쩍 들어 보인다. 이것저것 고르고 창을 통해 값을 치른다. 새로운 버스가 도착하면 판매원들은 그쪽으로 우르르 몰려간다.

사람들은 열심히 꼬치를 뜯고 버스는 고소한 냄새로 가득 찼다. 다 먹은 뒤 나무 막대기를 바닥에 던지자 금세 쓰레기가 수북했다. 몇몇은 창을 열고 밖으로 휙휙 쓰레기를 던졌다.

잘 먹은 사람들이 꺼억꺼억 소화를 시켰을 무렵, 센스쟁이 운전기사는 허허벌판에 버스를 세웠다. 남녀노소 할 것 없이 우르르 내려 볼일을 봤다. 도로와 맞닿은 작은 수풀에 들어간 이들이 일어났다 앉았다를 한참 반복한 뒤에야 버스는 떠났다.

한 번은 이런 일도 있었다.

퀸 엘리자베스 국립공원으로 가는 길, 역시나 우리는 장거리 버스를 탔다. 8시에 출발한다던 버스는 10시 15분이 되어서야 시동을 걸었다. 시작도 하기 전에 피곤해졌다.

우리가 탄 버스는 중국인이 운영한다는 버스 회사의 것이었다. 그래서였을까. 중국산 약을 파는 약장수가 올라탔다. 그 사람은 아프리카인으로서 긍지를 가진 게 분명했다. 그래서 사자의 울음소리를 연구한 게 틀림없었다. 피곤에 곯아떨어진 모든 사람을 깨울 정도로 2시간 내내 그 목소리는 한 치 사그라듦이 없었다. 볼륨을 조절할 수 있는 라디오나 텔레비전이 아니었기에 고스란히 그 독무대를 지켜봐야 했다.

그런데 어라, 나중에는 그것이 한 편의 쇼처럼 흥미로웠다. 약장수가 파는 물건은 다양했다. 비누도 있었고 홍삼에 이름 모를 차도 있었다. 그러나 물건에 관한 소개는 한결같았다. 모든 게 만병통치약이었다. 효능은 열 가지도 넘었고 알 수 없는 의사의 이름이 언급됐다. 그가 열 개들이 홍삼 파우치를 열었다. 사람들은 아주 작은 병에 든 홍삼 진액을 한 병에 1만 실링(6000원)을 주고 샀다. 그 사람들에게는 거금이었다. 한 병 이상을 살 수 있는 사람은 없었고, 그 한 병은 마시지 않는 것과 같다는 것을 아는 사람도 없었다. 우리가 중국인일 거라고 생각한 사람들이 정말 효능이 있는 건지 낮은 목소리로 물었다.

"효과를 보고 싶으면 그 작은 병을 매일, 세 달은 넘게 먹어야 할 걸요!"

해줄 수 있는 말은 많지 않았다. 판매원에게는 생계였고, 고심 끝에 한 병씩

1 로즈의 마지막 기회.

2 로즈의 선거 포스터.

3 로즈네에서 맛볼 수 있는 현지 음식들. 손은 그저 거들 뿐.

골라든 사람들은 고향에서 기다릴 부모님이나 형제 가족에게 선물할 것이 분명해 보였다. 마음이 그러하니 어쩌면 효능을 볼 수 있을 것만도 같았다.

어지간해서는 다른 도시로 떠날 기회가 잘 없는 이들에게 장거리 이동은 확실히 축제다. 할머니의 쌈짓돈이 세상 구경을 하고 손녀가 새로운 과자를 맛보는 드문 기회다.

한 자리 차지한 병아리는 삐약삐약, 주로 아버지가 소리를 꽥꽥 지르며 부인과 아들을 폭행하는 내용의 아프리카 시트콤, 그 이해불가의 시트콤을 보며 깔깔대는 사람들의 웃음소리, 그렇게 음발레로 왔다.

우리는 이 작은 도시의 매력을 찾아보기도 전에 부다다리Budadari로 향했다. 부다다리는 엘곤 산 등반의 전초 기지 마을이다. 한 시간 거리였기에 이번에는 당연히 마타투를 탔다. 하루에 몇 대 없는 모양이었다. 역시나 계속해서 사람들이 올라탔는데 비가 거세졌기에 모른 척 할 수도 없었다. 그러자 나중에는 14명 정원의 마타투에 23명이 타고 있었다. 마타투는 끄떡없이 산길을 잘도 굴러갔다.

우리는 친구가 묵고 있는 숙소로 가기로 했다.

"우리가 가는 곳은……."

문장을 마치기도 전에 차장이 말을 끊었다.

"나는 당신들이 '마지막 기회'로 가는 걸 알아요."

말하지 않았는데도 정확히 우리가 갈 곳을 알고 있었다. 그곳은 '로즈의 마지막 기회Rose's last chance'라는 숙소였다.

로즈의 집에는 환대, 환대, 환대만이 있었다. 숙박 요금 10달러에는 아침과 저녁밥까지 포함돼 있고, 부족한 등반 장비를 저렴한 가격에 빌릴 수도 있었다. 환영을 알리는 도넛과 음료수를 내왔고 씻을 수 있도록 물통에 물을 받아

산골 작은 게스트하우스에
칠흙 같은 어둠이 내리면
동행의 미소를 볼 수 있게
작은 등 하나 밝혀두고, 담소와 노래와
게임을 나누는 단단한 행복의 시간.

주었다. 우리는 작은 배려와 친절에 감동을 받았다. 그것은 잘 갖춰진 서비스가 아니라 속에서 나오는, 오래전 그들의 조상이 그러했듯 꾸며지지 않은 풍습과도 같았다.

그리고 그 집의 백미는 로즈가 차려주는 식사였다. 먹기 전에는 그냥 평범한 현지식이겠거니 했다. 아보카도 샐러드, 짜파티와 사모사, 으깬 감자, 고기 소스와 콩 소스가 나왔다. 이것 모두 우리가 평소 우간다에서 흔히 먹던 음식이었다. 그런데 음식 하나하나가 그동안 먹던 것과는 차원이 달랐다.

외국인을 상대로 하는 숙소인 만큼 포크와 나이프가 나왔지만 누구도 그걸 쓰지 않았다. 우리는 열 손가락을 모두 사용해 거침없이 음식들을 즐겼다. 그러고 나서 등을 밝혀놓고 카드 놀이를 했다. 로즈는 소리 없이 우리 곁을 지키거나 불편한 것이 없는지 물어왔다.

로즈는 우리식으로 말하면 국회의원이었다. 그것도 집권 여당인 '국민저항운동' 소속의 국회의원. 우간다에서 여당과 야당은 그 명성이 다르니까 어깨에 힘 좀 주겠거니 생각했는데 전혀 그렇지 않았다. 이튿날 아침에도 일찍 일어나 직접 음식을 준비하고 등산에 대한 조언을 아끼지 않았다.

숙소 이름에 붙은 '마지막 기회'가 무엇인지 누구도 확실히 말하지 않았지만 대충 짐작은 됐다. 그 마지막 기회가 그녀의 정치 인생에 대한 것이라면 나는 아무것도 확신할 수가 없다. 하지만 그것이 그녀의 숙소만을 놓고 말하는 것이라면, 그 마지막 기회는 분명 성공이었다. 우리는 서슴없이 로즈의 집을 우간다 최고의 숙소로 꼽았다.

그 산 밑 로즈네의 첫 밤이 평화롭게 저물었다.

1 트레일이 시작되는 마을 입구까지 가기 위해 오토바이를 불러 짐을 실었다. 2 “잘 부탁해요.” 산행을 시작하기 전 가이드에게 무한 신뢰의 눈빛을 보내며. 3 우기에는 물이 불어 장애물이 많다. 작은 개울은 시작에 불과하다. 4 출발한 지 10여 분만에 진흙 범벅이 된 등산화.

우중산행, 무식이 부른 참사

•

등산은 계획에 없던 일이었다. 하지만 우리는 염원했다. 수천 년에 걸친 풍화와 침식으로 지금은 아니지만, 한때 엘곤 산은 킬리만자로보다 높은, 그러니까 아프리카에서 가장 높은 산이었다. 우리는 각자 맡은 프로젝트가 있었고 무엇보다 중요한 건 일이었으므로 방학을 이용해 무조건 오르기로 했다. 방학이라 함은 우기를 뜻했지만 어쩔 도리가 없었다. 그리고 우기에 내리는 비는 당연한 거라고만 생각했다.

하지만 아프리카의 우기가 한국의 '장마철'과 다르다는 것을 알고 있었으면서 왜 모른 체 한 걸까. 돌이켜보면 포터와 가이드 없이 혼자 오른 6년 전의 히말라야만큼이나 무모한 산행이었다. 여러 가지 루트가 있었지만 무슨 차이가 있는지 찾지 못한 우리는 4일의 일정을 3일 만에 끝내기로 했다. 지체할수록 국립공원 입장료 50달러와 장비 대여료도 더해질 것이었다.

문제는 장비였다. 우리가 가진 건 가진 걸 옮겨줄 배낭과 배낭을 멜 몸뚱아리뿐. 한국을 떠나오기 전 고민 끝에 킬리만자로 등반을 포기한 나는 모든 등산 장비를 배낭에서 도로 꺼냈다. 아프리카에 다른 산이 있으리라곤 상상도 하지 못한 채. 이제 그 무식함과 무모함의 대가를 치를 차례였다.

국립공원 사무실과 로즈를 통해 트레킹화, 비옷, 텐트, 매트, 쿠킹 세트를 빌렸다. 폴라폴리스 또는 고어텍스 재킷 따위를 가졌을 리 없는 우리는 추위에 대비해 가지고 있는 모든 옷가지를 싸 들고 2명의 가이드와 1명의 포터를 앞세웠다. 일행 중 1명은 산행이 처음이었다.

1 출발한 지 2시간이 됐을까, 그제야 엘곤 산 국립공원을 알리는 소박한 푯말이 나온다.

2 비를 맞고 산행을 한 탓에 추위에 떨던 일행은 모닥불 주변에 옹기종기 모여 언 발과 손을 녹였다.

3 첫째 날, 무데 동굴 캠프에서 가이드 톰이 저녁을 준비하고 있다.

4 산 속에 사는 꼬마들이 인사를 건넸다. 자기들 말이 아니라 "잠보"라는 스와힐리어였다. 많은 등산객이 아이들을 휩쓸고 지나갔다는 것을 알 수 있었다. 하지만 걱정과는 다르게 아이들은 평화로웠다.

포터는 텐트와 식량, 기타 용구를 옮겨야 했기에 우리는 침낭을 포함한 '사적'인 짐과 물 3리터를 지고 산행에 나섰다. 기본 트레일인 사사 트레일sasa trail의 시작은 국립공원 사무소다. 거기서 마지막 마을인 부기팀와Bugitimwa의 입구까지는 5킬로미터, 여기서부터 본격적인 트레일이 시작된다. 우리는 차가 다니는 데다 즐길 만한 풍경도 없는 초반 구간을 건너뛰기로 결정하고 마지막 마을까지 보다보다를 탔다.

길이 험해 운전사의 외투를 부여잡고 의지하게 됐다. 스물 남짓 되었을까 더 되었을까, 영어로 나이를 물어보았지만 그는 알아듣지 못했다. 외투를 가볍게 움켜쥐며 허리에 손을 댔을 때 내가 느낀 것은 운전사의 갈비뼈. 한줌의 허리와 커다란 외투 사이로 바람이 드나들고 있었다.

마지막 마을에 이르러 두 개나 겹쳐 신은 양말이 미끄러지지 않도록 고쳐 신고 두 치수는 큰 등산화를 발에 단단히 동여맸다. 몇 미터 채 가지 않아 거칠게 흐르는 도랑을 만났고 그 뒤에는 줄곧 진흙 길이었다. 쨍쨍한 날씨에 왜 길은 마르지 않고 그대로인지 이해되지 않았다.

얼마 지나지 않아 첫 땀이 흘렀다. 산행 중 첫 땀은 온몸이 슬슬 움직임에 반응해 준비에 들어가는 신호. 예전의 어떤 산행에서는 첫 땀 뒤 현기증으로 쓰러질 뻔하기까지 했으니 나에게는 무시 못 할 친구다. 다행히 이번 첫 땀은 상쾌하게 시작됐다.

산세는 지루했지만 민가를 가로지르는 초반 2시간은 사람살이 보는 맛이 있었다. "잠보!" 목청껏 불러 젖히는 아이들의 목소리가 굽이굽이 메아리쳤다. 엘곤 산은 바기수Bagisu, 사비니Sabiny, 응도로보Ndorobo족의 고향이라는데 아이들은 왜 다른 나라 말인 스와힐리어를 쓰는 걸까. 많은 등산객들이 거쳐 가면서 스와힐리어로 인사말을 건넨 탓이 아닐까, 조심스레 짐작만 할 뿐이다. 자기네 말로 "물렘베" 하고 인사를 건네니 씨익 웃으며 "물렘베" 한다.

그 길에서 발자국 하나를 봤다. 트레킹화 자국들 사이에서 선명한 맨발 자국이었다. 진흙에 찍힌 다섯 개의 앙증맞은 발가락이 귀여웠다. 모두 첨단의 등산화를 신고 산을 오를 때 그 사이를 나비처럼 날아다닐 아이의 것이리라. 그리고 날것에 대해 오래 생각했다.

문풍지를 뚫는 개구쟁이들의 손가락마냥 기운찬 폭포가 산을 뚫고 길게 쏟아졌다. 멀리서 보는 산의 경사는 비현실적인 90도. 거대한 녹색의 성 안으로 들어가는 기분이었다. 민가를 거쳐 오르막길을 더 가니 마침내 국립공원 입구를 알리는 궁색한 푯말 하나가 서 있다.

경사진 진흙 길을 오르려면 몇 배의 힘을 들여야 한다. 미끄러지지 않게 발끝에 신경을 모으면서 무거워진 등산화를 높은 곳으로 옮겼다. 가이드는 한 치 흔들림도 쉼도 없이 한결같은 속도로 위로 나아갔다. 나는 그가 남긴 흔적을 따라 열심히 걷고 기었다. 가이드 톰과 내가 선두였고 나머지 일행과 또 한 명의 가이드가 후발이었다. 포터는 어디에 있는지 초반부터 보이지 않았다. 그는 일행과 상관없이 자기만의 속도로 점심을 지을 곳에 먼저 가 있으면 된다.

몸은 힘든데 머리는 더욱 바빠졌다. 온갖 산행 기억이 다 떠올랐다. 지리산의 돌아 굽이치는 작은 길들이 그리웠다. 엘곤의 풍경은 색달랐지만 산세는 지루해 숨이 차오를 때마다 호흡 사이로 잡념이 끼어들었다. 문득 산은 몸으로 타는가 머리로 타는가, 젊음으로 타는가 연륜으로 타는가 궁금해졌다. 그러다가 또 문득, 산에 대한 경험이란 다음 발을 어디에 둘지 아는 것이라는 생각이 들었다.

뻥 뚫린 뷰포인트를 지나자 더욱 생생한 초록의 숲이 끝없이 이어졌다. 그리고 쨍하던 날씨도 돌변했다. 희뿌연 연기 같은 구름이 산 위로 몰려들고 주변을 가리기 시작했다. 순식간이었다. 블루 멍키가 어디선가 숨어 이상한 소리로 울어댔고 그것을 신호로 우리는 〈타잔〉에나 나올법한 원시림으로 접어들었다.

거대한 나무들 사이로 덩굴이 요상한 모양으로 뻗어 있고 곳곳에 양치식물들이 엉켜 있다. 귀는 각종 새소리에, 발은 진흙탕에서 허우적대기에 바쁜데 결국 비가 그었다. 후두둑. 예감이 좋지 않다. 채 몇 초 걸리지 않았다.

"우다다다다다다다다다다다!"

큰일이었다. 부러 돈을 주고 빌려온 우의가 포터의 짐에 함께 묶여 있었다. 멍청한 실수로 비를 쫄딱 맞을 수밖에 없었다. 뷰포인트 이후 2시간 동안 거의 쉬지 못한 참인데 비 때문에 걸음을 멈출 수도 없었다. 그저 묵묵히 걸었지만 세찬 비로 시야도 확보되지 않고 길은 도랑이 되었다. 거기에 갈림길이 나와 이러지도 저러지도 못하고 그냥 비를 맞으며 섰다. 길이 확실해 보이는 곳에는 커다란 통나무가 가로로 누워 있었기 때문이다.

이럴 때 가이드까지 없으니 화가 난다. 그 사이 톰은 혼자 앞장서 버렸고 다른 가이드는 뒤따르고 있었다. 후발 가이드를 기다렸다 물으니 "10분만!"을 외치며 직진이라고 알려주었다. 빗물 속에서 발을 움직이려니 더 지쳤지만 마지막 힘을 짜냈다. 무서운 기세로 콸콸콸 흐르는 계곡을 아래에 두고 조그만 나무 다리를 건너자 사사 강 캠프가 그림처럼 나타났다.

조그만 정자 같은 곳에서 사람들이 여럿 모여 비를 피하고 있었다. 무중구와 현지인들이 얽혀 있는 걸 보니 다른 산행 팀인가 싶다. 나무로 지어진 건물 안으로 들어서니 연기가 자욱하다. 뼈대만 앙상한 이층 침대들이 꽉 차 있고 불을 가운데 두고 여러 사람들이 둘러앉았다. 나는 급히 초콜릿 봉지를 뜯어 크게 한 조각 입에 넣고 뒤따라 들어오는 친구들에게도 먹였다.

포터가 미리 준비해둔 뜨거운 물을 받아 차를 마셨다. 몸이 녹고 피가 돌았다. 우리는 라면을 먹기로 했다. 금방 끓여 후루룩 마신 뒤에 먼저 와 있던 팀과도 인사를 나눴다. 영국에서 온 사람들은 모두 5명이라서 포터를 7명 고용했다고 말하더니 우리 짐을 보고 놀라움을 감추지 못했다. 오히려 우리가 의아했다. 규정상 포터 1명이 질 수 있는 짐의 무게가 18킬로그램. 7명이서 그 무게를 꽉 채운다면 126킬로그램이라는 계산이 나온다. 셋이서 고작 1명의 포터를 고용한 우리는 한 사람이 며칠 동안 산에서 필요한 것이 무엇일까 궁금해졌다. 그 무엇들 때문에 여러 사람이 고용되는 일은 좋기 만한 일일까도.

불을 쬐던 우리는 원래 계획대로 계속 산행을 할지 이곳에서 1박을 할지 논의했다. 비가 그치지 않았기 때문이다. 시간은 오후 2시. 우리보다 먼저 캠프에 도착한 팀이 1박을 결정했기에 우리는 좁은 캠프를 빠져나가기로 했다. 가이드 톰도 이곳 다우림rain forest 구간만 벗어나면 괜찮을 거라 거들었다. 캠프를 나서자마자 거짓말처럼 비는 잦아들었고, 이채롭게도 대나무 숲이 펼쳐졌다.

그렇게 2시간 30여 분. 2킬로미터 남았다는 푯말을 보았다. 그때부터 풍경은 백팔십도 바뀌었다. 하늘을 가리는 거대한 나무 대신 고산지대에서만 산다는 루블리아와 에델바이스가 무리지어 자라고 있었고 말라 죽어가는 것 같지만 절대 그럴 리 없는 누런 풀들이 낮게 깔려 있었다. 산행 길에는 진흙 대신 맑은 물이 이끼 사이로 흘렀다. 해는 점점 기울었고 1시간이면 된다던 마지막 캠프는 가도 가도 보이지 않았다. 도저히 못 걷겠다는 말을 열 번도 넘게 하고 나서야 무데 동굴 캠프mude cave camp가 나타났다.

동굴이라기에는 초라한 바위 밑에 건물이 두 채 있고 한쪽에 새로 지은 숙소도 보였다. 먼저 도착한 포터가 벌써 불을 피워 물을 끓이고 있었다. 우리는 먼저 숙소를 점검했다. 나무로 된 넓은 건물에는 역시나 매트리스 없는 이층 침대가 가득했는데 사방에서 몰려드는 한기로 잠시도 견디기 힘들었다. 우리는 거기서 잘 수 없다고 선언하고 포터와 가이드가 묵는 헛간 같은 곳에 함께 짐을 풀었다. 이곳은 내내 불을 피워 등산객용 숙소보다 따뜻하긴 하지만 매캐한 불 냄새와 연기 냄새가 가득했고 연기 때문에 한쪽 벽이 문 없이 개방돼 있었다.

온몸에 묻은 진흙을 털어내는 것은 사치였다. 우리는 옷을 모두 벗어 그대로 천장의 나무에 걸었다. 등산화와 양말은 불 곁에 두었다. 포터가 물을 길으러 멀리까지 내려가야 했기 때문에 씻는 건 말도 안 됐다. 무엇보다 우리에게는 남은 힘이 없었다. 하루 종일 흙탕물에 절어 있던 양말이 꾸덕꾸덕 말라가는 사이 켈렙은 잡탕밥을 만들었다. 가이드와 포터들은 새로운 음식 맛을 신기해했지만 입에 맞지 않는지 현지식 식사를 이어갔다. 포터는 뭐든 뚝딱뚝딱, 진정한 스페셜리스트였다. 톰은 묵묵한 편이었는데 또 다른 가이드는 싱거웠다. 일러줬는데도 몇 번이고 질문을 했다.

"어느 나라에서 왔죠?"

"한국, 일본, 홍콩이요. 그래서 우린 팀 아시아Team Asia에요."

"그 나라들은 어느 대륙에 속해 있죠?"

"아시아죠!"

"그럼 우간다는 어느 대륙에 속해 있게요?"

"아프리카죠!"

"맞아요, 우간다는 나의 나라, 아프리카는 나의 대륙."

그는 이 말을 주문처럼 시도 때도 없이 되뇌었다. 왜 그러느냐고 물으니 아프리카 사람인 게 자랑스럽단다. 그 대답과 헤벌쭉한 미소가 일품이라 절로 웃음이 났다. 수다도 잠시, 소화시킬 틈도 없이 모두 각자의 침낭 속으로 들었다. 가이드들은 내 오리털 침낭을 부러워하며 가져온 천 조각을 머리 끝까지 끌어올렸다.

그날 밤 나는 수십 번 깼다. 추위가 대단하기도 했지만 현기증과 구토 증세가 심했다. 캠프는 약 3500미터 고도에 있었다. 하루 만에 거의 2000미터를 올라온 셈이다. 그래서 고산병을 의심하지 않을 수 없었다. 이미 히말라야에서도 한 번 걸렸기에 익숙한 증세였다. 침낭 속에 몸을 구겨 넣었고 매트리스 없이 나무로 된 틀만 있는 침대 위에서 몸을 비틀었다. 하루 종일 배낭끈을 바짝 조여 매 피가 잘 통하지 않던 오른팔이 비명을 질렀다. 그 잘 꾸던 꿈조차 꿀 수 없는 밤이었다.

출발한 지 3시간 만의 꿀맛 같은 휴식 시간.
고지대로 올라올수록 풍경은 단조로워지지만, 아름다운 적막함을 만날 수 있다.

내 심장이 이상해!

여전히 속이 불편해 간신히 홍차 한 잔만 마시고 이틀째 일정을 시작했다. 캠프를 출발해 가장 높은 봉우리인 와가가이Wagagai(4321미터)에 오른 뒤 다시 캠프로 내려오는 일정이었다. 그래서 대부분의 짐을 캠프에 두고 최대한 간소히 꾸렸다.

톰은 일찍부터 서둘렀고 지대가 높으니 더 추울 거라며 주의를 주었다. 그래봤자 가진 게 없는 우리는 가진 옷을 모두 껴입고 산행에 나섰다. 캠프 뒤편으로 난 길에 첫 걸음을 딛는 순간 직감했다.

'이거 뭔가 이상한데.'

심장이 이상했다. 숨 쉬기가 불편했고 쉽게 헉헉댔다. 가벼운 고산병이겠거니 하면서 묵묵히 걸었다. 아사노와 나는 가진 짐을 합쳐 하나의 배낭을 꾸렸는데 그 배낭을 아사노가 맡아 나는 내 몸만 책임지면 됐는데도 어제처럼 걸을 수 없었다. 풍경을 즐기기는커녕 발끝만 보며 걸었다. 도저히 못 걷겠다 싶을 때 걸음 수를 셌다. 숫자가 100이 넘어가면 잠깐 숨을 돌리고 다시 걷기를 여러 차례 반복했다. 온몸에 힘이 없고 심장이 가슴을 뚫고 나올 듯 세차게 뛰었다. 100미터 전력 질주를 막 마친 선수처럼 호흡이 거칠었다.

톰에게 얼마나 남았는지 묻자 여전히 3시간이라는 대답이 돌아왔다. 두 번째로 높다는 존슨의 봉우리Johnson's summit가 옆으로 보였다. 이미 우리는 정상으로 가는 길에 접어들어 방향을 틀 수가 없었다. 그리고 2시간을 더 걸었을까 칼데라를 지나자마자 비가 시작됐다. 비는 우박이 됐고 급격히 체온이 떨어졌

2

1 장작을 패 땔감을 마련하는 포터.

2 중도 하차한 뒤 아픈 몸을 이끌고 캠프로 돌아와 한 일이라곤 비에 다 젖어버린 돈을 말리는 것뿐이었다.

다. 그러고도 미련스레 더 걸었다.

내 체력을, 내 상태를 스스로 판단하는 일이 너무나 어려웠다. 여기까지 왔는데 포기하고 싶지 않았고 걸을 수 있을 것만 같았다. 비가 그치지 않고 세차게 왔다. 톰에게 얼마나 남았는지 물었다. 1시간. 그리고 결정했다. 하산하기로. 정상까지 가는 데 1시간, 거기에 다시 내려오는 시간까지 고려하니 체온이 버텨줄지 자신이 없었다. 추위에 이미 손끝은 감각이 없었다. 그래서 톰은 남은 친구들을 이끌고, 나는 다른 가이드와 함께 하산했다.

중간에 하산을 결정하면서 내린 결론은 내가 서른의 심장을 가졌다는 것. 그리고 할 수 없는 걸 못 하겠다고 말해본지가 언제인지 떠올리려 애썼다. 그 말을 하려고 억지로 걸은 3시간의 길을 다시 되짚어 내려오면서 뼈저리게 후회했다. 언제부터 등산을 극기로 하게 된 걸까.

길을 나설 때 첫 걸음부터 이상하다 싶었다. 밤중에 일어나 토하고 오른팔이 저리고 아파 잠 못 들어 놓고선 미련하게 결국 6시간을 채워 걸은 것이다, 정상을 1시간 남겨두고. 성격상 어지간하면 갔을 것이다. 하지만 나는 이제 알게 됐다. 정말 안 되는 것을 안 되겠다고 말하는 사람들의 심정을, 그것이 엄살이 아닐 수도 있다는 것을.

천지에 아무것도 없었다. 비를 피할 나무 한 그루, 바위 한 점 없었다. 어서 캠프로 돌아가고 싶어 급한 마음에 서두르다 넘어지고 굴렀다. 신발 끈이 풀어졌지만 손에 감각이 없어 제대로 묶을 수 없었다. 가방을 아사노에게 넘기고 오직 물병 하나 초콜릿 하나 가졌는데 그 물병조차 너무 차가워 들지 못하고 가이드에게 부탁했다. 체온은 계속 바닥을 쳤다. 추위 앞에 무력한 나는 만신창이가 됐다.

오죽하면 아무것도 기억 못할까. 길에 밝은 내가, 눈썰미 좋은 내가, 오전 내내 걸은 길을 오후에 그대로 되밟아 왔는데 그 풍경이 너무 낯설어 가이드가 나를 다른 데로 데려가는 건 아닌지 불안해할 정도였다. 그건 오를 때 하나도 즐기지 못했다는 증거이기도 했다.

캠프에 도착해 차를 한 잔 마시자 체온은 거짓말처럼 돌아왔고 숨도 제대로 쉴 수 있었다. 내 몸이 나도 모르게 꾀병을 부린 것만 같았다. 가이드는 잠을 청했고 포터가 물을 긷는 동안 나는 모닥불에 돈을 말렸다. 정상을 포기하고 한 일이 고작 젖은 돈을 말리는 일이라니. 그러고 나서 이틀을 묵은 캠프 이곳저곳을 사진으로 남겼다. 아마 다시는 이런 시커먼 연기 속에서, 모닥불 옆에서 잘 수 없으리라. 일생의 마지막이라 생각하면 아쉽지 않은 것이 없고 소중하지 않은 것이 없다.

정상을 밟고 돌아온 친구들을 기다려 국수를 점심 겸 저녁으로 먹고 오후 5시쯤 잠자리에 들었다. 자는 것 말고는 할 수 있는 일이 없었다. 밖은 다시 비가 내렸고 추웠다. 역시나 몸을 비틀며 내리 13시간을 잤다.

그 산에 두고 온 것

하산하는 날, 한결 몸과 마음이 가뿐해진 나는 즐거운 마음으로 짐을 꾸렸다. 머리가 좀 아팠지만 그 정도는 가볍게 무시하고 카메라를 허리춤에 찬 뒤 선발에 섰다.

날씨가 화창했다. 그동안 해가 나게 해 달라고 얼마나 빌었는지 모른다. 햇볕 한 줌으로 추위를 녹일 수 있을 것 같았기 때문이다. 그 효험이 오늘 발했는지 구름 한 점 없이 햇빛도 하늘도 쨍했다.

내려가는 가벼운 발걸음은 주변의 모든 것을 경이로운 눈으로 보게 했다. 나는 모든 풀과 나무에게 말을 걸었고 눈을 맞췄다. 고지대에서 자라는 식물들은 그 생명력에 걸맞게 단순한 아름다움을 지녔다. 30분쯤 걸었을까, 산딸기를 발견했다. 외지에서 지인을 만났을 때 그러하리라, 어찌나 반가운지 한 치 망설임 없이 입으로 열매를 가져갔다. 시고 달았다. 한 주먹 열매를 입 안으로 가져가는 가이드도 퍽 반가운 눈치. 외로운 곳에서는 뭐든 사소한 거라도 그리운 사람과 연관시키고 싶은 법. 나는 복분자를 밭에 심은 아빠와 그 복분자로 즙을 만들어준 엄마를 떠올렸다.

3500미터 고도를 알리는 팻말을 지나자 다시 한순간에 풍경이 바뀌었다. 오를 때하고는 정반대였다. 낮은 풀들은 모두 가고 덩굴과 풍성한 초록의 세계가 하늘을 가리며 다가왔다. 그리고 길은 다시 진흙 천지다. 진흙 길은 오를 때보다 내려갈 때 더 곤란하다. 몇 번이나 미끄러질 뻔했지만 도무지 익숙해지지 않는다. 미끄러지지 않으려고 다리에 힘을 줄수록 근육은 당기고 서서히 무

1 하늘과 가까운 곳에서 느리게 자라나는 식물들. 2 낯선 곳에서 만나 향수를 불러일으킨 산딸기.
3 산에서 대나무를 해 나르는, 산 아래 마을의 소년.

리가 왔다.

오를 때 비를 피했던 사사 강 캠프에서 잠시 휴식을 취한 뒤 계속해서 걸었다. 대부분의 길이 내리막 또는 평지라 오르막보다는 쉬웠지만 길이 미끄러워 난감했다. 3일 동안 가장 많이 한 말이 '진흙투성이'와 '미끄러워'였다.

그 길을 오르내리는 아이들이 있었다. 워낙 비수기인지라 트레커들조차 보기 힘들었기에 더 반가웠다. 아이들은 대나무 숲에서 나뭇짐을 해 나르고 있었다. 하지만 종종 반가움은 두려움이 되기도 했다. 그들은 대나무를 자르기 위해 아주 큰 칼을 사용하는데, 일행과 떨어져 혼자 걷다 아이를 만났을 때 나도 모르게 덜컥 겁이 났다. 그만큼 칼은 크고 위협적으로 보였지만 산을 닮은 아이들은 충실히 주어진 길을 걷고 주어진 일을 해나갈 뿐이었다. 무게만 해도 상당할 텐데, 자른 대나무를 엮어 머리에 이고 망설임 없이 균형을 잡는 아이들의 뒷모습이 탄탄했다.

뷰포인트에 서자 뻥 뚫린 시야에 서쪽에서 몰려오는 비구름이 그제야 들어왔다. 이제부터는 쉼 없이 내처 내려갈 것이기에 톰과 나는 뒤에 오는 일행을 기다렸다 함께 출발하기로 하고는 엉덩이를 붙여 앉았다.

싹싹한 톰은 가이드 9년 차라는 말이 무색하게 젊은 청년이다. 이곳에서 나고 자란 토박이. 영어를 할 줄 아는 덕에 가이드 시험을 봐서 합격을 했고 부다다리의 엘곤 산 국립공원 사무소에 소속된 다른 열댓 명의 가이드들과 돌아가면서 일을 한다. 한 번에 3~5일짜리 트레킹을 한 달에 서너 번씩 한다니 한 달에 절반 이상은 산속에 있는 셈.

"동생들이 많아요. 다들 나만 보고 있죠. 힘들어도 어쩔 수가 없어요."

톰은 가이드 수입에 대한 오해를 풀고 싶어했다. 우리가 내는 국립공원 입장료 50달러 중 20달러가 가이드 비용이라고 영수증에 적혀 있었기 때문이다.

"거기 적힌 돈을 다 받는 게 아니에요. 우린 월급제거든요."

1 엘곤 산에 기대어 살아가는 마을. 2 고산지대의 메말라 보이는 풍경. 3 마지막 날, 출발에 앞서 신발과 옷매무새를 가다듬는 일행들.

그가 말해준 월급은 터무니없이 적었다. 추운 곳에서 잠을 자고 몸을 쓰는 것을 생각한다면.

"그래서 팁이 중요하죠."

결국 팁을 많이 달라는 이야기였지만, 설명도 잘 안 해주고 혼자 먼저 내빼기 일쑤였지만, 싫은 내색을 할 수 없었다. 동지랄까, 3일 동안 우리 사이에는 뭔가 끈끈한, 고마움을 넘은 유대감이 생겼기 때문이다.

몰려오는 비구름을 등지고 발걸음을 재촉했다. 지루하고 위험한 길이 계속됐고, 국립공원의 끝을 알리는 푯말과 함께 민가가 나타났다. 우리는 힘이 달릴 때마다 소리쳤다.

"짜파티! 짜파티!"

"내려가서 로즈의 맛있는 저녁을 먹으면 우린 다시 태어날 거야."

분명 무슨 약을 탄 게 틀림없다고 말했을 정도로 중독성 있는 짜파티를 먹을 생각에 다리에 절로 힘이 들어갔다.

산에 사는 꼬맹이들은 내가 괴물 흉내를 내자 자지러지게 놀라거나 웃으며 이리저리 도망가느라 바빴다. 염소를 친구 삼아 놀던 아이는 사진을 찍어 달라 부탁했고 작은 액정 화면에서 자신의 모습을 확인하자 크게 미소 지었다. 또 몇몇은 커피나무 아래에서 모델을 자청했다. 마지막 개울을 건너자 길의 끝이 보였다. 또 다른 길의 시작임을 알리는 복작대는 소음이 싫지만은 않았다.

포터는 산에서 이틀 동안 열심히 채취한 죽순을 사람들과 나눠 가졌고, 가이드는 마을 사람들과 인사를 나눴으며, 우리 중 누군가는 바가지를 쓰기 싫어 보다보다를 섭외하러 다녔고, 누군가는 그저 지쳐 힘든 기색이었고, 또 누군가는 아이들과 사진을 찍느라 바빴다. 이렇게 우리는 각자의 욕망을 내려놓지 못하고 물기 가득한 산에서 내려왔다.

그날, 로즈가 차려준 저녁은 대단했다. 우리는 이 음식 때문에라도 엘곤 산을 다시 찾을 거라며 손가락을 쪽쪽 빨아댔다. 하지만 예상을 벗어난 일이 기

우간다 동부의 명소, 시피 폭포.

다렸다. 새로 들어온 도우미 아가씨가 우리 몰래 방으로 들어가 돈을 훔친 사건이 일어난 것. 로즈가 돈을 돌려주고 숙박비를 받지 않는 등 많은 배려를 해줬지만 그 아가씨의 죄지은 얼굴과 미안해하는 로즈의 얼굴을 보는 일이 불편해졌고, 그래서 생각보다 빨리 시피 폭포로 떠났다.

시피 폭포로 향하는 오토바이 택시는 굽이굽이 꼬부랑길을 힘겹게 달려 올라갔다. 느린 만큼 풍경도 느리게 지나갔고 순도 100퍼센트의 깨끗한 바람이 살랑대며 머리칼을 쓸어주었다. 그렇게 12킬로미터를 달리니 멀리 푸른 산에서 무언가 한 줄기 하얀 선이 그어지고 있었다.

우리가 그곳을 찾았을 땐 우기라 물이 많았다. 중력의 법칙에 충실한 엄청난 물줄기들이 하나로 떨어지고 있었다. 소리부터 달랐다. 폭포가 흐르는 저쪽 아래는 끝없는 평원이었다. 내가 묵은 모세의 캠프장Mose's camp site은 폭포를 가까이서 볼 수 있는 전망 좋은 곳이지만 금세 비가 시작돼 우리는 오후 내내 뿌연 풍경을 오래도록 바라보았고 일찍 잠자리에 들었다. 그리고 나는 그날도 알 수 없는 고열과 통증으로 많이 앓았다.

일주일 만에 캄팔라로 돌아와 처음 접한 신문에서는 엘곤 산의 자연재해를 알리고 있었다. 40킬로미터에 이르는 균열로 8000명 이상의 사람들이 위협받았다는 소식이었다. 힘들긴 했지만 재해를 피해 무사히 등반을 마친 우리는 행운아라며 자축했다. 그러나 내 행운은 오래가지 않았다. 돌아오자마자 말라리아가 나를 삼켰다. 엘곤 산에서 이상하게 뛰던 심장도, 밤마다 나를 괴롭히던 열이나 통증도 모두 말라리아 때문인 것으로 판명이 났다. 모든 증상이 말라리아 안에서 자연스레 이해됐다.

그러니까 나는 말라리아를 안고 4321미터 엘곤 산을 등반한 것이다. 무식하게!

보태니컬 가든의 울창한 나무들. 원시적인 느낌이 강하다.

숨은 동물 찾기, 엔테베 데이 트립

•

엔테베는 한때 영국령 우간다의 초창기 수도였다. 그리고 오늘날은 국제공항이 자리잡은 곳으로, 우간다의 관문 구실을 한다. 그래서일까. 엔테베는 우간다에서 본 여느 도시보다도 깨끗하고 정돈된 느낌을 준다. 나무가 많은 데다 바로 곁에 빅토리아 호를 끼고 있어 눈을 돌리는 곳마다 '푸름'이다. 그 푸름을 모아놓은 곳, 엔테베 식물원이 첫 번째 목적지였다.

캄팔라에서 마타투로 약 1시간, 큰길에서 내려 호수 쪽으로 걸어가니 한 남자가 따라붙었다. 한눈에도 호객꾼이라는 것을 알 수 있었지만 우리는 식물원을 안내하겠다는 제안을 받아들였다. 그 사람은 으레 그러하듯 자신을 대학생이라고 소개했다.

제임스의 안내에 따라 '탐험'한 식물원은 정말이지 넓었다. 내게 아프리카는 손바닥만 한 시야를 비웃는 그저 '넓음'이다. 나이를 먹으면서 위로 쭉쭉 뻗거나 옆으로 훨훨 뻗어 나가는 나무들이 그득했다. 꽃도 나무도 원시의 느낌. 그 모든 게 어찌나 생소한지 제임스가 나무와 꽃의 이름이며 특성을 알려줬는데도 아무것도 기억하지 못했다.

대도시 캄팔라에서 누리지 못한 맑은 공기와 풀 내음, 흙 내음은 폐를 간질이고, 〈타잔〉을 촬영했다는 곳에서는 나무 덩굴을 타며 어설픈 '제인' 흉내를 냈다. 영국과 독일 등의 강대국이 만든 이 식물원은 110년이나 됐다고 한다. 원래 있던 나무들도 많고 새로 심어 가꾼 것도 많다지만, 가꿨다고 보기 어려운 원시성이 넓은 식물원을 가득 채우고 있었다. 공원 끝이 빅토리아 호수와

식물원에서 발견한 신비로운 모양의 꽃.

넓은 동물원에서 겨우겨우 볼 수 있는 동물들.

동물원에 놀러 나온 현지인 가족들.

열심히 숨은 동물 찾기를 해서 만난 동물들.

맞닿아 있어 거기서 불어오는 바람을 맞으며 걷다 보니 어느새 땀이 식었다.

"식물원을 봤으니 동물원도 봐야지."

한국에서도 해마다 동물원 나들이를 빼놓지 않던 나는 앞장서서 동물원행을 고집했다. 그때까지 일행 중 누구도 사파리를 해본 적이 없어 모두 찬성이었다.

엔테베 동물원은 동물원이라는 이름 대신 우간다야생동물교육센터UWEC로 알려져 있다. 한데 현지인과 외국인의 입장료 차이가 너무나 컸다. 외국인 입장료는 초등학교 학생들의 한 달 학비와 맞먹었다. 우리 모두 우간다에 장기 체류를 하고 있었기에 거주자 할인을 받아보려 했지만 여의치 않았다.

"사파리를 생각해. 사파리보다 싸잖아!"

누군가의 위로가 효력을 발휘했다. 하지만 아프리카 '야생' 동물들을 많이 볼 수 있을 거라는 기대는 조금씩 무너졌다. 이곳도 동물원이었기에 동물들이 우리에 갇혀 있는 것은 당연했다. 그러나 문제는 우리도 아프리카답게 넓었다는 것, 그래서 아무리 우리라지만 넓은 땅에 동물들을 풀어놓은 것과 같았고, 거기에 '갇힌' 동물은 한두 마리에 불과해 우리는 숨은 동물 찾기를 해야 했다. 어떤 동물들은 어디에 숨었는지 결코 발견할 수 없었으며 우리가 찾은 한두 마리의 동물들도 '동물원이다 보니' 생기 없이 늘어져 있었다.

엔테베 동물원은 서울대공원에 길들여진 내 눈을 채우기에는 역부족이었다. 흥미를 잃은 표정으로 침팬지, 기린, 타조, 얼룩말 등을 둘러보는데, 그런 우리를 지나치는 현지인 가족들의 얼굴은 '좋아 죽겠다'는 표정이었다. 이곳은 그들의 몇 안 되는 나들이 장소였던 것이다. 남녀노소 할 것 없이 모두 들뜬 표정으로 동물원의 구석구석을 누비고 있었고, 특히 아이들을 위한 놀이터는 만원이었다.

아프리카에 와서 조성된 놀이터를 보는 것은 처음인 셈이었는데, 놀이터에서 미끄럼을 타는 현지 아이들의 모습은 아프리카 땅을 처음 밟았을 때만큼이나 낯설었다. 이곳 아이들은 굴렁쇠를 굴리거나 나무를 타면서 끼리끼리 뛰어노는 게 전부이고 그것만으로도 충분히 즐거워 보였으니 말이다.

캄팔라로 돌아오기 전 빠트릴 수 없는 것이 있었다. 엔테베는 빅토리아 호수의 연인이다. 호숫가를 낀 작은 마을은 성수기 해수욕장처럼 분주했다. 주문을 받고 맥주를 나르느라 뛰어다니는 종업원들이 활기를 불어넣고 흐린 날씨에도 수영을 즐기는 사람들은 기꺼이 배경이 되어주었다. 우리도 현지인들처럼 작은 파라솔 의자에 기대 해질녘까지 호수를 가만 바라보았다.

엉덩이를 담보로 내 놓게

•

생일이었다. 서른의 생일. 꼭 그 이유 때문이었는지 지금은 명확하게 기억나지 않지만 어쨌든 나는 생일을 앞두고 세계에서 두 번째로 크다는 빅토리아 호수, 그 가운데에 있었다.

시세Ssese 섬으로 가는 방법은 여러 가지였지만 가까운 엔테베로 가서 배를 타기로 했다. 출발 시간보다 훨씬 일찍 도착한 우리는 허름한 매표소 옆에 붙은 작은 식당에서 바다를 보며 끼니를 해결했다. 날은 흐렸고 바닷물은 탁했다. 그 어디서도 섬에서 보내는 휴양이라는 나른하고 눈부신 기운을 발견할 수 없었다.

배를 타려면 남녀 따로 줄을 선 뒤 짐 수색을 거쳐야 했는데 한 마디로 그건 복불복이었다. 누군가의 짐은 모두 파헤쳐 꺼냈고 누군가는 대충 들여보냈다. 효용이 있을까 싶은 수색을 거쳐 배에 오르니 30분이 훌쩍 지나 있었다.

배는 잔잔한 호수를 갈랐다. 멀리 엔테베 국제공항이 물 위에 떠 있는 듯 했고 그 어디를 둘러봐도 우리가 호수 위에 있다고 할 만한 증거는 없어 보였다. 사방이 끝없는 망망대해 수평선이었다.

'바다가 아니면 이럴 수 없어.'

우리는 엄청난 면적에 압도당하기 싫어 쓸데없이 의심을 했다. 뱃머리와 탑승 칸을 왔다 갔다 하다 보니 해가 뉘엿뉘엿 저물었다. 멀리 흰 백사장이 눈에 들어왔다. 호수 위의 섬, 시세였다.

숙소의 팻말을 든 직원들이 부두를 가득 채우고 있었다. 소박한 팻말이 귀여워 웃음 짓다가 낯익은 로고를 발견했다. 마중 나온 직원을 따라 숙소로 들어가는 길은 호숫가를 끼고 나 있었다.

우리가 묵을 곳은 독일인 부부가 운영하는 호른빌 캠프hornbill camp. 공정여행의 모든 수칙을 완벽하게 지킬 수는 없더라도 어지간하면 현지인이 운영하는 곳에 묵자는 게 나름의 규칙이었는데 일행 중에 독일 친구들이 있어 이번에는 예외였다.

캠프장은 독특했다. 모험을 좋아하는 소녀가 찾을 만한 곳이었다. 방갈로 같은 작은 건물이 넓은 캠프장 곳곳에 흩어져 자리했고 건물의 나무 벽은 아기자기한 페인팅으로 장식돼 있었다. 하지만 섬의 분위기나 캠프장의 매력에 비해 시설은 '낭만적'이지 않았다. 마지막으로 언제 사람이 묵었는지 궁금하게 만든 모기장 위의 쥐똥들, 화장실의 거미들이 우리 일행보다 더 많았다.

하지만 캠프장 앞의 풍경은 모든 불평을 싹 덮을 만큼 아름다웠다. 몇몇은 낮게 일렁이는 파도를 휘저으며 낚시와 수영을 했고 아이들은 모래 장난이 한창이었다. 푸른 호수와 검은 몸들이 잘 구별되지 않아 누가 물에 빠져도 잘 모르겠다는 엉뚱한 걱정을 하며 호숫가가 내다보이는 벤치에 앉아 순식간에 진행되는 일몰을 지켜보았다.

그 어떤 인공 색의 조합도 이 호숫가의 낙조만큼 화려하지 않을 거라는 확신이 들었다. 해는 지고 바닷새 같이 생긴 새들이 자꾸만 울어댔다. 이곳이 바다 위의 섬이 아니라는 게 자꾸만 믿기지 않아 쉽게 자리를 뜨지 못했다.

일행 중에는 엔테베에 사는 현지인 친구 엘라도 있었다. 엘라는 마케레레대학교를 졸업하고 조그만 잡지사에서 객원 기자로 일하는 성격 밝은 처녀. 이곳저곳 여행을 많이 다녀본 그녀도 시세 섬은 처음이라고 했다.

"정말 부드러워!"

내가 일몰에 마음을 뺏긴 동안, 엘라는 신기하다며 내 머리칼을 만지작거렸다. 부드럽지만 햇볕에 그을린 내 머리칼도, 뻣뻣하지만 개성 있게 넘긴 엘라의 머리칼도 똑같이 미풍에 흔들렸다. 우리는 웃기지도 않은 농담을 주고받으며 바보처럼 웃어 젖혔다. 그것은 모두 그 섬이었기에 가능한 일이었다.

이튿날 엘라는 숙소에 남고 카타리나, 캐스틴과 함께 보다보다 투어를 하기로 했다. 다른 대중교통이 발달되어 있지 않은데다 자동차를 빌리면 비싸니 자구책으로 생각해낸 것이 보다보다였다.

섬은 고요했다. 바다도 파도도 비켜가는 듯 했다. 누군가 이 섬이 세계에서 가장 멀리 떨어진 섬이라고 해도 믿을 수 있을 것 같았다. 보다보다를 타고 높은 곳에 서자 거대하거나 작은 섬들이 오밀조밀 모여 있는 모습이 눈에 들어왔다. 시세 섬은 하나의 섬이 아니라 84개의 군도를 가리키는데 관광객들은 대체로 육지와 연결되는 본 섬 부갈라Buggala를 찾는다.

지나가다 들른 어촌 마을에서 낯익은 얼굴을 만났다. 할머니가 먼저 우리를 알아봤다. 어제 타고 들어온 배 안에서 만난 분이었다. 할머니는 바닥에 비닐을 깔고 옷을 팔고 있었는데 오랜만에 만난 친손녀를 대하듯 덥석 손을 잡고는 주변 사람들에게 우리를 소개했다. 그 순수한 알은체가 좋았다.

마을 근처를 산책하다가 우연히 어느 독일 남성이 운영하는 진료소에 들르게 됐는데, 마침 같은 독일인인 친구들 덕에 건물을 둘러보고 그가 하는 일에 관해 소개받을 기회를 가졌다. 우연이 아니었다면 일어나지 않았을 일들이 세상에는 너무 많다. 왕년에 의사였던 베리도 '우연히' 시세 섬으로 오게 됐다고 한다. 베리는 현재 청소년들을 위한 무료 건강 센터를 운영하고 있다.

출처를 알 수 없어 어디까지 믿어야 하나 고민됐지만 어쨌든 그가 전해주는 수치들은 충격적이었다. 시세 섬은 우간다에서 에이즈 환자 비율이 가장 높으며, 85퍼센트나 되는 여학생들이 남자 급우들을 대상으로 성매매를 해 음식과 학비를 벌고 있다고 했다. 실제로 그는 여러 명의 현지 고아들을 돌보고 있는

파인애플 농장의 주인. 자기가 생산하는 파인애플에 대한 자부심이 대단했다.

데 아이들 개개인도 상처를 갖고 있었다.

이 섬에 그런 사연이 있는 줄은 아무도 몰랐다. 우리 같은 구경꾼에게 섬은 단지 아름다움이었다. 여행을 하면서 언제나 그들의 삶을 들여다봐야지 다짐해왔지만 역시나 낯선 풍경에 마음을 먼저 뺏기기 마련이었다.

조금은 착잡한 마음으로 마을을 나오면서 호숫가를 따라 걸었다. 여러 척의 배들이 쉬고 있었다. 때가 맞지 않아 고기 잡는 것은 못 보고 그물을 손질하는 모습만 보았다. 어떤 고기를 잡는 건지 그물의 구멍은 잘았고 대여섯 명의 젊은 청년들이 손을 재게 놀렸다.

아프리카에 오기 전 본 다큐멘터리에서는 빅토리아 호를 끼고 생활하는 어민들의 삶이 많이 궁핍해졌다는 것을 보여주었다. 고기가 예전처럼 잡히지 않기 때문이다. 외래어종인 나일 퍼치의 무서운 번식으로 토종 물고기들이 거의 멸종된 것은 잘 알려진 사실이다. 사람들은 토착어를 잡는 대신 나일 퍼치를 낚아 생계를 꾸렸는데 이것마저도 여의치 않게 되었다.

짐작 가능한 대로 지구 온난화가 그 주범이라고 한다. 계속되는 가뭄과 댐 건설로 수량이 줄어들었고 기온 상승이 수초의 성장을 도와 그물에 얽혀 들었다. 그래서일까. 섬의 자연환경도 거들었겠지만 사람들은 어업보다는 농업에 주로 종사한다고 했다.

끝으로 안내받은 곳은 파인애플 농장이었다. 통조림 파인애플에 더 익숙한 나는 당연히도 파인애플의 생장 원리에 대해 무지했다. 그래서 어느 곳이 농장인지 코앞에 가서도 알아채지 못했다. 땅에 심긴 파인애플은 처음 봤으니 당연했다.

우리는 농장 한쪽에 마련된 쉼터로 안내를 받아 우선 이곳에서 재배된 파인애플을 먹어봤다. 평소 우간다에서 가장 즐기던 과일은 단연 파인애플이었다. 하지만 농장이라는 배경이 주는 특별함 때문이었을까 달콤함이 더했다. 파인

1 지금 이 사진을 보면 아찔하다. 헬멧은커녕 낡고 작은 오토바이에 4명이나 올라타고 3시간 동안 비포장인 섬을 돌았다.

2 우리가 묵은 호른빌 캠프. 삐걱거리던 판잣집에 그려진 페인팅이 자유로운 캠프의 분위기와 잘 맞아떨어진다.

3 배가 들어오는 시간에 맞춰 피켓을 들고 기다리는 호텔 직원들.

애플은 겨우 1달러였다.

그러고 나서 농장 곳곳을 둘러보았다. 주인 내외가 지내는 공간은 아담했고 파인애플은 싱싱하게 자라고 있었다. 파인애플이 나무에서 열리는 줄로만 알던 나는 상상하던 것하고는 반대로 그 열매가 하늘을 보고 자란다는 데 놀라움을 금할 수 없었다. 그리고 과육을 자르고 남은 꼭지 부분을 땅에 그대로 심으면 거기서 새로운 열매가 자라난다고 했다.

할머니가 방명록과 앨범을 내왔다. 그동안 이곳을 다녀간 관광객들의 사진이 앨범 한 권을 꽉 채우고 있었다. 오래된 사진 속의 이방인들이 지금보다 젊은 주인 내외와 활짝 웃고 있었다. 우리도 함께 사진을 찍어 추억을 보탰다.

3시간 가량 좁아터진 오토바이를 탔더니 허리가 쑤셨다. 우리는 모두 허리를 곧추세우고 정자세를 유지했고, 운전사도 우리에게 자리를 만들어주려고 오토바이 앞쪽으로 몸을 바싹 당겨 운전하는 바람에 우스꽝스러운 자세를 면치 못했다.

캠프로 데려다준 운전사는 원래 약속한 것보다 더 높은 금액을 요구하며 기름값도 따로 달라고 했다. 투어 내내 친절했기에 우리도 더는 까다롭게 굴지 않고 기름값을 부담하는 대신 약속한 금액만 치렀다. 추가 비용은 기분 나쁜 상술이었기에 조금 투덜거렸지만 점심으로 파인애플만 먹은 탓에 화를 낼 기운도 없었다.

저녁은 뷔페식이었다. 생선 요리를 포함시키면 값이 조금 더 비싸졌다. 음식이 하나둘 차려지자 캠프장 곳곳에서 사람들이 모여들었다. 어떤 커플은 지프차 지붕에 텐트를 달고 캠핑을 하며 스웨덴에서 이곳까지 내려왔고, 어느 스페인 아줌마는 이 섬에서 3개월째 머무르고 있었으며 케냐에서 공부를 하다가 휴양 차 온 미국 대학생들도 있었다. 엘라는 우리 중 유일한 현지인이었기에 모두 엘라에게 궁금한 것을 물어댔고 급기야 동아프리카 대표 3국인 우간다,

Birthday Greetings

HAPPY
BIRTH
DAY

케냐, 탄자니아 중 어느 나라 사람이 친절한가를 두고 설전이 오가기도 했다.

캠프장 주인인 티나와 그녀의 남편은 한쪽에 차려진 바에서 늦도록 술을 마셨고 그들이 키우는 개가 주변을 지켰다. 현지인 직원들이 바삐 일하는 동안 외국인들은 주인이거나 손님이 되어 먹고 마시고 늘어졌다.

우리는 모닥불 앞에 둘러앉았다. 더운 날이었는데 밤이 되자 섬은 서늘해졌다. 복사열을 거대한 호수에 빼앗긴 것이 틀림없었다. 장작이 타들어가는 소리가 마음을 탁탁 때리고 맥주병의 맥주는 술술 줄어들었다.

돌아오는 배 안에서 친구들은 생일 축하 카드를 건넸고 미처 몰랐던 엘라는 끼고 있던 팔찌를 기념이라며 벗어주었다. 친구들의 카드에는 '생일 선물: 한국 식당 이용권'이라고 적혀 있었다. 캄팔라에 있는 한국 식당을 염두에 둔 것이었다. 배 안에서 생일 아침으로 먹은 사모사와 '아프리카 커피'도 미역국 못지않게 훌륭했다.

다시 육지로 돌아오는 길, 배가 많이 흔들렸다. 사람들은 좁은 자리에서 조금씩 몸을 움직여 서로 포갰다. 생활이 다져놓은 검은 맨발들이 의자 사이로 삐죽삐죽 튀어나왔다. 우리는 갑판으로 나와 뱃전에 누워 다리를 하늘로 뻗었다. 다리 사이로 구름과 파도가 함께 일렁였다.

'어디든 갈 수 있어.'

두 다리에 보내는 응원이 서른을 자축하는 선물이었다.

섬에서 돌아와서는 한국 음식을 만들었다. 솜씨가 좋은 편이 아닌 데다 대부분 처음 만들어본 요리였는데 모두 한국 음식에 빠져들었다. 태어나 가장 많은 친구들과 적도 근처에서 보낸 서른의 생일이었다.

orange
THE SOURCE CAFE
BOX 243 JINJA, UGANDA
HOME OF THE SOURCE
OF THE RIVER NILE

영혼의 물길이 열리는 곳, 진자

빅토리아 호수가 우간다, 탄자니아, 케냐 등 동아프리카 3국의 젖줄이라면 아프리카 대륙의 남북으로 길게 뻗은 나일 강은 아프리카의 젖줄이다. 나일 강은 에티오피아에서 발원하는 블루 나일과 빅토리아 호에서 발원하는 화이트 나일이 합쳐져 이집트로 흐르는데, 그 화이트 나일의 수원을 볼 수 있는 곳이 우간다 동부의 관광 도시 진자에 있다. 그리고 그 강이 굽이쳐 흐르면서 만드는 물살을 즐기는 래프팅이 진자의 백미다.

캄팔라에서 마타투를 타고 3시간여 만에 도착한 진자의 분위기는 수도의 북적임하고는 달랐다. 소도시 특유의 여유와 관광 도시다운 깔끔함이 시내 곳곳에서 묻어났다. 하필 도로 공사가 한창이었지만 유서 깊은 카페(SOURCE of NILE)에서 마시는 커피 한 잔은 빠뜨릴 수 없었다.

시내 쪽에도 숙소가 많았지만 굳이 조금 떨어진 곳에 있는 부자갈리Buzagail 폭포 쪽으로 이동해 숙소를 잡았다. 나일 강의 흐름새를 곁에 두고 보고 싶었기 때문이다. 캠프장 마당에는 트럭킹을 하는 사람들이 와 있었다. 트럭의 짐칸은 컨테이너 박스처럼 생겨 양 옆으로 열 수 있게 되어 있었고, 때마침 한쪽 뚜껑이 열려 가재도구며 식기 등 장비가 들어 있는 그 속을 낱낱이 드러냈다. 한 무리의 사람들은 식사 준비에 한창이었다.

우리는 모두 래프팅을 하러 떠난 조용한 숙소에 남아 마치 물을 처음 본 사막의 유목민처럼 종일 강만 내려다보았다. 래프팅을 하는 시간이 따로 있는 건

1 부자갈리 폭포. '경고' 푯말이 서 있다. 2 나일 강의 발원지를 보기 위해 현지인의 고기잡이배를 섭외한 켈렙. 3 오버랜드 트럭킹 중인 트럭의 모습. 모든 장비를 싣고 아프리카 곳곳을 누빈다. 4 간디의 유골이 뿌려진 것을 기념하는 동상.

지 특정 시간만 되면 빨간 안전 모자와 구명조끼를 입은 작은 병정 같은 사람들이 까만 고무보트에 실려 떠내려 왔다. 물길에 휩쓸린 고무보트는 종종 뒤집어졌고 아주 멀리서 그들이 내는 비명 소리가 강을 따라 우리에게도 전해졌다.

강을 보다가 밥을 먹고 밀린 일기를 쓰고 다시 강을 보다가 카드 게임을 했다. 그리고 강이 조용해진 틈을 타 숙소를 나왔다. 숙소에서 조금만 걸어 내려가니 부자갈리 폭포가 있었다. 멀리서 잘 가늠되지 않던 물살이 그제야 보였다. 물줄기들은 하류를 향한 여정에 서두르느라 급하게 소용돌이치며 거세게 흘렀다.

《론니 플래닛》에는 부자갈리 폭포에서 안전 장비 없이 플라스틱 물통 하나에 의지해 뛰어내리는 사람들이 소개되어 있다. 목숨을 담보로 펼치는 묘기는 너무나도 위험하고 아슬아슬하니까 되도록이면 그들의 안전을 돈을 주고 사지 말라는 충고와 함께.

우리가 갔을 때 폭포 주변은 한산했다. 댐과 폭포 주변을 둘러보는 보트 투어를 권하는 사람들만 주변을 서성였다. 그들 중 누군가에게 정말로 그렇게 뛰어내리는 사람들이 있느냐고 물었더니 그는 우리를 물가로 이끌었다. 거기에는 언제 쓸지 모를, 혹은 그 쓰임이 맞는지 장담할 수 없는 노란 물통이 나무에 묶여 있었다.

"5000실링만 줘요. 내가 뛰어들 테니."

나는 놀라 손사래를 쳤다.

"그게 아니라 정말 그런 사람들이 있는지 궁금해서 물어본 거예요."

"아니면 카약킹은 어때요? 내가 보여줄게요. 나는 쇼를 좋아해요."

"미안해요. 나는 위험한 쇼에 관심이 없어요."

거절을 해도 남자는 내가 그런 쇼에 기꺼이 돈을 내놓을 사람으로 보였는지 집요하게 따라왔다. 호객꾼들을 피해 찾아든 곳은 다시 전망 좋은 숙소의 식당이었다.

"과잉 휴식이야."

일행 중 누군가가 말했다. 그건 긍정의 의미였고 모두 동의했다. 환상적인 일몰이 신호였는지 시끄러운 음악과 함께 광란의 맥주 파티가 벌어졌지만, 래프팅도 하지 않은 주제에 과잉 휴식에 지친 우리들은 구멍이 숭숭 뚫린 모기장 안으로 기어들어갔다.

이튿날 나일 강의 발원지를 둘러싸고 조성된 공원을 찾았다. 공원에 들어가려고 입장료를 냈지만 발원지는 볼 수가 없었다. 발원지를 보려면 투어에 참가하거나 배를 빌려 강의 가운데에 있는 작은 섬으로 들어가야 했다. 주머니가 궁한 우리는 현지인의 낚싯배를 섭외했다. 그 배는 사공과 우리 일행 세 명이 모두 타기에는 위태해 보였다. 파피루스 배만큼은 아니었지만 조금만 균형을 잘못 잡아도 뒤집어질 것처럼 배의 몸체는 좁고 낮았다. 두려움을 이긴 한 친구가 배를 탄 사이 남은 우리들은 근처 식당에서 목을 축이며 현지인의 데이트 장면을 흘끗거렸다. 30분쯤 흘렀을까. 친구를 실은 작은 배가 멀리서 모습을 드러냈다. 돌아온 친구의 증언과 증거 사진은 허무했다.

“어디가 발원지인지 모르겠어.”

“뭐……뭐라고?”

“근처라고 해서 갔는데 사공도 모르고 나도 찾을 수가 없었어.”

우리는 “이곳이 위대한 나일 강의 발원지인데 그 위대한 것을 쉽게 찾을 수 있겠느냐”며 그의 어깨를 토닥였다.

발원지 대신 우리가 찾은 것은 간디의 동상이었다. 그의 유언에 따라 사후에 화장한 유골이 세계 곳곳의 강에 뿌려졌는데 나일 강도 그중 하나였다. 인종차별을 반대하고 비폭력을 외친 간디의 신념이 강을 따라서 신음하는 아프리카 곳곳으로 흘러 들어가면 좋겠는데. 그렇지 않은 현실이야 어떠하든 그 온화한 미소만은 따뜻했다.

굿바이 우간다,
굿바이 아프리카

'기어이 피를 보는구나.'

"악!" 소리와 함께 무릎을 꿇었다. 보통은 이런 상황에 부끄러움이 앞서기 마련인데, 이번에는 달랐다. 아파서 고개를 들 수가 없었다. 결국 눈물을 질질 짜며 자리에 앉으니 사람들의 걱정이 쏟아졌다. 그리고 몇몇은 차장에게 쓴소리를 했다.

마지막 수업에 가면서 준비해둔 학용품을 배낭에 넣었는데 무게가 꽤 됐다. 휘청이며 배낭을 마타투에 싣다가 배낭 무게에 딸려 들어가면서 이마를 찧은 것이다. 아파서 시작된 눈물은 오늘이 마지막 수업이라는 실감과 조우하며 통곡이 되었다.

'핑계 김에 울기 좋으니 됐네.'

함께 마타투에 탄 사람들은 내 어깨를 토닥여주다가 차장에게 왜 내 짐을 들어주지 않았느냐며 타박하느라 바빴다. 어린 차장은 미안한 기색으로 계속 내 눈치를 살피더니 차비를 내지 말란다.

"괜찮아요. 흑흑."

그의 손에 차비를 꼭 쥐어주고 마타투에서 내려 오토바이 택시 보다보다로 갈아탔다. 운전사는 내 이마를 보더니 심각한 투로 말했다.

"학교 말고 병원에 데려다줄게요."

"괜찮아요. 학교로 가주세요."

오토바이 백미러로 다친 이마를 보니 사람들의 걱정스런 눈빛이 이해됐다.

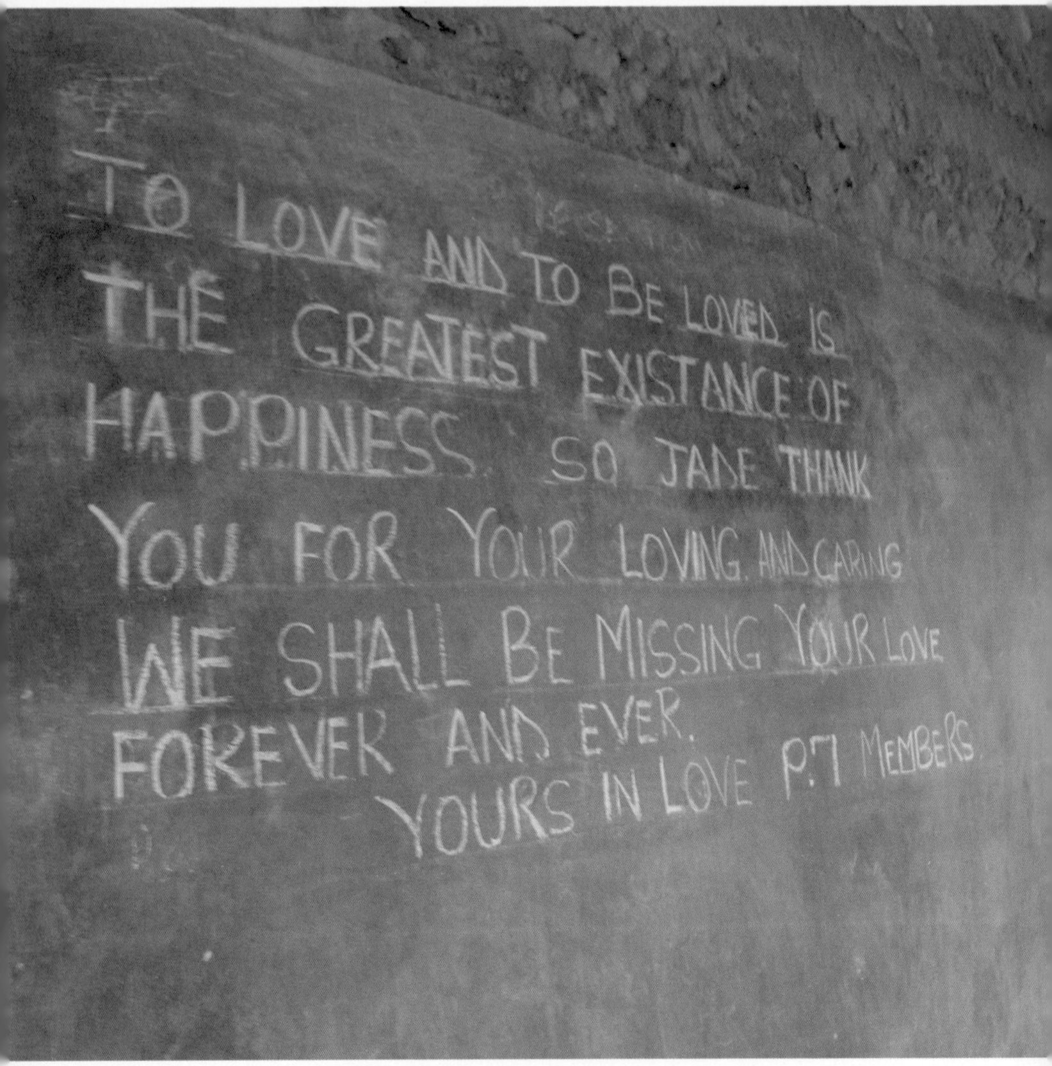
TO LOVE AND TO BE LOVED IS
THE GREATEST EXISTANCE OF
HAPPINESS. SO JADE THANK
YOU FOR YOUR LOVING. AND CARING
WE SHALL BE MISSING YOUR LOVE
FOREVER AND EVER.
YOURS IN LOVE P.7 MEMBERS.

7학년 아이들이 칠판에 적어놓은 작별 인사.

맺힌 핏방울은 곧 주르르 떨어질 기세였고 불룩 튀어나온 이마는 검붉은 피멍으로 덮여 있었다. 상처보다도 젖은 눈과 눈물 자국이 가관이었다. 배낭 무게 때문에 몸은 자꾸 뒤로 쏠리고 눈물은 잘 안 멈추고 그래서 괜히 운전사에게 말을 붙였다.

"제가, 오늘이 마지막 날이거든요. 곧 우간다를 떠나요."

"그렇군요. 그래도 학교 끝나면 병원에 가는 게 좋겠어요."

그는 진심으로 걱정된다는 표정을 하고는 계속 병원 타령이었다. 평소처럼 오토바이 소리에 달려 나오던 꼬맹이들도 얼굴을 보더니 슬쩍 뒤로 물러섰다.

'마지막까지 제대로 인상을 남기는구나.'

그날이 어떻게 지나가버렸는지, 무슨 마음으로 어떻게 작별을 하고 집으로 돌아왔는지 기억나지 않는다. 다만 아이들이 불러준 노래, 그 멜로디만이 귀에 선하다.

반마다 다니며 인사를 나누고 다이애나의 손에 이끌려 7학년 교실로 들어갔다. 거기에 고학년 아이들이 모여 있었다. 모두 일어서더니 합창이 시작되었다.

"선생님 우리는 행복해요, 부모님 우리는 행복해요, 우린 손님들을 즐겁게 해주려고 행복을 안고 이 자리에 왔어요."

눈시울이 붉어진 몇몇 아이들의 얼굴과 칠판에 쓰인 편지글을 보자 주책없이 눈물이 다시 나오려고 해 리듬에 발 박자를 맞추며 딴청을 피웠다. 다시 만나자는 말이 기약 없는 약속이 될까봐 돌아서는데 로즈가 공책을 찢더니 이마의 피를 닦아주었다.

그날, 아이들은 그들이 최고로 믿는 신에게 말했다.

"선생님을 이곳에 보내주셔서 감사합니다."

그날, 나는 한 번도 믿어본 적 없는 신에게 빌었다.

"아이들이 당신을 믿는 만큼 아이들을 지켜주세요."

진한 배웅을 받으며 등을 돌리는데 작별에 대한 실감이 없는 꼬맹이들의 인사는 한결같았다.

"선생님 또 봐요."

'또 못 봐, 이 녀석들아.'

마음과는 달리 웃음이 터졌고 해주고 싶은 작별 인사는 입 밖으로 나오지 않았다.

"그래, 또 봐."

나는 키팅처럼 아이들의 캡틴이 되지도, 오늘을 즐기라고 말해주지도 못했다. 공부를 열심히 하라거나 무엇이 되라고 충고를 할 수도 없었다. 아이들이 곁을 내줘 그 곁을 짧게 지켰을 뿐이다.

기억력이 나쁜 내가 다만 기억할 수 있는 것은 순간순간 나눈 생각들, 꾸밈없는 행동들, 넘치는 미소들뿐이다. 하나 바란 것이라면 아이들이 '기억할 만한 지나침'으로 나를 기억해주는 것, 그리고 내게 남은 것이라면 그날 생긴 상처로 갖게 된 흉터였다. 흉터는 지금까지 남아 내가 가만히 저를 매만질 때마다 기억을, 우간다를, 아프리카를 불러다준다.

우간다를 떠나기 위해 4개월 만에 짐을 쌌다. 머무르다 떠나는 일은 떠나다 머무르는 일보다 훨씬 힘이 든다. 모든 걸 고스란히 두 어깨에 실어야 하므로 짐을 싸고 또 쌌다. 새로 쌀 때마다 두고 갈 물건들을 찾아냈다. 나는 짐을 싸는 일에 언제나 설레어하며 떠나고 싶어 짐을 싸는 건지 짐을 싸고 싶어 떠나는 건지 종종 헷갈려 했지만, 이번만큼은 그렇지 않았다. 기약할 수 없는 재회와 잊을 수 없는 얼굴이 잊힐 것에 대한 두려움 때문이다.

어찌했건 작별은 눈물과 함께 계속됐다. 학교, 친구들, 게스트하우스 식구들, 그리고 정든 내 방 '넬슨 만델라', 묵은 먼지 냄새로 기억될 UPA의 도서관, 고양이 미미, 단골 상점 청년과 군옥수수 아줌마까지. '팀 아시아'도 잠정 해체를 선언했다. 떠나기 전날 밤, 아사노는 파워포인트로 만든 편지를 노트북에 띄웠고 켈렙은 어떻게 알아냈는지 한글로 편지를 써주었다. 떠나는 날 아침, 그러니까 마지막 식사는 캐스틴과 카타리나가 준비했다. 직접 밀가루를 사다가 팬케이크를 굽고 '아프리카 커피'를 만들어주었다.

하이파이브, 포옹, 붉은 눈시울, 그것이 우리가 나눌 수 있는 마지막이었다. 그리고 탄자니아로 가는 버스를 타기 위해 아사노와 함께 길을 나섰다. 아이처럼 엉엉 울던 아사노가 말했다.

"기분이 이상해. 그냥 평소처럼 함께 캄팔라로 놀러 가는 것 같아. 슬프다. 다시 이 길을 너와 함께 갈 수 없다니."

"그럼 그냥 그런 거라고 생각하자. 우린 평소처럼 캄팔라로 가는 거야."

언젠가 '아프리카에 온 이유'를 서로 물었다. 아사노는 아프리카행을 결정하고 난 뒤 우연히 펼친 고등학교 졸업 기념 학급 문집 속에서 '돈이 생기면 아프리카로 가고 싶다'는 구절을 발견했다고 한다. 우리는 그렇게 잊고 지내던 소망이 저도 모르게 실현되는 순간을 목도한다. 그건 기적처럼 보이지만 그렇지 않다. 운명이라고 말해버리기에는 시시하다.

보이지 않는 힘이 인생을 관통한다. 하지만 알고 보면 그 힘은 오래전 품어둔 이상이나 열망, 낯 뜨거운 꿈들이 저도 모르게 싹터 생긴 것이다. 그래서 가끔 그 힘은 정체를 들키고 우리는 스스로 뿌린 씨앗을 대면할 기회를 갖는다.

나는 무언가를 버리러 떠난 아프리카에서 아무것도 버리지 못했다. 모든 중고품이 날아들고 남이 버린 것을 다시 쓰는 세계에서 그 무덤에 무언가를 보탤 수는 없었다. 추억이나 생각 한 조각 버리지 못하고 더 많은 추억을 얻어 떠났다. 나는 시를 잘 읽지 않지만 그 땅에서는 시인의 마음이 되었다. 모든 살아 있는 것들과 생명 없는 것들, 실체 있는 것들과 실체 없는 것들에 두루 말을 붙이고 곁을 내주었다.

아프리카로 떠난 이유를 조금 알아가려고 했을 무렵, 우간다와는 그렇게 작별이었다. 길 위에 다시 서면서 볼펜을 새로 샀다. 하나의 볼펜을 처음부터 끝까지 아껴 쓰는 것, 그것이 우간다가 내게 준 마지막 선물이었다.

작별까지도 환한 아이들.

Drawing

2부

탄자니아,
그 골목에는

in tanzania

우간다와 케냐 사이의 부시아 국경. 국경이라는 이름이 무색하게 초라한 한편 정겹기도 하다.

밤의 나이로비, 그리고 국경의 새벽

버스는 간단히 국경을 넘었다. 우간다와 케냐 사이의 부시아Busia 국경에서 나는 두 나라의 차이점을 하나도 발견해내지 못했다. 사람들의 피부색이나 차림새, 길가에 즐비한 노점의 메뉴, 건물 모양과 흙의 색까지 모든 게 비슷했다. 그래서 그 어떤 차이점을 발견해내려고 애를 쓰는 일이 곧 우습게 느껴졌다. 입국 수속은 간단했고 트랜짓 비자도 쉽게 나왔다.

실감은 전혀 다른 곳에서 왔다. 무료하게 창밖을 바라보다가 핸드폰 액정의 문구가 '엠티엔-우간다MTN-UGANDA'에서 '사파리콤Safaricom'으로 바뀌는 순간, 그제서야 "케냐구나" 실감했다. 통신사가 바뀐 것이다. 갑자기 내리치는 빗방울을 피해 검은 봉지를 머리에 뒤집어쓴 중년 남녀라든가, 그 수가 줄었지만 여전히 맨발로 활보하는 아이들을 보는 일이 새삼 즐거웠다.

비 온 뒤 해는 금세 졌다. 앞으로 케냐의 중심을 가로질러 탄자니아로 내처 달릴 것이다. 소박한 국경 마을을 지나니 끝없는 초원이 이어졌다. 사방은 어둠이었다. 구름이 걷힌 하늘에 유유히 떠오른 반달과 다섯 개의 별이 길을 밝혀주었다. 도로는 군데군데 깨지거나 파헤쳐 있었기에 버스는 갈지자를 그리며 육중한 몸을 꺾었다.

새벽 2시, 우리는 나이로비에 도착했다. 우간다를 떠난 지 13시간 만이었다. 어두웠지만 곳곳에 가로등이 환하고 여러 건물이 밝게 밝혀진 것을 보고, 아무도 알려주지 않았지만 이곳이 나이로비라는 것을 직감했다. 그리고 내가 옳았다. 인도의 올드델리에서 뉴델리 오피스 지구에 들어섰을 때 느끼던 것과 비슷하게, 여러 고층 건물과 잘 닦인 도로 등에서 차별성을 본다. 케냐의 수도 나이로비에 견주면 우간다의 수도 캄팔라는 차라리 시골스럽다.

버스는 큰 도로를 벗어나 도시의 구석으로 찾아들더니 슬럼가 같은 곳에 정차했다. 버스 회사의 사무실이었다. 옆자리 아줌마가 이끄는 대로 무료 짜이를 준다는 말에 따라나섰는데, 허름한 건물 뒤로 돌아가 언제라도 내려앉을 것 같은 계단을 오르니 함께 버스를 타고 온 동지들이 차 한 잔과 빵 한 접시를 앞에 두고 가수가 나오는 텔레비전에 눈을 고정하고 있었다.

케냐의 차가운 밤공기, 두터운 겨울 외투를 입은 사람들은 꽤나 예상 밖의 일이었고 우간다에 재킷을 버리고 온 나는 후회를 좀 했을 정도로 추위에 떨었다. 하지만 짜이 한 잔에 뱃속도 마음도 편해졌고 험상궂은 줄 알았던 앞자리 뚱뚱한 아저씨가 꽤나 인자하고 귀염성 띤 얼굴과 미소를 가졌다는 것을, 한 테이블에서 차를 마시며 알게 됐다.

버스는 운전사를 바꿔 다시 출발했다. 여전히 갈 길이 멀었다. 우리는 지프차 안에서 사파리 안의 맹수들을 보는 것처럼 몸을 낮추고, 말로만 듣던 범죄의 천국, 밤의 나이로비를 느린 속도로 관통했다.

'굿 호프' 카페에서 일하는 종업원은 손님이 없는데도 환히 불 밝힌 가게의 바에 엎드려 희망 따위는 없다는 듯 어깨를 내린 채 잠을 청했고, 갖가지 이름의 클럽에서는 사람들이 쏟아져 나오거나 들어갔으며, 나는 한 여성이 두 남성과 어느 클럽에서 나와 다른 건물로 들어가는 것을 은밀히 지켜보았고, 발전소가 분명해 보이는 거대한 철골 구조의 건물에서 뿜어져 나오는 연기와 불빛에 압도당했다. 또 짐을 끄는 한 남자의 고달프고 메마른 몸짓과 새벽 2시가 훨씬 넘은 시간에도 환한 불빛 아래서 한창 공사 중인 인부의 얼굴과 그 시간에도 껌이며 각종 싸구려 과자를 늘어놓은 난전을 펴놓고 버스를 향해 손짓하는 누군가의 거친 손을 보았다.

한국을 떠나기 전 어느 인터넷 카페에서 "나이로비는 절대 가지 마세요. 머물지 말고 곧장 사파리를 하러 떠나세요"라는 글을 읽고 지레 겁먹던 나를 기억한다. 덩달아 케냐에 대한 호기심이 사라진 것도.

밖에서 보는 아프리카가 얼마나 왜곡되어 있는지 우간다에서 똑똑히 느꼈으면서도 나는 여전히 두려움을 갖고 있었다. 우스운 건 이곳 현지에서도 케냐, 그중에서도 나이로비에 대한 공포가 사람들 사이에 확실히 있다는 것이다. 더 놀라운 건 그들 대부분은 나이로비에 와본 적도 없다. 자기 마을에서 벗어나기조차 힘드니까. 여기서도 '카더라 통신'의 위력은 대단한 것이었다.

마사이어로 나이로비는 '차가운 물'을 뜻한다. 하지만 안전한 버스 안에서 스치며 바라본 밤의 나이로비는 어떤지 나약하고 좀 슬퍼 보이기도 하는, 그 어떤 냉혈함도 찾아볼 수 없이 왠지 모를 매력마저 느껴지는 곳이었다.

어쩌면 그건 우간다에서 아껴 읽던 한 권의 책 때문이었을 것이다. 책을 쓴 베릴 마크햄은 6살 때부터 아프리카에 살며 경마 조련사, 경비행기 조종사로 이름을 날렸다. 그녀의 인생이 곧 아프리카였다. 그녀는 아프리카를 잘 아는 축에 속했고 아프리카도 그녀를 사랑했다. 그런 그녀가 머무른 곳이 바로 케냐였다.

> 모든 나라가 아프리카가 자기 것이라고 주장한다. 하지만 아무 나라도 아직 아프리카를 완전히 소유하지 못했다. 때가 되면 아프리카는 자신을 내어줄 것이다. 나치나 파시스트의 정복물이 되어서가 아니라, 자신에게 버금가는 고결함에게, 그의 지혜를 이해하고 부와 성취의 다름을 아는 지혜에게. 아프리카는 미개지가 아니라 기본적이며 근본적인 가치들의 저장고다. 야만의 땅이 아니라 낯선 목소리다. 야만은 제 아무리 화려하게 꾸며도 결코 아프리카의 가슴엔 와 닿지 못한다.
>
> 베릴 마크햄의 《아프리카를 날다》 중에서

나는 이 책에서 80년 전 케냐의 모습을 보았다. 오래전부터 동아프리카의 중심지 구실을 해왔기에 늘 발전의 키를 쥐고 있었지만 그건 일찍부터 유럽의 손아귀에서 성장해온 것을 의미할 뿐이다. 그리고 그 책에서 미처 몰랐던, 혹은 잘못 알았던 아프리카의 가치를 발견하고는 두 다리에 힘이 들어가는 것을, 마음이 단단해지는 것을 경험했다. 그리고 잠시였지만 케냐를 거쳐 오길 잘했다고 생각했다.

밀려오는 새벽잠을 쫓아가며 나망가Namanga 국경에 들어서 수속을 밟았다. 이제 곧 탄자니아다. 비자 양식이었든가 입국 신고서였든가, 어쨌든 입국을 위해 작성한 그 용지에는 탄자니아에 대한 간략한 정보가 적혀 있었다. '수도: 도도마Dodoma'. 그리고 그만 왈칵 한 덩어리의 추억을 쏟았다.

우간다를 떠나기 2주 전이었나, 세계 지도를 교재 삼아 수업을 했다. 지도를 보며 여러 나라의 위치를 익히고 각국의 문화에 대해 이야기를 나눴다. 그러고 나서 시간이 남아서였을 것이다. 퀴즈를 몇 개 냈는데 그중에 "다음 국가의 수도를 쓰세요" 따위의 질문이 섞여 있었다. 7학년 모든 아이들이 탄자니아의 수도로 '다르에스살람'을 답으로 적었고 딱 한 명, 다이애나만이 '도도마'라고 적어냈다. 나는 확인도 해보지 않고 확신에 차 오답으로 처리했다. 그렇게 기본도 안 된 선생을 선생이라 부르며 귀히 생각해주던 아이들이 그곳에 있었다. 발은 앞으로 나가는데 그리움에 마음은 자꾸만 서성였다.

'도도마, 도도마'

평생 잊고 싶지 않았다. 탄자니아의 수도는 도도마.

"당신 차례에요."

내 뒤에 서 있는 남자가 어깨를 툭 쳤다. 심사대 직원은 빨개진 내 눈과 여권을 번갈아가며 쳐다보았다. 나는 여전히 '도도마'를 외었다. 아이들에게서 너무 멀리 와버렸다는 생각이 들었다.

국경을 넘자마자 날이 밝아왔다. 어둠이 가시자마자 황량한 세계가 그제야 모습을 드러냈다. 천지가 휑했고 산인지 무엇인지 모를 실루엣은 녹색이 아니었으며 사람이 살까 의심스러운 집들이 즐비했는데, 집들은 나무판자로 얼기설기 엮어놓은 모양이거나 골대만 남아 있었고 어떤 집은 우간다의 전통 가옥인 '헛hut'의 모양이었다.

옥수수인지 수수인지 모를 밭의 풀대는 모두 시들어 고개를 숙였고 듬성듬성한 나무와 풀은 물길이 닿지 않는 듯 메말라 보였다. 그 황량한 풍경 속에서 나는 빨간 망토를 휘날리며 걸어오는 사람을 보았다.

마치 영화처럼, 여자인지 남자인지도 모를, 하지만 씩씩한 걸음새였다. 그이는 아무것도 없는 곳에서 걸어 나와 아무것도 없는 곳을 향해 걷고 있었다. 검은 새 한 마리가 그이의 앞에서 날아올랐다. 그리고 나는 인도의 산속 도시 다즐링에서 본 소년을 기억해냈다.

그때도 새벽이었다. 그날따라 일찍 깬 나는 새벽 산책에 나섰다. 굽이굽이 산길을 어슬렁대다 보니 영국식 건물로 꾸며진 기숙 학교에 도착했고 그 학교 앞에서 하늘색 풍선을 들고 서 있는 소년과 마주쳤다. 어둠이 막 걷히고 새 빛이 처음 땅에 닿는 기운차고 신선한 그 시간에 풍선을 들고, 하필 거기에 서 있을 이유가 뭐란 말인가. 나는 아직도 그 일이 꿈인지 생시인지 믿지 못할 때가 많다.

그리고 지금 그이 역시 이른 시간에 아무것도 없는 메마른 땅에서 걸어 나오고 있다. 내 눈앞에서 벌어진 일이다. 꿈꾸는 듯한 신비로운 풍경이 앞으로 펼쳐질 여행에 대한 호기심을 피워 올렸다.

각자의 방식으로 살고 있을 뿐

아프리카에 발 디딘 이상 아프리카 속도의 법칙에 따라야 한다. 모든 것이 더딜지라도 그것은 자연에 가까운 이들의 섭리이니 받들진저. 우간다를 거쳐 탄자니아로 오면서 그 속도가 제법 빨라진 것에 새삼 놀란다. 자전거만 타다가 오토바이로 갈아타고 그 속도에 놀라 몸을 잔뜩 움츠리고 있는 꼴이다. 한 도시에서 다른 도시로 향하는 버스의 속도, 주문한 음식이 나오는 속도, 사람들이 걷는 걸음의 속도까지. 앞으로 거치게 될 나라들은 어떨까. 한데 이 속도는 과연 발전을 의미하는 것일까. 자본주의로 확실히 편입하는 것, 그것이 가져다주는 선물은 뭘까.

그 가속의 시작점은 모시Moshi였다. 킬리만자로를 끼고 있는 모시는 트레커들이 즐겨 찾는 관광 도시. 하지만 산의 기운 덕분인지 조용하고 정갈한 분위기였다. 다 지나고 나니 그 도시의 매력이 새삼 떠오르지만, 부끄럽게도 나는 모시에서 머무른 시간 대부분을 우간다를 그리워하는 데 썼다.

그랬다. 우간다에서는 아무것도 아닌 일이었을 텐데 여유를 잃고 예민해진 나는 '호객꾼'들의 추근거림에도 쉽게 지쳤다. 숙소 식당에서 만난 어느 통신사 직원은 전화번호와 방 호수를 알려주지 않는 내게 "넌 친구를 만들기 싫구나. 아마 넌 외톨이일 거야!"라며 악담을 퍼부었다.

그럴 때마다 마음이 닫혔다. 이건 분명 내가 만난 몇몇 개인의 문제인데 자꾸만 '삭막한 탄자니아'와 '정겨운 우간다'의 일로 정리해버리고 싶은 충동을 느꼈다. 우간다에서 누구에게나 우호적이며 기꺼이 친구가 되기를 즐기던 '나'

와는 너무나도 다른, 폐쇄적이고 경계하는 또 다른 '나'를 발견하며 낯설어하기도 했다.

어려운 일이었다. 한 곳에 머무르면서 어떤 존재를 알아가는 시간과 기회를 충분히 가진 나는 여행을 시작하면서 단시간에 누군가를 파악하고 행동하고 결정해야 하는 일에 힘이 부쳤다. 그러니까 이건 '선천성 결정 보류자'의 한계 같은 것이었다. 그 한계 안에서 너무 경계하다가 친구 삼을 기회를 잃었고 너무 풀어버렸다가 귀찮음이나 약간의 위험에 놓였다.

역시나 그 아슬아슬한 줄타기에서 연패를 한 그날, 마음을 달래려 맛있는 커피를 마신 뒤 숙소로 발길을 재촉했다. 그 길에서 한 청년을 봤다. 그는 한국의 어느 중학교, 혹은 고등학교의 교복을 입고 있었다. 흰색 하복 셔츠는 검은 피부와 잘 어울렸는데 가슴께에 수놓아진 노란 이름이 도드라졌다. 그 이름이 영철이었던가 준희였던가. 청년은 내게 손을 흔들며 지나갔다. 나는 청년의 손 인사 때문이었는지 그 명찰의 낯익은 한국 이름 때문이었는지 우간다를 떠나와 처음으로 크게 웃었다. 그런 뒤 학교를 마치고 집으로 돌아가는 꼬마를 만났다. 꼬마에게 바싹 붙어 걸으며 이름을 물었다. 가장 좋아하는 과목, 형제 관계 등을 묻고는 갈 길이 달라 헤어지는데 꼬마가 말했다.

"여행 잘하세요."

언제인지 나도 모르게 세워두었던 마음의 장벽이 그만 스르르 무너졌다. 꼬마도 눈치 챘을까. 바짝 쫄은 여행 햇병아리 같은 내 모습을. 그러니까 사소한 데서 비롯된 이 작은 깨달음이 뒤통수를 휘갈기자 비로소 알게 되었다. 이건 우간다와 탄자니아의 문제가 아니라 우간다에서와는 달라진 내게서 비롯된 일이라는 것을. 그랬다. 여행지끼리 비교하는 것만큼 어리석은 일이 또 있을까. 그들은 각자의 방식으로 살아가고 있을 뿐이다.

체기가 쑥 내려갔다. 여전히 경계의 수위를 놓고 줄타기를 하지만 예전처럼 고단하지는 않았다. 그렇게 모시를 떠나는 날, 숙소에서 이른 아침을 챙겨 먹었다. 뷔페식이었다. 식빵이 접시에 빌딩처럼 쌓여 있었다. 빵 하나를 집어 들고 보니 접시 주변에서 바퀴벌레 대여섯 마리가 우왕좌왕하고 있었다. "탕탕!" 손바닥으로 테이블을 치자 빠른 속도로 달아났다. 나는 망설이지 않고 빵을 가져다 먹었다. 다시 잘 먹고 잘 싸게 되었다.

모시에서 다르에스살람으로 가기 위해 버스를 탔다. 버스는 아프리카 땅에서 한 번도 보지 못한 고급이었다. 문이 자동으로 열리고 닫혔다. 좌석 시트는 눈부시게 희었고 처음으로 여승무원을 봤다.

내 앞자리에는 열너덧 살쯤으로 보이는 소녀가 올라탔다. 소녀의 아버지는 몇 번이고 버스를 오르락내리락하며 아이의 자리를 살폈다. 아버지는 함께 떠나지 않았다. 대신 승무원과 주변 승객들에게 무언가를 부탁했고 고개를 깊이 숙였다. 소녀는 혼자 대도시로 향하는 모양이었다. 이내 버스가 출발하자 아버지는 눈물을 콕 찍어냈고 소녀는 차창에 딱 붙어 손을 흔들었다. 나도, 나도 모르게 손을 흔들었다. 소녀는 영어를 알아듣지 못했고 나는 스와힐리어를 할 줄 몰랐다. 그래서 나는 그들의 사연이 무엇인지는 알 수 없었고 소녀도 내가 어디에서 왔는지 알지 못했다. 나는 단지 소녀의 아비에게서 내 아버지를 떠올렸다.

날이 좋았다. 하늘만 봐서는 어느 동남아 휴양지의 그것이었다. 오렌지와 옥수수가 뒤섞여 열매를 키우고, 담장이나 어떤 구분도 없이 도로로 내뻗친 가지에는 탐스런 오렌지가 주렁주렁했다. 오렌지의 빛깔이 이토록 아름다웠던가. 도로를 끼고 지어진 흙집들은 색도 화려함도 없이 건조하고 단순했기에 오렌지가 유일한 장식이라면 장식이었다.

거위 두 마리가 몇십 톤 트럭의 길을 막아서도 트럭은 빵빵거리지 않았다. 작고 허름한 가게들은 세계인의 음료 코카콜라가 만들어준 획일적인 간판을 달고 있었다. 사람들은 기다란 망에 오렌지를 넣어 어깨에 메고 판매에 나섰다. 도시보다 훨씬 싼 가격이라고 했다.

'선진국'이란 이런 건가! 우간다에서는 고기 꼬치나 구운 바나나를 든 사람들이 버스 창가에 매달려 간식거리를 팔았는데 이곳에는 허허벌판 한가운데 고속도로 휴게소가 따로 있었다. 꽤 넉넉한 시간 동안 정차해 모두 우걱우걱 점심을 먹었다. 휴게소 화장실에서 줄을 서지 않고 달려드는 아줌마에게 "줄 좀 서세요"라고 말하고 싶은 충동을 느끼다 아차 여긴 아프리카지, 깨닫고는 혼자 열없는 미소만 지었다.

다르에스살람으로 가는 9시간 동안 몇몇 순간을 제외하곤 시도 때도 없이 졸았다. 우간다를 떠나며 복용하기 시작한 말라리아 예방약의 부작용 때문이었다. 그래서 옆자리에 앉은 사이먼과 이런저런 얘기를 나누기 시작했을 때, 버스는 이미 도시에 근접해 있었다.

호구 조사를 마치고 사이먼이 처음 던진 질문은 예상 밖의 것이었다.

"당신의 나라에선 종교가 달라도 부부가 될 수 있나요?"

"물론이죠. 흔한 일이에요."

알고 보니 크리스천인 사이먼은 무슬림 아내를 두고 있었다. 다른 게 많지만 서로의 종교를 인정한다고 했다. 종교 차이가 문제될 건 하나도 없다는 그의 얼굴에 비장함이 엿보이자 정말 문제가 없는 건지 되묻고 싶어졌다. 다음 질문은 역시나 예상 가능한 것이었다.

"한국엔 석유가 나나요?"

"아뇨. 탄자니아는?"

"우리도 수입해요."

사이먼의 표정이 어쩐지 많이 아쉬워 보여 위로의 말을 던졌다.

"그래도 당신네 나라는 킬리만자로와 세렝게티를 가졌잖아요. 그게 얼마나 큰 축복인데요."

하지만 그는 고개를 설레설레 저었다. 그 후로도 여행을 하면서 사람들이 산유국인지 아닌지에 많은 관심을 갖고 있다는 걸 알게 되었다. 그들은 대체로 석유에서 국력이 나온다고 여기는 듯 했다.

우리는 남북한 관계, 탄자니아의 빈부 격차, 월드컵 등에 대해 실컷 떠들어 댔다. 다르에스살람에서 건축사로 일하고 있다는 그는 수입 때문에 고민이 많았다. 산아 제한의 개념이 없는 이곳, 그것이 보편적인 정서였지만 도시에 사는 그는 아이가 셋인 것이 많다 했다. 나는 나대로 탄자니아의 물가가 비싸다고 징징댔다.

"물가가 비싸다구요? 모시가? 다르에스살람은 더할 텐데! 빈부 격차가 얼마나 심한데요. 최저 임금층은 한 달에 9만 실링(약 9만 원)도 못 번다구요. 많이 버는 사람들은 300만 실링(약 300만 원)도 더 번다지만."

그의 통계가 어디서 어떻게 나온 건지 모르겠지만 슬슬 걱정이 됐다. 내가 모시에서 체감한 탄자니아의 물가가 우간다의 거의 두 배나 됐기 때문이다. 하지만 일단 부딪쳐보면 절로 알게 될 일이었다.

혼자여서 다행이야, 다르에스살람

다르에스살람 이곳저곳을 걸으면서 인도의 대도시, 이를테면 캘커타에 와 있는 기분이 들었다. 물론 흑인이 대다수지만 흰 모자를 쓴 무슬림들, 정확히 알 수 없지만 피부색이나 생김새로 보아 인도인이나 아랍인들이 많았고, 나는 그들이 낯설면서도 괜스레 반가웠다. 그러다 문득 이것이 식민지 고유의 분위기가 아닐까 싶어졌다. 특히나 오래된 건물들이 주는 느낌이 비슷했다. 그러고 보니 두 나라 모두 한때 영국의 식민지였다. 물론 다르에스살람은 술탄에 의해 만들어져 오만, 영국, 독일 등 주인을 바꿔가며 여러 나라의 식민지로 살아'남았다'.

다르에스살람에서는 마치 점심시간을 빌어 은행 업무를 보러 나온 직장인처럼 대도시에서 할 수 있는 일들을 바삐 처리했다. 모두 남은 여행에 필요한 것들이었다. 에티오피아로 가는 항공권을 리컨펌하고, 호객꾼들을 등지고 잔지바르로 들어가는 페리 티켓을 미리 구했으며, 환전소를 찾지 못해 그때까지 들고 있던 우간다 실링을 탄자니아 실링으로 바꿨다. 5만 우간다 실링은 3만이 조금 넘는 탄자니아 실링이 되어 돌아왔다. 두 나라의 격차가 화폐 안에 있었다.

서점에 들르고 맛집을 찾아다니며 골목골목을 누비고 항구 근처에서 한참 바다를 바라보았다. 항구 도시가 주는 찐한 정서가 거기 있었다. 그러다 숙소로 향하는 길이었는데 발길은 절로 항구 바로 앞의 성 요셉 성당으로 향했다. 왜였는지는 모르겠다. 프레스코화나 내부 장식 따위를 구경하다 나도 모르게 무릎을 꿇고 기도를 시작했다. 20년 만이었다.

시골 초등학교 시절, 같은 반 친구의 아버지는 우리 동네에 하나뿐인 교회의 목사님이었다. 그 친구가 서울에서 전학을 온 건지 아닌지는 정확히 기억나지 않지만 어쨌든 우리와 다른 말씨를 쓰는, 지금 생각해봐도 얼굴빛이 희멀건한 녀석이었다. 아무튼 그 친구 때문에 우리 반 아이들 대부분이 교회에 나갔다.

작은 시골 마을의 교회란 놀이터 같은 곳이었다. 친구들이 거기 있었기에 나도 자주 교회로 가서 놀았다. 천국에 화폐가 왜 필요했는지 모르겠지만 그 색색의 도화지로 만들어진 화폐는 천국 화폐의 이름을 딴 것이라 했다. 우리는 그 화폐를 모아 선물을 받기 위해 성경을 외거나 주일학교에 빠지지 않고 참석했다. 크리스마스 때면 선물을 받았고 귀여운 옷을 입고 무대에 섰다. 농사에 바쁜 부모들은 자식들을 교회에 보내고 밭에서 김을 매거나 논에 물을 댔던 것 같다.

그때 나도 화폐를 벌려고 열심히 기도를 했다. 성경암송대회에서 일등을 먹으며 내 화폐는 늘어났지만, 어느 날 그 화폐만 따로 모아놓은 지갑을 잃어버리면서 내 교회 사랑도 그렇게 끝이 났다. 그리고 지금까지 나는 기도라는 걸 해본 적이 없었다.

성당의 사람들은 열렬히, 누군가를 사랑하는 것처럼 기도를 하고 있었다. 나는 어색하게 무릎을 꿇고 고개만 숙였다. 그리고 누구인지도 모를 누군가에게 내 안의 욕심, 아집, 편견, 이해득실을 따지는 일을 그만하게 해 달라고 조용히 속삭였다. 그리고 한참을 마음속의 내가 떠들도록 내버려두었다.

이런 일은 또 있었다. 네팔 룸비니의 대성석가사. 나는 전날 15시간 동안 버스를 타고 오느라 곯아떨어졌는데도 이른 새벽 비구니 스님이 치는 목탁 소리에 이끌려 설법을 듣다가 눈물을 줄줄 흘렸다. 1시간을 꼼짝없이 무릎 꿇은 채였다. 설법이 끝나고 스님은 나가시는데 나는 다리에 쥐가 나 옆으로 쓰러졌다. 생각해보니 그건 아무것도 걸치지 않은 나 자신과 대면하는 일이었다.

나는 아무런 종교를 가지지 않았지만 이렇게 가끔 낯선 여행지에서 신심이 열릴 때를 발견한다. 다른 사람들의 티 없는 신심에 압도당해서, 생활에 복무하느라 오랜 시간 귀 기울이지 못한 무언가에 가닿기 위해.

곧 1시 미사가 시작되었다. 사람들이 하나둘 자리를 채우고 알아들을 수 없는 스와힐리어가 울려 퍼졌지만 마음만은 편안했다.

잔지바르 섬으로 향하는 배 안에서 바라본 다르에스살람의 풍경.

팀 아프리카를 응원해!

"정말요? 정말 금지국이래요?"
"네. 그런데 확실치는 않으니 자세히 한 번 알아보시는 게 좋을 거 같아요."

잔지바르로 가는 페리 안이었다. 모시에서 근무한다는 코이카KOICA(한국국제협력단) 단원 강정미 씨를 만났다. 해외 파견 단원이라 외교 상황이나 국제 정세 등에 관한 이메일을 자주 받는데, 최근 이집트와 요르단, 에티오피아, 터키 등의 정세가 급격히 악화돼 여행 금지국으로 지정됐다는 것이다.

'어라, 이거 모두 내가 앞으로 가야 할 나라들인데!'

한국을 떠나기 전에는 그 어느 국가도 위험하다는 생각을 하지 못했기에, 여행 금지국의 '금지'만이 확성되어 귀에 들어왔기에, 그때부터 소심한 나는 걱정이란 것을 하기 시작했다.

비싼 만큼 멀미가 없고 빨리 간다던 작은 페리는 과연 쾌속정이었지만 미친 듯한 파도 타기로 내장을 들었다 놓았다. 저 멀리 아름다운 잔지바르가 시야에 들어오기 시작하는데 나는 '그래서 어쩐다, 어디로 가야한담' 앞일만이 걱정이었다. 아직 탄자니아에서 일정이 열흘이나 남았는데도 내 모든 촉수와 세포는 열흘 뒤에 가 있었다.

이십 대 후반 내 화두는 '지금, 여기'였다. 거창한 거 다 빼고 말 뜻 그대로, 지금 내가 서 있는 곳에서 즐겁게 살자는 거였다. 과거–현재–미래의 톱니바퀴에서 현재만 쏙 빼 가뿐히 굴려보고 싶었다. 그랬는데 이렇게 쉽게, 나는 진정

깊은 실의에 빠지고 우왕좌왕했다. 머릿속으로 오만가지 루트를 다 계산하며 아프리카와 중동을 누볐다.

정신을 차려보니 무사히 잔지바르에 상륙. 소속을 따지면 탄자니아의 한 섬일 뿐인데 출입국 관리소에서는 입국 카드를 받고 여권에 도장을 탕탕 찍어주었다. 다른 코이카 단원들과 인사를 나누고 단지 '한국인'이라는 이유만으로 그녀들의 환대와 걱정을 감사히 받다 보니 현실로 돌아와 있었다.

대학 선배와 동생과 애인이 정보를 수집해 알려줬다. 대략 살펴보니 그 국가들의 위험 요소란 특정 지역을 가리켜 하는 말이었다. 그리고 그건 늘 지적되는 테러나 전쟁, 불안한 국내 정세 등에 기인하고 있었다. 앞으로 가야 할 에티오피아만 해도 여행 제한 국가로 분류되어 있었는데, 자세히 보니 경고된 특정 지역은 내 일정하고는 상관없는 곳이었다.

물론 여행은, 대체로 알려진 것보다는 안전하지만 더 큰 위험 가능성 안에 나를 내려놓는 일이라고 생각해왔다. 혼자 다니는 만큼 조심하자는 거였다. 그런데 상황을 파악하다 보니 이번 일 만큼은 열없어졌다. 조금은 호들갑이었다. 겁이 많아졌구나, 난 여전히 아마추어였다.

마음을 내려놓자 그제야 풍경도 사람도 눈에 들어오기 시작했다. 과연 아름다운 섬이었다. 스톤타운 골목은 끝도 없이 미로처럼 이어져 발길을 붙들었다. 우연히 들른 교회에서는 예식 준비가 한창이었다. 예배당은 바다를 닮은 하늘색 리본과 촛대 등으로 장식되어 있었다. 예식 사진사는 하늘색이 행운을 가져다준다고 했다.

화장이 짙어 어린 신부의 얼굴색은 밝았다. 예상치 못한 흰 웨딩드레스는 만국 공통인가보다. 신부 대기실에서 두 명의 화동과 신부가 약간은 떨리는 표정으로 대기했다. 내 축하에 화답하는 그녀의 목소리가 아주 조금 떨렸다.

1 잔지바르 박물관에 전시된 '다우선'.

2 어느 건물에 프레디 머큐리의 생가라는 안내문이 붙어 있다. 스톤타운 곳곳에는 '진짜' 프레디 머큐리의 생가라고 주장하는 집들이 많다.

3 박물관 꼭대기에서 내려다본 풍경.

어슬렁대다 들어간 박물관은 과거 술탄의 궁전이었던 곳으로, 정식 명칭은 베이트 엘 아자이브Beit el-Ajaib이지만 경이의 집House of Wonders이라고 불린다. 박물관에서는 잔지바르의 역사를 마주했다. 익히 들어 알고 있었다. 아름다운 섬 이면의 슬픈 노예 무역의 역사. 아랍이 만든 이 섬은 한때 오만의 수도였다가 분리되어 그들만의 왕국이 되었다. 그리고 영국의 보호령을 받은 뒤 독립국이 되기 무섭게 탄자니아와 통합되어 오늘에 이르고 있는 것이다.

잔지바르는 페르시아어로 '검은 해안'을 뜻한다. 흑인의 땅을 가리키는 말일 것이다. 검은 해안에서는 검은 사람들이 짐승처럼 팔려나갔다. 향신료와 노예를 팔아 부를 일군 덕에 잔지바르는 아프리카에서 가장 번영했다. 그 영광을 함께한 다우선Dhow(무역 범선)이 전시실을 꽉 채우고 있었다.

하지만 지금 잔지바르는 과거의 영광에서 내려와 '무국적 관광지'로 전세계인의 사랑을 받고 있다. 지나간 슬픈 역사와 생계 수단들은 투어 프로그램으로 다시 태어났다. 사람들은 아랍풍의 건물과 노예 시장 터를 보며 다사다난한 역사에 취했다가 전설의 그룹 퀸의 프레디 머큐리, 그의 생가를 찾아 스톤타운 골목을 어슬렁댄다. 그리고 대부분은 섬 곳곳으로 흩어져 더 이상 검지 않은, 찬란한 해변에 마음을 뺏긴다. 해마다 열리는 뮤직 페스티벌과 국제 영화제도 제 몫을 다 한다. 더 이상 잔지바르에서 '이국적'인 것을 찾기란 힘들어 보였다. 모든 이국적인 것이 한데 섞여 그 어디에도 소속되지 않은 '잔지바르표'를 만들어내고 있는 것만 같다.

박물관 꼭대기 테라스에서 내려다본 섬의 풍경이 특히 장관이었다. 시야가 트이자 가슴도 탁 트였다. 여행 중인 몸과 마음은 거짓이 없다. 사람들이 왜 높은 곳에서 살고 싶어하는지 알 것도 같았다. 눈에 잘 띄지 않던 골목의 구석구석, 깨끗한 건물의 낡고 더러운 뒤켠까지 다 보였다.

알고 보니 그날은 한국과 우루과이의 월드컵 16강전이 있는 날이었다. 숙소 사람들과 식당에서 조촐하게 응원을 했다. 단지 거기에 내가 있었기에 모두 한국을 응원했다. 아쉽게 지고 나자 캐나다에서 온 로비와 영국에서 온 소피가 위로를 건넸다.

"그래도 세계 16개 강팀 중 하나잖아!"

우리는 함께 늦은 저녁을 먹고 바에 가서 가나와 미국의 경기를 지켜봤다. 바의 모든 외국인들이 약속이나 한 듯 가나를 응원했다. 역시 이유는 하나였다. 우리는 지금 아프리카에 있으므로.

"저 티셔츠 갖고 싶지 않아? 팀 아프리카."

아프리카에서 아주 유명한 MTN 통신사 광고에 나온 노란 티셔츠, 등판에 'Africa'라고 적힌 티셔츠를 가리키며 누군가 말했다. 그리고 오래지 않아 아프리카의 마지막 자존심, 가나가 2 대 1로 미국을 이겼다. 마치 우리 덕에 이긴 것처럼 득의양양해하던 소피와 나는 이 밤이 지나고 북쪽의 켄드와Kendwa 해변에 가기로 했다.

별은 총총하고 밤바다는 고요했다. 누구도 취하지 않았고 누구도 슬프지 않은 밤이었다.

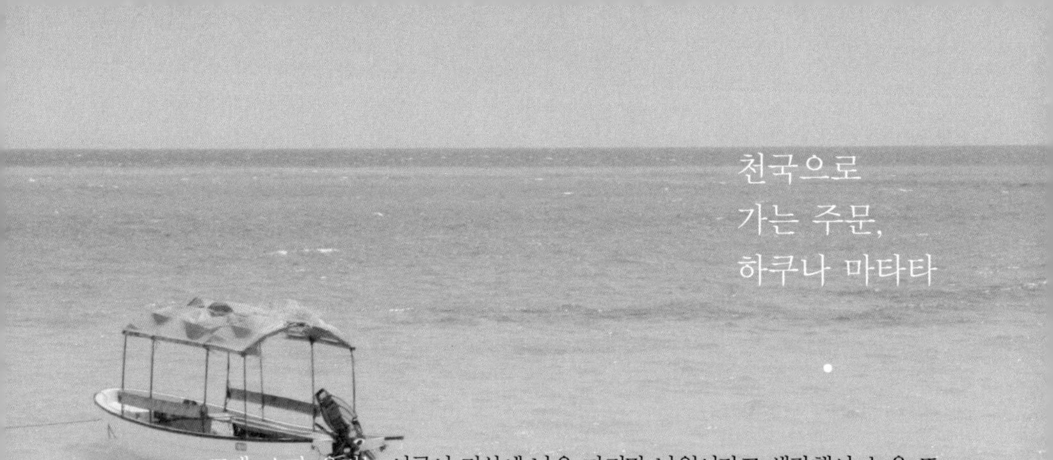

천국으로 가는 주문, 하쿠나 마타타

그래, 소피. 우리는 이곳이 지상에 남은 마지막 낙원이라고 생각했어. 눈을 뜨고 있으면서도 보고 있는 것을 설명할 수 없는 아이러니란. '자유'라는 개념을 현실에 풀어놓는다면 바로 우리 눈앞에 펼쳐진 풍경이 아니었을까. 우리는 자신했어. 그 어떤 사실주의 화가가 오더라도 이 풍경을 그대로 그려낼 수는 없을 거라고.

아무도 침해하지 않았는데 그 자유가 깨질까봐 두려움을 느끼며 살금살금 해변을 거닐었지. 그리고 만난 지 하루밖에 되지 않은 너에게 지나간 꿈을 털어놓았고. 입 밖으로 꺼내놓고 나니 그게 정말 내가 원하던 일인 것만 같아 그 꿈을 가만히 입 안에서 되뇌었어.

수영을 못하는 우리에게도 바다는 열려 있었지. 너는 잠깐씩 바닷물에 몸을 담갔고 나는 발을 담갔어. 그것 뿐이었는데도 이상하게 다 됐다고 느꼈기에 그 기분이 신비로웠지. 우울한 날씨로 유명한 런던에서 온 너는 뭍으로 나오기 무섭게 볕을 쬐었고 나는 해먹에 누워 흔들거리는 대로 가만히 있었어. 무위로 충만한 시간이 느리게 흘렀지.

오랫동안 책을 읽지 못한 나는 선베드에 누워 책을 읽는 이들을 보면서 다시 책을 읽을 때가 됐다는 것을 직감했어. 그리고 먼 훗날 내가 도시의 작은 원룸이 아니라 마당 있는 집에서 살게 된다면 나무를 심고 해먹을 달아 두리라 생각했지.

또 하나 우리가 알게 된 거라면, 흰 모래 해변은 더 눈부시다는 것. 그 눈부심이 좋았어. 너무 맑고 푸르러 단조롭기까지 한 바다는 물에 반사되는 반짝이는 빛이 있어 재미를 얻었지. 빛은 파도 따라 잘게 부서져 파도와 함께 흐르고 있었어.

아무것도 하지 않던 우리는 해변에서 연을 날리는 남자를 바라보았어. 바람이 세 별로 재미를 못 볼 것 같은데도 그는 꽤나 열심이었어. 아마 도시에서였다면 어리석다 했겠지. 하릴 없이 그런 그를 바라보던 우리도 그렇고.

그러다 바닷가 식당에서 월드컵을 봤어. 식당 기둥에 매달린 큰 텔레비전 화면에 눈을 박고 음료수 잔을 기울이며 열심히 너의 나라를 응원했지. 하지만 식당의 다른 외국인들은 모두 독일인이었고 그날 경기는 독일이 앞서갔어. 그래도 우린 더 막강한 응원팀을 가졌기에 주눅 들지 않았지. 기억하지? 저 멀리 식당 옆 손바닥만 한 텔레비전 앞에 동네 사람들이 모여 있던 걸. 그들 모두 너의 나라를 응원했어. 함께 탄식하고 함께 환호했지. 우리는 비록 졌지만, 작은 섬의 맨체스터 광팬들은 내가 한국인인 걸 알자 '박지성'을 연호했고, 네가 영국에서 온 걸 알자 '굿 팀'이라며 손가락을 들어주었지.

잘 익은 '무중구'들이 햇빛을 즐기는 동안 현지인들은 소라 껍데기며 스카프, 티셔츠, 선글라스를 사라고 졸라댔어. 오래된 게 분명한 팝이 흐르고, 바로 옆 레스토랑에서는 스푼이나 포크 따위가 짤랑거리고 바람은 추울 만큼 시원하고 그리 습기 차지도 않고 짠내도 전혀 없었어. 그래서 우리는 아마 그곳을 '천국'이라 불렀을 거야. 나는 천국이 있다고 믿지도 않고, 희로애락이 없을 천국이 과연 행복할까 의심하는 부류의 인간이었는데도 그곳을 '천국'이라 부르는 데는 주저함이 없었지.

해가 저물면 1막이 끝났다는 것을 알리는 석양이 장막처럼 해변 위로 떨어졌어. 그러면 어느새 바닷가에는 식탁과 의자들이 한 줄로 놓였고 촛불 하나에 의지해 먹는 밥은 코로 들어가는지 입으로 들어가는지 모를 지경이었지만 누구도 개의치 않았지. 우리는 2막이 곧 열리는 무대 위로 초대받았으니까. 그 순간만큼은 주인공이었으니까.

우리는 그 천국에서 꼬박 이틀을 아무것도 하지 않은 채 보냈어. 멍하니 있다가 잊고 있었다는 듯 물에 몸을 담그거나 꺼냈고, 가끔 무언가를 끄적이고 배가 고프면 음식을 먹고 대부분의 시간을 상념으로 채우면서. 남들 다 하는 투어도 스노쿨링도 필요 없었지. 소용 없었달까. 가만히 있는 것만 해도 시간은 부족했으니.

허기진 마음을 채우고 다시 스톤타운으로 향하는 날, 운전기사는 다른 팀을 태워서 가야 하니 스노쿨링이 끝날 때까지 조금만 기다려 달라고 했어. 30분이 50분이 되고 땡볕 아래의 좁고 더운 차 안에서 1시간을 기다린 우리는 그만 지쳐버렸지. 천국에서 얻은 기운도 금세 다해 언제 출발하느냐고 기사에게 물었어. 돌아오는 대답은 한결같았지.

"걱정하지 마요. 몇 분만. 하쿠나 마타타Hakuna Matata!"

지나가는 다른 남자도 거들었지.

"뭐가 문제죠? 걱정 마요. 모든 게 다 잘 될 테니. 하쿠나 마타타!"

그쯤 되자 무작정 기다리게 하면서도 사과는 없이 하쿠나 마타타만 울궈먹는 데 짜증이 났어. 근심 걱정을 떨쳐버리라는 뜻의 하쿠나 마타타. 그런데 우리는 '걱정'하는 게 아니라 '화'가 난 거였으니까! 하지만 그들 말대로 기다리는 것 말고는 할 수 있는 것도 없었지.

스노쿨링을 끝내고 나오는 한 무리의 사람들이 보였어. 기사가 그들에게 뛰어갔지만 모두 고개를 가로로 저었고 이미 주차되어 있는 다른 차에 올라탔어.

우리와 함께 스톤타운으로 돌아갈 사람은 아무도 없었던 거야.

그제야 알게 됐지. 사전에 예약한 다른 팀 따위는 없다는 것을. 어차피 우리를 태우러 이곳까지 왔으니 스노쿨링이 끝나기를 기다렸다가 혹시 스톤타운으로 가는 사람이 있으면 함께 태워가려 한 거야.

결국 처음과 똑같이 우리만 태우고 차는 출발했어. 얼마나 달렸을까. 대로변에서 현지인들이 우르르 올라탔는데, 몇은 공짜로, 몇은 요금을 내는 것 같았어. 운전사는 수익이 맞지 않는다고 몇 번이고 투덜댔지만 어쨌거나 우리가 낸 돈만으로도 충분히 남는 장사였던 거야.

그제야 천국의 마법에서 풀려나 소리쳤지. 에라이, 하쿠나 마타타. 한국이나 영국에서였으면 성질을 내거나 요금을 다 안 줬을지도 모를 일. 여전히 아프리카의 문화와 속도를 이해 못 하나 싶다가도 하쿠나 마타타를 유리하게만 써먹는 것 같아 짜증이 났던 우리였어.

그런데 신기한 일은 또 벌어졌지. 입을 앙다물고 말없이 풍경만 바라보며 차창 밖으로 비켜가는 팜나무의 숫자 따위를 세고 있었는데, 우리를 가로지르는 노란색 스쿨버스를 본 거야. 버스는 히잡을 쓴 백합 같은 여학생들로 발 디딜 틈 없어 보였어. 아이들이 깔깔대는 웃음소리가 저쪽 유리창과 우리 쪽 유리창을 넘어 들어왔어. 무방비 상태이던 우리는 그만 그 수식 없는 웃음 앞에 모든 짜증이 눈 녹듯 사라지는 것을 가만 지켜만 보고 있었지.

그날 밤, 스톤타운으로 돌아와 야시장에서 요기를 하고 낡은 골목을 돌아 침대로 들었어. 그때 내가 다이어리에 무엇을 적었는지 궁금하지 않니?

"하쿠나 마타타."

그건 식상하지만, 천국으로 들어가는 주문이었던 거야.

그래, 오늘도 재미있니 소피?

숙소 식당 한쪽에 마련된 텔레비전 앞에 모인 주민들이 월드컵 경기를 지켜보고 있다. 숨 막히던 현장!

배를 타고 지나가면서 파티가 있다는 것을 알리는 사람들.

1

2

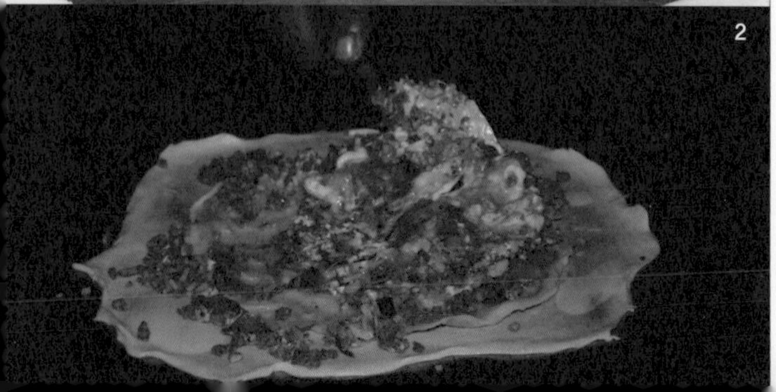

1 야시장. 여러 가지 음식이 테이블 위를 가득 채우고 있다.

2 무하마드의 잔지바르 피자.

스톤타운
그 골목에는

나는 왜 이곳까지 왔을까. 다시 돌아온 스톤타운에서, 많은 이들이 내게 묻는다. 나는 한결같이 답한다.

"참 어려운 질문이네요. 나도 모르겠어요, 왜 여기까지 왔는지. 그냥 때가 되었다고 생각했어요."

하지만 마음이 시키는 길을 따라 왔다는 대답은 이제 충분하지 않다. 나는 정말로 내가 한 선택을 논리적으로 증명하고 싶은 충동을 느낀다.

야시장은 소피와 나 같은 배낭여행자들에게 또 다른 의미의 '천국'이었다. 휴양지답게 잔지바르의 물가는 상상초월. 어지간한 레스토랑에서 밥 한 끼 먹자면 하루 체재비를 몽땅 털어야 할 정도였다. 그래서 우리는 숙소에서 주는 공짜 아침을 먹고 대충 점심을 때우거나 거른 뒤 야시장에서 푸짐하게 저녁을 해결했다.

야시장은 매일 밤, 포로다니 공원Forodhani Gardens에서 열린다. 테이블 위를 가득 채운 해산물 꼬치, 감자튀김, 이름 모를 생선과 어패류. 사탕수수즙을 짜는 기계가 쉴 새 없이 돌아가고 꼬치를 굽는 숯불 위로 연기가 피어오른다. 요리사 옷을 갖춰 입은 사람들은 열심히 무언가를 만들고 그들의 조수쯤으로 되어 보이는 청년들은 관광객을 불러 세우고는 인기 최고의 만담가처럼 재잘재잘 메뉴를 설명했다.

"자 여기서부터 새우 구이, 문어, 가재, 닭꼬치 구이, 사모사 등입니다. 저렴하게 모시겠습니다."

옆 섬 펨바에서 잔지바르로 이를테면 '상경'이란 것을 한 청년은, 그래봐야 섬에서 섬으로 옮겨온 것이지만 그런데도 뿌듯한 표정을 감추지 않던 청년은, 좌판 옆에서 호객을 하고 있었다. 그리고 그 옆에는 단골집 무하마드의 피자 가게가 있다.

"무하마드, 당신이 만드는 피자가 이곳에서 가장 맛있어요!"

그는 내 칭찬에 부끄러워하면서도 금세 능숙한 솜씨로 피자를 뒤집었다. '잔지바르 피자'는 얇은 반죽 피를 굽고 그 위에 다진 채소, 달걀, 치즈, 고기 등 다양한 토핑을 얹어 즉석에서 구워내는 음식이다. 그 이름대로 잔지바르에서만 맛볼 수 있다. 무하마드가 만들어준 피자와 사탕수수즙 한 컵을 사들고 소피와 바다를 바라보며 앉았다. 엉덩이를 붙일 수 있는 곳이라면 이미 만원이었다. 그리고 우리는 매일, 많은 사람들을 야시장에서 만났다. 테이블 위의 메뉴만큼이나 다양한 삶이 있었다.

그날 야시장에서 만난 청년이 물었다.

"대답해보세요. 뭐가 중요한가요, 돈인가요 교육인가요?"

"교육이죠."

내가 뻔한 대답을 두고 망설이는 사이 소피가 답했다. 그러자 그는 기다렸다는 듯 말을 이었다.

"돈이 없는데 어떻게 교육을 받나요. 그건 당신이 부자니까 하는 말이겠죠."

그가 '트라이브tribe'를 트랩으로, '초이스choice'를 츄즈라고 발음했기에, 서로 말을 이해하는 데는 한참의 시간이 걸렸다. 순수하고 맑은 얼굴의 청년은 계속해서 교육과 빈부, 자신의 꿈에 대해 이야기하고 싶어했다. 시간이 더 늦기 전에 돌아가려는 우리에게, 아니 영국에서 온 소피에게 그는 말했다.

"당신의 섬과 우리의 섬은 달라요."

소피의 얼굴이 복잡해 보였다. 그 말이 어찌나 의미심장하게 들리던지. 나는 청년에게 어떤 말을 건네야 좋을지 알 수 없었다. 그가 영어 발음을 제대로 익히길, 혹은 제대로 된 직업을 갖길, 그것도 아니면 힘을 내라고 말하고 싶지는 않았다.

"또 봐요. 좋은 시간 보내요."

최대한 흔한 인사를 주고받고 헤어졌다. 그를 다시 만날 수는 없었다. 우리는 그들의 얼굴을 식별하는 데 서툴렀으므로, 그의 얼굴도 금세 잊었다.

또 다른 날에는 한 청년이 다가와 어눌한 말투로 영어로 대화하고 싶다고 했다. 영어를 배우는 학생이라면서. 그것이 신호였는지 하나둘 사람들이 모여들어 어느새 네 명의 남자들이 우리 주변을 에워싸게 되었다.

그중 한 명이 축구 이야기를 꺼냈다. 축구도 정치라는 것. 그는 영국과 독일의 16강전을 예로 들며 영국의 두 번째 골은 확실히 득점이었는데 힘의 논리에 따라 독일이 어드밴티지를 받게 된 거라며 분개했다.

"난 당연히 카메룬, 남아공, 나이지리아를 응원했어요. 그런데 다 떨어졌죠. 이제 가나 하나만 남았어요. 그들이 이겨주길 바라요."

그의 눈은 승리에 대한 열망으로 빛났고 나와 소피는 조금 참을성 있게 이야기를 들어주었다. 다른 건 몰라도 축구에 관한 한, 이들은 이기는 팀을 응원하고 싶어한다. 어차피 자국 팀은 본선에도 못 올라갔으니 강팀을 응원해 승리의 기쁨을 함께 누리고 싶은 거다.

켄드와 해변에서 우리가 타고 온 봉고차의 운전기사는 가나를 응원하지 않는다고 했다.

"왜요?"

"아프리카 팀은 아직 멀었어요. 질 게 뻔하죠."

우리는 물었다.

"그럼 이길 만한 팀만 골라 응원하는 건가요?"

"그럴지도 모르겠네요. 그런데 경기에서 지면 난 무척 실망하는 편이에요. 지는 걸 보는 게 힘들어요."

"하지만 우리도 우리 팀이 질 걸 알지만 응원해요. 실력이 떨어지는 걸 잘 알지만 그래도 희망을 갖고 응원하는 걸요."

그는 듣고 있지 않았다. 한계를 아는 것. 그것만큼 슬픈 게 또 있을까.

야시장에 다녀오는 길, 브라질과 칠레의 경기가 한창이었다. 사람들은 텔레비전을 길거리에 내놓고 함께 브라질을 응원하고 있었다. 좁은 골목을 지나칠 때마다 터지는 탄식. 골목 입구에서 0 대 0이던 것이 다음 골목에서는 1 대 0, 그리고 게스트하우스 근처에서는 2 대 0이었다.

짧은 시간 그들은 두 골을 주고받았고, 소피와 한 내기에서 내가 이겼다. 브라질의 승리였다. 많은 사람들이 환호했다. 그들의 승리나 마찬가지였다.

소피는 내일 떠나기로 되어 있었다. 짐을 꾸리다 말고 내 짐이 무거운 이유에 대해 한참 이야기를 했다. 토론에 가까웠다. 그러다 내가 너무 많은 것을 가졌음이 드러났다. 난 여행에 '목표' 따위를 갖다 붙이는 것을 이해하지 못하는 부류지만 이제 '미련 없이 버릴 수 있는 사람이 되자'를 목표로 삼아야 하는 게 아닌가 싶어졌다.

그날따라 소피는 "무엇이 되고 싶으냐"는 질문을 여러 번 던졌다. 가능하면 모든 게 되고 싶었지만 아무것도 될 수 없어 슬픈 질문이었다.

"새와 물고기 중엔?"

"새."

"과일과 채소 중엔?"

"과일."

"나무와 꽃 중엔?

"나무."

"직업을 하나 선택할 수 있다면?"

"산장지기."

소피는 각각의 질문이 무엇을 뜻하는지 알려주지 않았다. 나도 왜 내가 산장지기라 답했는지 일러주지 않았다.

그때 청년인지 소년인지 알 수 없는 꽤나 앳된 목소리가 게스트하우스의 허름한 창살 사이로 넘어 들어왔다. "Give me freedom, give me fire~" 다름 아닌 월드컵 주제가였다. 나와 소피는 마주보고 크게 웃었다. 골목의 소년이 우리의 유쾌한 웃음소리를 들을 수 있도록 한껏 배에 힘을 주고는.

소피가 떠난 뒤에도 나는 스톤타운에 오래 머물렀다. 그 골목에 묻은 낡음이 좋았다. 시간의 때가 나뭇결 곳곳에 묻어 있는 문짝과 이끼인지 먼지인지 한 겹 뒤집어 쓴 건물의 벽체까지 사랑했다. 하지만 숙소 바로 앞 허물어진 건물에서 퍼져 나오는 소음에 금세 낡음의 미덕을 증오하게 되었다. 나는 이렇듯 간사한 인간이었다.

어느새, 모르는 사이 달이 바뀌었다. 얼마 전 달이 꽉 찬 해변에 있었다는 것을 기억해냈다. 꽉 찬 달이 한숨을 토해 기울 듯 시간도 절로 흘러 새로운 달을 향해 나아갔다. 더디기만 하던 여행의 속도도 이제 제법 숨이 차오를 정도가 되었다.

계속 같은 길을 오가다 보니 날 기억해주는 사람도 늘었다. 햄버거집 총각들, 잔지바르 피자 가게의 무하마드, 조의 코너Jaw's corner에서 행상을 하는 안경 낀 할아버지, "너무 종일 걷는 거 아니야? 앉아서 좀 쉬어"라며 벤치 옆자리를 권하던 할아버지, 작은 슈퍼를 하는 부모님을 도와 가게에 나와 있던 초등

ZANZIBAR SOUVENIR SHOP
Dealers in:
Zanzibar Local handicrafts, Spices &
Sea shells
Po box 229. Tel

학교 1학년생 난다니. 이젠 택시 기사들도 "택시?" 하고 묻고는 먼저 웃음을 터뜨린다. 내가 계속 같은 자리를 거닌 탓에 우린 몇 번이나 마주쳤고 그때마다 그들은 내게 택시를 타라고 권했는데 그러다 결국엔 내 얼굴을 익힌 것이다.

그날도 골목은 왁자지껄했다. 누가 텔레비전의 주인인지 알 수 없었다. 한데 섞여 축구를 보는 무리 안에서는 모두 하나다. 하루 장사를 끝내고 집으로 돌아가던 과일 장수도 자전거를 멈추고 응원에 힘을 보탠다. 나도 그 뒤에 서서 조그만 모니터에 몇 개의 눈이 가 박히는지 조용히 지켜보았다. 좁고 컴컴한 밤의 스톤타운 골목에 왁자지껄함이 있다면, 밝은 빛 하나 뜬다면, 그건 축구를 보는 사람들이 졸린 눈을 비비고 있다는 것을 뜻하는 거다.

그러다 나는 확신하게 되었다. 그리울 것이 또 하나 늘었다는 걸. 찬란한 바다보다는 이 좁고 낡은 골목이. 사람 냄새로 가득한.

LIANZIAPO
1

77

2

3

1 전통 의상 캉가(Kanga)를 내다 파는 길거리 상점들.
2 조의 코너 근처, 슈퍼집 큰딸 난다니와 동생.
3 무더운 한낮, 포로다니 공원에서 낮잠을 자는 사람들.

네 미소가 나를 깨웠어, 착한 아이 종훈이

늦게 만난 것이 조금 아쉬웠지만 어쨌거나 그를 만날 수 있었던 건 행운이었다. 이쪽 골목에서 저쪽 골목으로 한 치 망설임 없이 내 발을 들여놓을 수 있게 됐을 때, 저 골목 다음에 무엇이 나올지 다 짐작할 수 있을 때, 나는 스톤타운을, 그리고 잔지바르를 떠나게 되었다.

떠나는 날, 비행기 시간이 너무 많이 남아 숙소 앞 의자에 앉아 에티오피아에 관한 자료를 읽고 있었다. 인사를 나눠야 할 사람들과는 벌써 작별을 마치고 돌아온 터였다. 그러다 내가 묵은 숙소에 체크인을 하는 그를 만났다.

"니혼진?"

일본인이 아니냐며 그가 말을 걸어왔다.

"아뇨! 한국 사람이에요!"

그는 내가 아프리카에서 처음이자 마지막으로 만난 한국인 여행자였다. 우리는 손 인사를 나눴고 나는 기꺼이 그가 짐을 두고 내려오기를 기다렸다. 돌아온 그는 수첩을 꺼내들었다. 잠깐 이야기할 수 있겠냐며. 나는 비행기 시간이 아주 많이 남아 있었고 오랜만에 한국인을 만나 들뜬 나머지 왜 하필 오늘 떠나야 하는 걸까 잠깐 슬퍼하기조차 했다. 그는 사람 좋은 미소에 순박한 인상과 단정한 말투를 가진 청년이었다.

그러니까 가로가 3미터나 되는 세계 지도를 방에 붙여 놓고 꿈을 품어온 소년이 다 커서 내 앞에 있었다. 소년은 어느 날 문득 지도에서 '차드'라는 이름을 발견했고 그 순간 그곳까지 가보고 싶었다. 거기가 어딜까. 그곳은 북부 아프리카의 한 나라였다. 그리고 시간이 허락된다면 그의 여행이 끝날 지점이었다.

그렇게 지난해 11월부터 시작된 여행길에 그는 서 있었다. 필리핀에서 봉사를 하고 인도에 다시 들렀다 올해 6월 남아공으로 들어왔다. 월드컵 축제가 한창인 곳에서 축제를 즐기고 많은 사람들을 만났다.

그가 스스럼없이 여행을 택하고 즐기게 된 것은 5년 전에 가진 뜻밖의 만남 때문이었다. 인도의 바라나시, 이른 새벽 출국을 앞두고 갠지스 강을 내려다보며 산책을 하다가 예상외의 인물 한비야를 만났다. 그 짧은 시간이 그에게 가져다준 변화는 짐작 가능했다. 이 땅의 많은 젊은이들이 그러하듯.

그는 군 장교 시절 커다란 돼지 저금통을 가득 채워 동전을 모았고 그것은 익명으로 월드비전에 전해졌다. 그리고 오늘, 그는 또 한 번의 단기 봉사 워크캠프를 앞두고 잔지바르에 왔다. 세 명의 다국적 친구들과 함께.

종훈은 그중에서 토머스라는 아저씨의 이야기를 들려주었다. 핀란드에서 배 만드는 일을 한다는 토머스는 기회가 될 때마다 세계를 누비며 아이들에게 축구공을 나눠준다. 주로 자비를 털어, 그리고 가족과 친구들의 도움을 받아.

"다르에스살람에 도착하니 밤 8시가 넘었더라구요. 며칠째 못 씻어 씻고 밥이나 먹으면 좋겠다 하고 있는데, 토머스는 그 길로 쇼핑몰로 달려갔어요. 당연히 문은 닫혔는데 그 문을 두드려 기어이 매니저를 만나 사정을 설명했죠. 축구공을 많이 살 테니 제발 좀 팔라고."

그러니까 좀 전에 토머스와 종훈이 들고 오던 커다란 가방 안에 든 것이 바로 축구공이었던 거다. 나는 이곳 아이들에게 축구공이 어떤 의미인지 잘 안다. 우간다에서 아이들이 생애 처음으로 축구공을 갖게 됐을 때 그 얼굴에 수줍게 번지던, 하지만 세상 무엇보다 크고 자랑스러웠던 미소가 떠올랐다.

그런 일을 하는 것이었다. 종훈은 그런 사람의 곁에 있었다. 내가 만난 모든 이들이 "아프리카 축구는 아직 멀었어"라고 했다. 하지만 그리 먼 일만은 아닐지도 모르겠다. 그들이 나눠준 축구공이 하나의 씨앗이 될 것이다.

우리는 서로 신나게 질문을 해댔다. 나는 주로 우간다에 대해, 그는 주로 친구들에 대해 이야기를 했다. 그는 내게 짜이를 사주고 택시비를 보태줬다. 돈으로 환산할 수 없는 따스함을 느꼈다. 그의 따뜻함은 겉멋이거나 '단지 다르게 살고 싶음'이라는 가벼운 열망에서 벗어나 있었다.

나는 누군가에게 짜이 한 잔을 대접하고 택시비를 보태줄 마음의 여유를 가졌는가, 진심으로 내 것을 나눌 수 있는가. 여행이, 떠나 있음이, 낯선 풍경과 사람이 더는 낯설지 않을 때 오는 권태가 나를 휘감고 있을 무렵이었다. 그 어떤 열망도, 다른 인생에 대해 들어보겠다는 호기심도 반짝거리지 않을 때 만난 사람이라 더욱 반가웠다. 그가 조금씩 신선한 공기를 안으로 불어넣어주었다.

"저 곧 유명해질 사람이에요."

"네?"

"따뜻한 쪽으로 유명해질 거라구요. 제가 제 자신에게 거는 주문이에요."

그렇다면 나는? 나는 얼마나 따뜻한가. 따뜻한 사람이 되겠다고 생각해본 적이 언제던가, 착취의 땅이 아니라 나눔이 땅이어야 한다고 생각하면서 나는 어땠는가 얼마나 그랬는가.

애초에 다라다라를 타고 공항까지 갈 생각이었다. 그러다 종훈을 만나 비행기 시간까지 대화를 나눴고, 그가 보태준 돈으로 택시비를 치르고 거스름돈으로 공항 카페의 한 테이블을 꿰차고 앉아 커피 한 잔의 사치를 누렸다. 우리는 서로 연락처 따위는 묻지 않고 건강한 여행만을 빌어주었다.

"인연이 닿으면, 언젠가는."

나는 그에게 진 빚을 앞으로 여행하면서 만날 누군가에게 갚으리라, 그가 듣지도 못하는 곳에서 그가 듣기를 바라며 행여 잊을까 거듭 다짐했다.

벼락 맞을 확률과 살아남을 확률

시계탑의 시계 바늘이 움직이는 걸 본 적 있던가. 1시 15분에서 16분으로, 수평을 유지할 명분을 잃은 시계 바늘은 체념한 듯 툭하고 16으로 내려앉았다. 여행은, 시계탑보다 높은 곳에 있는 작은 공항의 식당 창문으로 평소에는 눈길조차 주지 않을 시계탑이나 깃발, 바람의 움직임이나 나무의 흔들림 따위를 좇기지 않고 '응시'하는 일이다. 굉음에 가까운 소리를 내며 활주로를 질주하는 비행기의 꽁무니를 고집스레 좇으며 나와 상관없는 사람들의 무사 이륙을 확인하는 것이다.

문득 그날 그 국경의 밤을 떠올렸다. 집을 떠난 지는 오래됐지만 우간다에서 오래 머물렀으므로, 내게는 우간다를 떠나는 일이 여행의 시작과도 같았다. 그러나 고대하던 여행, 그 시작에 대한 설렘은 오랜만에 혼자 있는 것으로, 그래서 느끼는 불안감으로 쉽게 대체되었다. 국경을 쉽게 넘었고 비자도 쉽게 받았다. 모든 게 쉬웠지만 나는 알 수 없는 불안에 쫓기며 서둘렀다.

그리고 오래지 않아, 생각지도 않은 만남과 기대와는 다른 풍경이 쉽게 희비를 갈랐다. 가이드북의 내용을 점검하러 그곳에 가는 것은 아닐 터. 그래도 새로운 풍경은 다른 환경과 역사가 만들어낸 '오늘'이기에, 풍경이라는 삶의 외피를 무시할 생각은 전혀 없다. 그러나 역사를 모르면 한낱 돌덩이에 불과한 '추천 장소'만 좇을 생각도 없다. 그래서 다시 생각한다. 그것은 길 위의 풍경에서 시작해 그 길 위에서 만나는 사람의 이야기여야 한다고. n개의 삶은 n개의 역사와 n개의 이야기를 가지고 있다. 기록하지 않으면 잊힐 일들은 내 영혼을 파

1 손으로 적은 항공권.

2 공항 2층의 식당에서 내려다본 잔지바르 공항.

3 에티오피아로 가는 비행기에 오르다.

고들지 못했다는 것을 뜻한다. 한낱 에피소드에 불과했다는 뜻이다.

종종 사람들이 우간다에서 보낸 시간에 대해 묻는다.

"재미있었어요."

추억에 젖은 눈으로, 언제나 내 대답은 간결했다. 그 시간이 한낱 에피소드였다면 충분했겠지만, 그렇지 않았기에 그 대답도 충분하지 않았다. 에피소드로 이어진 삶은 에피소드의 고갈과 함께 잊힐 것이다. 기억되는 삶이란 에피소드를 관통하는 삶에 대한 성찰과 그보다 작게는 어떤 작은 신념과 실천이다.

이런 잡념들을 머릿속에서 끼적이며, 내가 탈 비행기는 뭘까 궁금한 마음으로 비행기 모델과 디자인을 살펴본다. 비행기에서 내리는 사람들을 보는 일이 즐겁다. 가족 관계를 추측해보고, 비행기에서 입국장까지 손을 맞잡고 걷는 연인을 부러워도 해본다.

지난 번 통화에서 동생은 "벼락 맞을 확률보다 적지 않냐"며 나를 안심시켰다. 항공기 추락을 두고 걱정하는 내게 던진 동생 나름의 위로였다.

시간과 비용 때문에 케냐와 수단을 건너뛰기로 한 나는 에티오피아의 수도 아디스아바바를 경유해 이집트로 가는 에티오피아 항공 티켓을 샀다. 그러다 사고 소식을 들었다. 올해 1월 에티오피아 항공의 항공기가 추락해 탑승객 대부분이 사망했다는 소식이었다. 그렇게 두려움은 찾아왔다.

비관주의자의 입으로 말하자면, 예정된 사고는 없다. 모두 운명은 자기편일 거라 생각하지만 누구도 운명의 장난 앞에서 자유로울 수는 없다. 세상의 불행과 각종 사건사고가 내 것이 될 수도 있다는 것을 깨달을 때는 이미 늦었을 때다. 확률의 힘을 빌려 우리는 불행을 자주 잊는다.

작은 비행기가 이륙하고 아주 낮게 날아가는 것을 지켜보다가 영화 〈청연〉, 그러다 장진영에게까지 생각이 미쳤다. 나는 그녀의 팬이었다. 그런데 그녀가 여전히 암 투병을 하고 있는지 죽었는지 갑자기 생각나지 않았다. 기억을 더듬

다 그녀의 남편이 슬퍼하던 모습이 떠올랐고 그 기억과 함께 그녀의 죽음을 기어이 기억해냈다.

그리고 기다렸다는 듯 지나간 죽음의 소식들이 연이어 꼬리를 물었다. 아프리카에 와서 인터넷을 한 건 손에 꼽히는데, 인터넷에 접속해 두근대며 한국의 소식을 클릭할 때마다 누군가 자살을 했다. 아니, 누군가의 자살 소식으로 도배가 되어 있었다. 우간다에서는 최진영이, 잔지바르에서는 박용하였다.

스스로 목에 줄을 맬 정도의 허무를 나는 알지 못하기에, 나를 옭아매는 모든 줄을 자르고 자유로워지기 위해 외려 살고 싶다, 생각했다. 그리운, 두고 온 모든 것에 가 닿기 위해, 손톱 만큼일지라도 자란 나를 보이기 위해, 기어이 살아남아야지 마음을 먹었다. 잔혹한 사건사고는 내 것이 아니길 바라며 비행기에 오르기 전, 가족을 비롯해 소중한 사람들과 통화를 했다. 그러고 나서 다시 활주로로 눈을 돌렸다. 많은 비행기들이 간단하게 날아오르고 착지하는 걸 보면서 마음이 조금 편안해졌다.

이륙 시간이 이미 20분이나 지났지만 어떤 공지도 없다. 버스 터미널에서 버스가 쉽게 정차하고 출발하듯, 작은 비행기들은 쉽게 내려앉고 떠올랐다. 준비된 비행기에 올라타는 게 아니라 어디선가 날아와 쉼 없이 승객을 태워 다시 날아오른다.

예상보다 훨씬 더 기다려 내가 탈 비행기에 오른다. 비행기를 타기 전에 하던 걱정이 무색할 정도로, 나는 두려움 따위 없다는 여행 고수의 자세로 금세 곯아떨어졌다. 깨어보니 비행기는 케냐 위를 날고 있었다. 곧 에티오피아에 도착할 것이다.

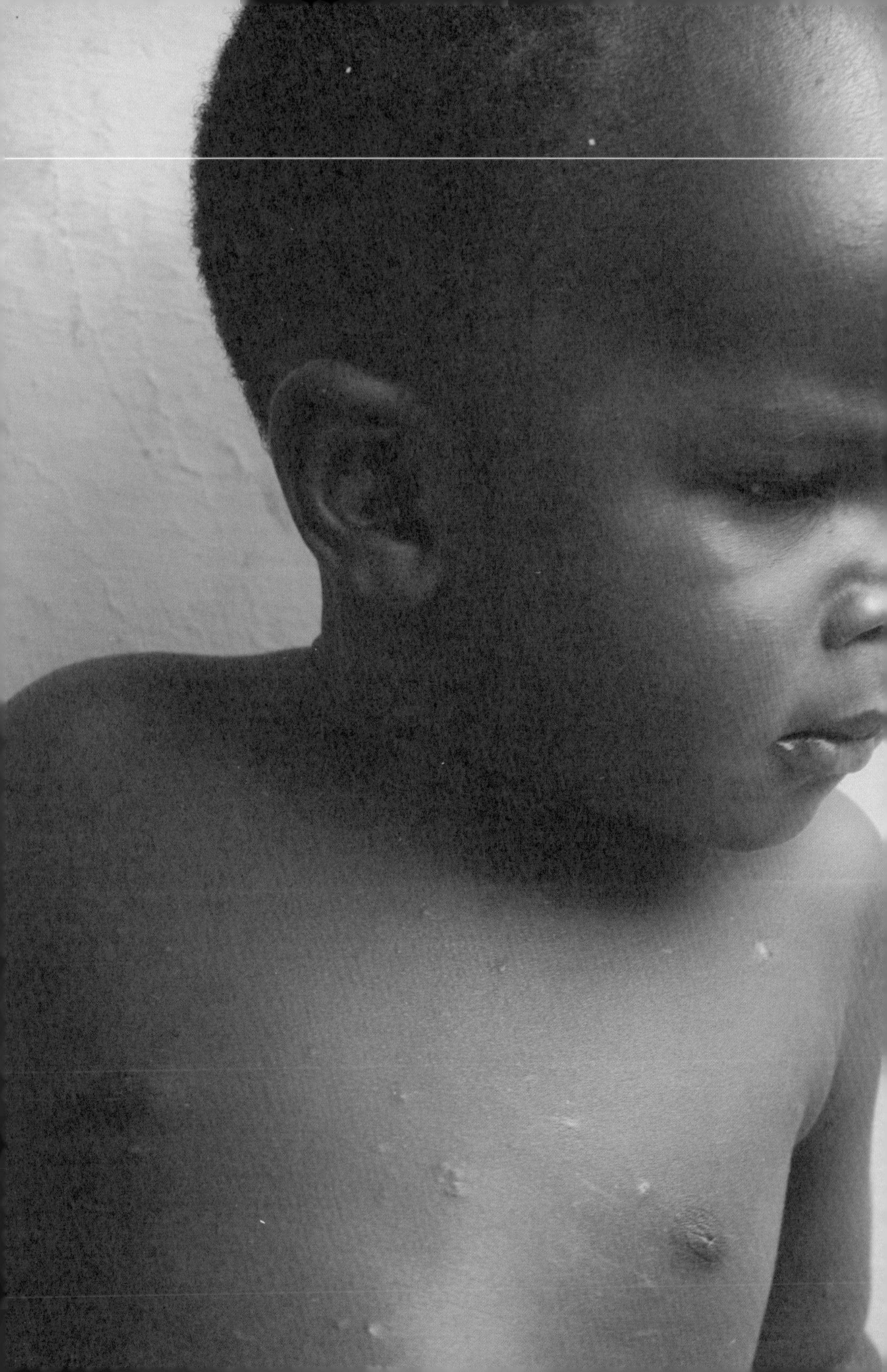

3부

에티오피아의 겨울

in ethiopia

아프리카에도 겨울이?

그 누구에게도 들어본 적, 그 어떤 책에서도 본 적 없었다. 아프리카에도 겨울이 있고 사계절이 있다는 것. 그러니까 정확히 말해 동부 아프리카 에티오피아의 이야기다.

뜨끈한 잔지바르를 떠난 지 3시간 만에 에티오피아의 수도 아디스아바바 국제공항에 도착했다. 7월의 초입이었다. 그런데 비행기 밖으로 몸을 빼는 순간 내 감각 체계를 의심했다.

"헉, 춥다."

주위를 둘러보니 가죽 재킷이나 파카를 입은 현지인들이 눈에 띄었다. 반팔 티셔츠 밖으로 처연히 드러난 내 맨살이 불쌍할 지경이었다.

수속을 마치고 나오니 밤 9시. 안내 데스크를 찾아 두리번거리는데 명찰을 목에 건 아가씨가 나를 발견하고는 웃으며 다가왔다. 버스 시간을 묻자 "지금 버스는 끊겼고 밖은 위험하니 꼭 공항 택시를 타라"며 몸소 공항 밖으로 나를 이끌었다.

택시를 타려고 줄을 서는 일 따위는 처음부터 없었다. 예상하지 못한 시스템이었다. 뭐랄까 승객들은 지정된 곳에 줄을 서고 그 앞으로 택시들이 줄지어 한 대씩 다가오는 일은 일어나지 않았다. 택시 번호와 목적지를 적은 전표 따위를 끊어주는 직원도 없었다. 넓은 공항 주차장에 택시인지 자가용인지 모를 차들이 한가로이 주차되어 있었고 운전기사들로 추정되는 남자들은 삼삼오오 모여 담배를 피거나 아무 관심 없다는 듯 우리를 흘끗거렸다.

원래 그런 건지 늦은 시간 탓인지 결국 아가씨는 택시 기사를 직접 섭외하기에 이르렀다. 그런데 설상가상 내가 찜해둔 숙소 쪽으로 가려는 택시조차 없었다. 큰 배낭을 메고 아가씨를 따라 주차장을 누비며 우여곡절 끝에 택시에 올랐다.

공항을 빠져나온 택시는 어두운 수도의 중심부를 가로질렀다. 무려 왕복 6차선의 도로가 쭉쭉 뻗어 있었다. 하지만 대개의 아프리카 도시들이 그러하듯 도시는 암흑에 가까웠다. 그 어둠은 축축한 날씨를 만나 더 짙어졌고 나는 한기에 몸을 옹송그렸다. 날씨 탓인지 초행길에 대한 초행자의 의심 때문인지 두려움이 스멀스멀 고개를 들었다. '가이드북에는 공항에서 피아사의 숙소까지 겨우 2킬로미터라는데 왜 이렇게 오래 걸릴까, 뭐가 잘못된 걸까. 일단 말이라도 걸어보자.'

"와, 그런데 택시비가 많이 올랐네요. 비싸요."

"비싼 것도 아니에요. 기름 값이 얼마나 많이 올랐다구요. 여긴 석유가 안 나요. 수단이나 뭐 이런 데서 수입해야 하죠. 그리고 다른 것보다 이런 공항 택시가 안전하지 않겠어요?"

"그, 그렇죠? 안전하겠죠?"

확답을 받고 싶어 되물었다. 거금을 털어 공항 택시를 탄 만큼 안심해도 좋다고 믿고 싶었다. 하지만 그도 초행길의 나도 확신할 수 없는 것이 안전이다.

안전이란 뭘까. 안전은 확률 싸움이요 숫자들의 신경전이다. 내 옆에서 폭발물이 터질 가능성, 내가 탄 비행기가 추락할 가능성, 강도를 만나거나 다칠 가능성, 길 위에서는 그 어떤 가능성도 0이 되거나 100이 되지 못한다. 나는 여행 내내 그 숫자들의 기 싸움에서 지지 않기 위해 애썼다. 모든 이를 믿지 않는 일도 모든 이를 믿는 일도 똑같이 힘들었다. 밤 9시 낯선 나라에 도착하면 마땅히 모든 이를 믿지 않는 여행자가 되어야 한다.

운전사의 물음에 성실히 답해가며, 개통도 되지 않은 핸드폰을 괜스레 만져가며, 잘 알지도 못하는 에티오피아에 대한 찬양을 늘어놓다 보니 택시가 멈춰 섰다. 어느 좁고 어두운 골목이었다. 뭐 이런 곳에 숙소가 있을까 싶은. 값을 치른 뒤, 막 출발하려는 기사에게 물었다. "도대체 입구는 어디죠?"

그랬다. 《론니 플래닛》에서 저예산 여행자에게 최고의 옵션이라 강추한 숙소는 컴컴했고 그 앞을 지키고 있는 정복의 사내가 아니었다면 공사 현장이라고 해도 좋을 만큼 허름한 외관이었다. 하지만 빠듯한 배낭여행자로서 나는 늘 저렴한 숙소를 골랐고 그 숙소가 한 나라의 첫 숙소라면, 으레 실망은 하게 마련이다. 자연스러운 수순이다. 훗, 게다가 나는 휴양의 섬 잔지바르에서 온 몸 아닌가.

하지만 방은, 본관의 방이 다 찼다며 보여준, 건물 밖으로 딸린, 허술한 잠금 장치가 일품인데다 밖과 온도 차이가 거의 나지 않는 방 앞에서는 실망을 감추지 못했다. 매니저는 조금만 기다리면 방을 바꿔주겠다고 했다.

'밤 10시가 넘은 시간에 무슨 수로? 됐네요.'

마음을 비우고 방을 나섰다. 에티오피아의 시작은 뭐니뭐니해도 커피지, 커피 한 잔 마시면 일이 다 잘 풀리리라. 식당 안으로 들어서니 시끌벅적, 텔레비전 조명에만 의지한 그곳은 몇몇 사람들의 열기로 훈훈했다. 맥주병을 낀 사내들은 내게도 자리를 권하며 텔레비전을 향해 소리를 지르거나 탄성을 내뱉었다.

알고 보니 그날은 가나와 우루과이의 월드컵 8강전. 오, 이것이 말로만 듣던 에티오피안들의 축구 사랑? 게다가 팀 아프리카에서 마지막으로 살아남은 가나의 경기가 아니던가! 그것도 한국 팀을 좌절시킨 우루과이와 대결이라!

아저씨들은 호구 조사를 하듯 어느 팀을 응원하느냐 물어온다.

"당연히 가나. 저도 우루과이에 대한 감정이 좋지 않거든요."

그러자 씨익 웃으며 악수를 청한다. 국적 떼고 아프리카 안에서 한 팀이 된

다. 공이 아슬아슬하게 골대를 비켜 가거나 선수들이 찬스를 놓칠 때마다 우리는 엉덩이를 들썩였고 잔을 높이 들었다. 그리고 때마침 나와준 내 생애 첫 마키아토. 한 모금 물자 달콤함과 쌉싸름함이 잔뜩 얼어 있던 위장과 마음까지 녹여주었다.

게임은 졌다. 사람들은 머리를 감쌌고 서로 어깨를 토닥였다. 그러나 그들에게 미안하게도 나는 승패하고는 상관없이 행복했다. 예감이 좋다. 겨울을 맞은 에티오피아에서의 첫날이었다.

'풀'이라고 발음하면
이제 입에 침부터 고인다.
아침으로 그만인
에티오피아식 소스와 빵.

밥은 먹고 다녀?

커피, 에이즈, 극빈의 나라로만 알려졌지만 알고 보면 에티오피아는 아프리카의 외교 중심국이다. 수도 아디스아바바에는 1958년 결성된 유엔 아프리카경제위원회UNECA의 본부가 있다. 그리고 아프리카통일기구OAU의 뒤를 이어 결성된 아프리카연합AU 역시 아디스아바바에 본부를 두고 있다. 에티오피아는 미국의 워싱턴과 벨기에의 브뤼셀 다음으로 대사관이 많은 나라라고 한다.

이런 기구들의 창설과 활동이 아디스아바바를 근거지로 뻗어 나갔다는 것은 수도로서 아디스아바바의 위상은 물론이고 아프리카에서 에티오피아의 역할 변화에도 영향을 미친 게 분명해 보였다.

그래서일까. '새로운 꽃New flower'이라는 아디스아바바의 속뜻도 왠지 잘 어울린다 싶다. 우간다의 수도 캄팔라가 발전에 대한 욕망으로 지글지글 끓었다면 아디스아바바는 이미 차가운 도시의 이미지를 갖고 있다. 도시 곳곳에 세계적인 호텔들이 들어서 있고 고급 레스토랑과 시설물이 즐비하다. 기분 탓인지 도시의 규모나 환경도 다른 아프리카 국가의 수도들과는 달라 보인다.

아침 추위는 대단했다. 아무리 수도라지만 가끔 전기가 끊기는 곳에서 난방은 사치. 가져온 옷을 모두 껴입었지만 대부분 반팔이었다. 짐 좀 줄여보겠다고 우간다에 두고 온 재킷과 긴 옷이 그리웠다. 그러게 여행할 국가의 기후 정보조차 없이 오다니, 무식에 매를 버는 거지. 추위에는 뜨끈한 음식이 제격이라 숙소를 나와 주변 탐색에 들어갔다.

다섯 걸음이나 떼었을까, 도와주겠다며 접근해 좋은 투어 상품을 소개해주겠다는 가이드부터 단지 친구가 되고 싶을 뿐이라는 청년까지, 고작 100미터 정도 걷는 동안 여러 사람을 만났다. 적절히 응대하며 식당을 찾아 떠도는데 이번에는 레게 펌을 한 청년이 옆에 바싹 붙는다. 소말리아에서 온 댄서란다.

"너 오늘 무슨 날인지 아니? 토요일이잖아. 특별한 날이라 행사가 있어. 함께 교회에 가지 않을래?

"오, 그래? 어떤 행산데?"

"음, 뭐랄까. 어쨌든 문화적인 거야. 여기까지 왔으니 문화적인 걸 체험해봐야지. 사실 난 소말리아에서 왔지만 어머니가 에티오피아 사람이라서 에티오피아 문화에도 빠삭해. 그리고 너 차트 해봤어?"

"아니. 그런데 나 오늘 좀 바빠."

"그래? 아쉽다. 그럼 내 공연에 올래? 숙소는 어디야? 핸드폰 번호는 뭐니?"

오 마이 갓. 아까부터 흔들고 있는 내 손부터 놔줄래. 악수치곤 너무 길잖아. 숙소와 핸드폰 번호는 친구가 된 뒤에 가르쳐주면 안 될까? 어쩔 수 없이 '아무도 믿지 않는 여행자' 모드로 돌아선다.

"미안해. 다음에 보자, 안녕."

목적지가 없기 때문에 목적지까지 안내해주겠다는 댄서의 청을 뿌리치고는 발길 닿는 대로 걸었다. 추위에 잔뜩 웅크린 사람들이 어디선가 쏟아져 나와 빠른 걸음으로 어디론가 향했다. 구걸하는 사람들이 거리를 메우고 이방인을 보는 낯선 시선도 다를 바 없지만 그들의 눈매에서는 삶의 고단함과 약간의 무관심이 흘러내렸다.

추운 날씨에도 도로 쪽으로 식탁을 내놓고 영업하는 식당이 많았다. 사람들은 커피 잔을 앞에 두고 신문을 읽거나 이야기에 열중이었다. 바빠 보이는 한 식당으로 들어가 아무도 보지 않는 메뉴판을 청했다. 메뉴판을 보지 않고도 현지 음식을 척척 시키려면 얼마의 시간이 더 필요할까 계산하면서.

음식의 이름은 대부분 생소했다. 이럴 때는 남들 따라 먹는 게 최고다.

"이거 맛있어요? 제가 에티오피아 음식은 처음이라."

먹고 있는 걸 손으로 가리키며 애절한 눈빛으로 묻자, 옆자리 커플은 직접 먹어보라 권하면서 "맛도 좋지만 여러 가지 맛을 한 번에 즐길 수 있어 아주 흥미로운 음식"이라며 자신만만하게 추천했다.

그건 알고 보니 '풀full'이라는, 아침 식사로 유명한 현지 음식이었다. 한국의 뚝배기 요리 같은 것으로 자그맣고 속이 깊지 않은 양은 냄비에 달걀, 고기, 콩, 요거트, 양파, 소스 등이 따끈하게 조리되어 나온다. 흔히 빵이 함께 제공되기에 든든하게 배를 채울 수 있다.

그래 첫 식사니까, 호기롭게 '스페셜' 풀을 주문했다. 입에 척 맞았다. 같이 나온 팔뚝만 한 바게트도 그동안 여행하면서 먹어본 빵 중에 최고였다. 겉은 알맞게 딱딱했고 속은 앙큼하게 부드러웠다. 고소한 빵에 적당히 매콤한 소스가 잘 어우러졌다. 따로 시킨 망고 주스는 맥주 500잔에 나왔다. 그 자리에서 갈아주는 주스에 직접 라임을 짜 넣어 마시니 부러울 게 없다.

"정말 최고네요!" 추워서 턱을 딱딱 떨면서도 커플과 주방을 향해 엄지를 들어주었다. 아마 이때부터였을 것이다. 걸핏하면 엄지손가락을 세우는 버릇이 생긴 건.

이 모든 게 20비르(1800원)였다. 어지간하면 현지 음식을 먹고, 대부분의 아프리카 음식에 매료되어온 나는 이번에도 좋은 예감에 사로잡혔다. 에티오피아에서도 굶을 일은 없겠구나!

많이 알려지지 않았지만 아디스아바바는 식도락가에게는 천국이다. 현지 음식뿐 아니라 이탈리아, 인도, 중동, 멕시코, 프랑스 등 세계 각국의 음식들을 수준급으로, 그것도 저렴한 가격에 즐길 수 있다. 《론니 플래닛》에서 "You lucky soul... eat what you choose and enjoy"라며 호들갑스럽게 소개해놓은 것도 이해가 됐다.

1 아디스아바바대학교. 2 커피 세리머니를 할 때 쓰는 도구들. 3 아디스아바바 박물관에 걸린 성화. 피부색이나 머리 모양이 현지인을 꼭 닮았다.

속이 든든하니 쌀쌀한 날씨도 참아줄만 했다. 아디스아바바대학교로 길머리를 잡았다. 대학과 재래시장, 로컬 버스. 여행 때마다 빠뜨리지 않는 이 필수 코스들은 경주의 불국사나 광주의 소쇄원만큼 나에게는 중요한 명소들이다.

아디스아바바대학교는 여느 대학처럼 낭만적이었다. 대학 밖의 세계하고는 별개로 꽃과 나무가 제 빛을 뽐내고 노천카페에 둘러앉은 학생들의 모습도 평온해 보였다.

나는 곧장 대학 안에 있는 인종 박물관으로 향했다. 마지막 황제 하일레 셀라시에Haile Selassie의 왕궁을 개조해 만든 곳인데 건물 앞 정원도 잘 꾸며놓았다. 1층의 전시 공간과 도서관을 지나 입장료를 내고 2층으로 향했다.

에티오피아에는 80개 이상의 종족이 있다. 각 종족마다 고유한 문화와 관습이 있는 건 당연한 일. 인종 박물관은 이를 보존하고 알리기 위해 마련된 곳이다. 특히 눈에 띈 것은 탄생에서 죽음까지 인간의 생애 주기에 따른 풍습들을 전시해놓은 방이었다. 출산, 어린 시절의 놀이 문화, 혼례, 전통 의술과 사냥, 전쟁, 장례 문화 등 다양한 테마가 인간의 전 생애를 관통해 녹아 있었다.

색색의 아름다운 공예품, 서판과 성상이 가득한 종교 예술품을 보면서 에티오피아에 온 것을 실감했으며, 그대로 보존된 황제의 방과 욕실에서는 그 화려함과는 반대인 쓸쓸한 한 시대의 영광을 마주했다. 전시실 한쪽에는 커피 관련 용구들이 따로 전시되어 있었는데 그 종류와 쓰임새가 다채로워 이곳에서는 커피가 오랜 역사를 지닌 민족적인 음료라는 것을 새삼 깨닫게 됐다. 버튼 하나로 간편히 즐기는 오늘날의 커피 문화는 짐작할 수조차 없었으니 말이다.

대학 정원의 빛 잘 드는 벤치에 앉아 오가는 학생들을 구경했다. 그들에게도 나는 구경거리였기에 우리는 자주 눈을 마주쳤고 그럴 때마다 미소와 눈인사를 주고받았다. 여유로운 한때였다.

학교를 나서자 거짓말처럼 저녁까지 쉬지 않고 비가 왔다. 거리는 질척였고

1 1937년 이탈리아군에게 학살된 시민들을 위무하는 탑.

2 아디스아바바에 있는 홀리 트리니티 교회.

3 에티오피아식으로 말하면 성 게오르그 성당. 즉 세인트 조지 성당이다.

구걸하는 사람들의 다리 위로 빗방울이 떨어졌다. 구두 닦는 아이들은 손이 시린지 자꾸만 비벼댔다. “헤이 마담, 신발이 더럽잖아요!” 아이들은 운동화를 신은 내게도 자꾸만 신을 닦으라 권했다. 날씨가 추울수록, 비가 내릴수록, 도시는 더욱 어두워졌다. 사람들의 어깨에 고단함이 내렸다.

문득 참을 수 없이 시미엔Simien산이 보고 싶어졌다. 어쩌면 이 모든 도시의 풍경을 뒤로하고 싶었는지도. 그것도 아니면 햇살 한 점 볼 수 없는 날씨 탓이리라.

우선 곤다르로 간 뒤 시미엔까지 내처 달려갈 심산이었다. 곤다르는 로컬 버스로 이틀이 걸리는 곳이다. 나는 처음으로 로컬의 속도를 포기하고 하루 만에 곤다르로 갈 수 있다는 미니버스 티켓을 숙소에 부탁해두었다.

종일 돌아다녔지만 결국 구하지 못한 핸드폰 심카드도 숙소 매니저를 통해 대여했다. 다른 나라에서는 쉽게 구할 수 있었는데 에티오피아에서는 따로 등록 절차를 거친 뒤에야 살 수 있었다. 대여비는 심카드를 사는 것보다 훨씬 비쌌다. 곤다르로 가는 버스표도 사전에 알아본 것보다 두 배는 비쌌다. 나는 조금 흥정을 하다 입을 다물었다. 매니저는 이것이 얼마나 합리적인 가격인가를 재차 강조했다.

침낭을 머리끝까지 쓰고 있다가 한 끼 밥값보다 비싼 요금을 충전하고 한국에 전화를 걸었다. 한국은 새벽 4시가 넘은 시간이었는데 친구들은 그때까지 술을 마시고 있었다. 한 친구가 전화를 뺏더니 물었다.

“지금 어디야?”

“에티오피아야.”

“그래? 에티오피아? 밥은 먹고 다녀?”

“그럼. 잘 먹고말고. 완전 체질이야.”

“그래, 그럼 됐어.”

“뭐야, 밥만 먹으면 다 되는 거야?”

"당연하지. 딴 건 모르겠고 밥이나 잘 챙겨 먹어."

나는 숙소가 떠나가라 웃어 젖혔다. 밥도 못 먹는 이들 앞에서 밥을 먹자니, 추위에 꼼짝없이 내몰린 이들을 보면서 마키아토 잔을 기울이자니, 나도 모르게 고단이 쌓였던 것이다.

그래, 난 밥만 잘 먹는다! 그거면 됐다.

만일 친절 경연 대회가 있다면

사막과 먼지로 덮인 아프리카만 상상한다면, 우리의 상상력 부족 혹은 편파적인 언론 보도에 길들여진 자신을 비난하게 될 것이다. 에티오피아를 밟고 난 뒤로 나는 "아프리카스럽지 않다" 또는 "기대와 다르다"는 말을 하루에 몇 번씩 하는데, 그것이 얼마나 내 무지를 드러내주는 말인지 알지 못한 채 쩍 벌어진 입을 다무느라 애쓰고 있다.

지금 7월, 이곳은 겨울이다. 정확한 기온은 모르겠지만 춥다는 말이 절로 나올 정도이고 사람들 모두 겨울 외투를 입고 있다. 겨울이면서 우기라 매일 비가 내린다. '아프리카에도 겨울이?' 이것이 첫 번째 무지였다. 자연환경 역시 놀랍다. 물론 에티오피아 전역을 둘러본 건 아니지만 먼지 낀 황무지나 말라가는 사막은 어디에서도 볼 수 없었다. 곤다르로 향하는 길, 우간다나 탄자니아와는 또 다른 매력의 에티오피아를 본다.

대도시 아디스아바바를 떠나자마자 풍경은 놀라운 속도로 바뀌었다. 건물이나 사람이 갑자기 증발해버린 것 같았다. 하지만 대부분의 시간은 마치 정지 버튼을 누른 텔레비전 화면처럼 같은 풍경 속을 느리게 흘러 통과했다. 끝도 없는 녹색 융단이 부드럽게 펼쳐져 있고 수십 수백 수천 마리의 양 떼와 소 떼, 염소 떼가 풀을 뜯었다, 아니 사이좋게 나눠 먹었다. 사유지라는 개념을 비웃을 수 있을 만큼 광활한 자연의 품 안에서 모두 넉넉히 살아가는 것처럼 보였다.

아디스아바바에서 곤다르까지, 미니버스로 하루만에!

과속 방지 턱이 없어 한껏 속도를 내는 차들이 지나간 뒤에는 고양이며 개, 가끔은 염소도 한 마리쯤 치어 죽어 속의 것을 다 내어놓은 채 아스팔트 위에서 말라가고 있었다. 곳곳에 버려진 탱크의 잔해들은, 이곳 사람들의 높은 콧대와 자존심에도 불구하고 한때 잠시나마 유럽 열강의 손아귀에서 자유로울 수 없다는 사실을 보여준다.

작고 날렵한 미니버스는 돌덩이와 동물의 시체를 피해 곡예를 하듯 커브 길을 돌았다. 맞은 편 차선의 차가 우리 쪽 차선으로 넘어오는 일, 그 반대의 일은 자주 있었다. 열 개 남짓, 조그만 오렌지 한 봉지가 겨우 400원인 것, 버스를 타야 알 수 있는 일들이 너무나도 많다.

누구나 하나쯤 가지고 있는 흰 천을 완장처럼 가슴 옆으로 두른 사내들은 앙상한 다리를 드러낸 채 한 손에는 막대기를 들고 가축들 사이를 뛰어다닌다. 그러다 발견했을 것이다, 커피 체리 역시. 유목민처럼 동물을 치며 자연 속을 누비던 어느 목동이. 자연 속에 있어야만 가능한 위대한 발견이다. 이 땅에서 나는 커피를 발견한, 지금은 이름조차 희미해져가는 그 목동에게 얼마나 고마운 마음인지 모른다.

나중에 시간이 흘러 곤다르를 떠난 뒤에야, 그제야 의문이 들었다. 나는 그 보수적인 도시에서 왜 그리 열린 마음이 되었던 걸까. 그 시작은 아마도 버스에서 만난 사람들 때문이리라.

미니버스는 새벽 3시를 반쯤 넘긴 시간, 숙소로 직접 데리러 왔다. 버스라기보다는 봉고차였다. 안은 이미 사람들로 가득 찼고 버스 지붕에는 어마어마한 양의 짐이 실려 있었다. 맨 뒷줄 안쪽 자리를 배정받아 구겨져 잠을 청했다.

아디스아바바에서 곤다르까지는 꼬박 13시간의 여정이었다. 처음에는 서먹해하던 사람들도 점점 관심과 마음을 나누기 시작했다. 어디서 왔느냐 이름이 뭐냐, 간단한 호구 조사 뒤에 반드시 따르는 질문, 에티오피아는 어떠냐. 이 모든 질문에 성실히 답변한 여행자만이 환대를 받을 수 있다! 지금은 비수기이고 나처럼 혼자 다니는 여자 외국인은 드물다 못해 아예 없다. 드물기 때문에 관심을 갖는 것만은 아니다. 여전히 여성은 여행보다는 집안일에 어울리므로, 혹은 여행은 함께 하는 것이라는 이곳 사람들의 인식 때문에 나는 언제나 관심의 대상이 되었다.

앞에 앉은 귀여운 아가씨는 먹을거리를 나눠주었고, 옆의 청년도 간식거리를 내놓았다. 잇몸이 유난히 검고 마른 여성은 중간에 정차한 어느 식당에서 짜이와 빵을 대접해주었다. 버스는 '바하르다르'라는 도시에 도착했다. 여기서 대부분 내렸다. 온몸이 찌뿌드드한데 곤다르는 아직 2시간이나 더 가야 한단다. 게다가 곤다르로 가는 사람은 나를 포함해 5명에 불과했기에 우리는 1시간여를 기다려 지프차로 갈아탔다.

사실 나는 두려웠다. 그들이 날 속이는 건 아닐까, 갈아탄다는 이야기는 들어본 적도 없는데, 모두 짜고 치는 고스톱은 아닌가, 분명 곤다르까지 간다고 하고 돈을 낸 건데, 별의별 생각이 다 들었다.

하긴 그날 새벽, 아디스아바바를 떠날 때도 그랬다. 모든 준비를 마치고 빈대가 나타날까 두려워 침대 모퉁이에 간신히 웅크린 채로 미니버스가 데리러 오기만 기다렸다. 새벽 3시에 도착한다는 버스는 30분이 지나도 오지 않았다. 돈을 떼인 건 아닌지, 나를 싣지 않고 그냥 가버린 건 아닌지 오만 생각이 다 들었다. 그새 아프리칸 타임을 잊은 거였다. 역시나 염려하던 일은 '결코' 일어나지 않았다. 이번에도 마찬가지일 테지만 모든 게 확실해질 때까지는 쉽사리 마음이 놓이지 않았다. 에티오피아를 여행한 지 고작 3일째 되는 날이었으니.

어쨌건 전전긍긍하는 내가 그들 눈에도 심란해 보였는지 함께 곤다르로 갈 엘리아스와 대갈렘은 연신 "노 프러블럼No Problem"이라며 자기들도 늘 이런 식으로 갈아타니까 너무 걱정 말란다. 그렇게 우리는 통성명을 했다.

난 에티오피아는 커피, 커피는 에티오피아로만 알고 있던 무식의 결정체. 그래서 그들에게 많이 물었고 많이 배웠다. 에티오피아는 우리와 다른 달력 체계를 갖고 있어 2010년 지금이 2002년이라는 것, 그래서 재작년 밀레니엄 행사를 가졌다는 것. 한 해의 시작은 9월이며 1년은 13개월로 되어 있고 에티오피안 타임이 따로 있어 우리가 주로 쓰는 유러피안 타임과는 6시간의 시차가 있다는 것. 따라서 해가 뜨는 새벽 6시는 이곳에서 0시이고 정오는 오전 6시라는 것. 많은 국민이 에티오피아 정교를 믿으며 따라서 솔로몬과 시바 여왕의 아들인 메넬리크 1세의 후손이라는 신화가 진리라는 것.

거기다 더 놀라운 것은 그들이 남한과 북한에 대해 꽤나 정확히 알고 있고 많은 관심을 보였다는 것이다.

"미안하지만 난 북한 사람들이 더 좋고 관심이 가요. 남한만 해도 미국문화를 추종하잖아요? 그런데 북한 사람들은 자기만의 문화를 지키려고 하고."

엘리아스가 조심스럽게 말했다. 나는 귀를 의심했다. 여행을 시작하면서부터 북한을 비꼬는 말만 여러 번 들은 참이었기에. 최근에는 만나는 사람들마다 북한과 포르투갈의 월드컵 경기를 꼭 화제에 올렸다. 그들이 하는 말은 한결같았다.

"어떻게 7골이나 먹을 수 있죠?"

내 반응이 궁금한 모양이었다. 내 대답도 한결같았다.

"본선에 올라온 것만으로도 대단하지 않나요?"

호오를 제쳐두고 이들은 남북한에 관심이 많다. 한국전 참전의 영향이 클 것이다. 좋든 싫든 그 관심이 고맙다.

곤다르는 생각보다 조그만 도시였다. 확실히 수도 아디스아바바보다는 사람들의 발걸음이 여유로웠다. 운전사에게 각자의 목적지를 일러주고 차례로 내렸다. 곧 의대를 졸업한다는 대갈렘은 아와사Awasa에 올 일이 생기면 연락하라며, 아디스아바바에서 일하다가 휴가 차 고향을 찾은 엘리아스는 곤란한 일이 생기면 어디서든 연락하라며 연락처를 쥐어주었다.

찍어둔 호텔 근처에 내렸다. 그런데 호텔 자리에는 은행이 들어서 있다. 사실 지프차에서 엘리아스가 "없어졌을지 모른다"며 귀띔해줬지만 설마 하는 생각이었다. 바로 옆의 이맘 호텔에 가서 염치불구 묻는다.

"그 호텔 3년 전인가 없어졌어요."

"설마요. 믿을 수 없군요."

설마는 무슨, 역시나다. 벌써 없어진 것도 모르고 오래된 《론니 플래닛》의 지도에 동그라미와 별표를 그려놓은 내 무신경함 때문이다. 언젠가 화를 부르리라.

게다가 내가 곤다르를 찾았을 때는 곤다르대학교의 졸업식 시즌이었다. 곤다르대학교는 명문대란다. 없어진 숙소는 그렇다 치고, 졸업생의 가족들이 전국에서 찾아온 까닭에 일대의 저렴한 숙소에는 방이 하나도 없었다. 커다란 배낭을 메고 시내를 누비자 직접 숙소를 안내해주거나 추천해주는 사람들, 짐을 들어주겠다는 사람들이 속속 나타났다. 대부분 순수한 호의를 가졌기에 나는 일곱 군데가 넘는 숙소를 둘러보면서도 힘든 줄을 몰랐다.

한 시간 만에 예산보다 조금 더 써 쿠아라 호텔의 가장 싼 방에 겨우 짐을 풀었다. 정부가 운영하다 몇 년 전 개인이 인수했다는 곳이다. 호텔에는 근사한 야외 옥상 식당이 있다. 여기서 '근사함'은 인테리어나 음식의 수준을 따지는 말이 아니다. 곤다르 시내의 중심가라 할 수 있는 호텔 앞 거리를 내려다보며, 졸업생들이 분명한 학생들과 가족들의 발그레한 얼굴을 보며, 나는 마키아토를 삼켰다.

여행을 만드는 건 역시나 '사람'이고 '새로운 만남'이다. 사실 친절은 삭막하던 아디스아바바에서부터 시작됐다. 물론 몇몇은 그 진의가 의심스러웠다. 하지만 이제 우러나온 친절과 뭔가를 바라고 베푸는 친절을 조금은 구별할 수 있게 됐다.

그래서였을 것이다. 한껏 긍정적이 되어 레스토랑에서 수줍음이 온몸에서 뚝뚝 떨어지는 한 청년이 조심스럽게 합석을 제안했을 때, 뜻밖의 말 “Why not?”이 입에서 툭 튀어나온 까닭은. 평소 같으면 정중히 사양했을 일이다. 어쨌든 갑작스런 오픈 마인드 덕분에 나는 곤다르에서 ‘절친’들을 갖게 됐다.

합석을 제안한 다섯 명의 청년들은 한국식으로 치면 불알친구. 동네에서 함께 자라며 친하게 지내온 지기들인데 두 명이 이번에 대학을 졸업해 축하 자리를 마련한 것이었다. 병원 간호사인 솔로몬, 졸업을 앞둔 지금 단체를 만들어 남을 돕고 싶다는 또 다른 솔로몬, 환경공학을 전공한 물루게타, 그리고 가게를 운영하는 두 명의 친구들. 그래서 나는 그들에게 ‘곤다르 독수리 5형제’라는 꽤나 거창한 이름을 붙여주었다.

“심심해 보이기에 이야기나 하자고 한 건데. 보통은 경계하기 마련인데 합석해줘서 고마워.”

‘심심해 보였다’고 에둘러 말했지만 아마 가족과 친구들끼리 왁자지껄한 식당에서 혼자 앉아 있던 내가 작은 섬처럼 보이진 않았을런지. 그래서 그들의 순수한 호의가 고마웠다.

통성명을 하고 한국과 에티오피아에 대해 개괄한 뒤 우리는 자신의 꿈에 대해 한참 이야기를 나눴다. 내 꿈은 실체가 없던 데 반해 그들의 꿈은 주로 ‘직업’이었다. 실체 있는, 손에 닿을 만한 꿈을 지녔기 때문일까. 짧게 자른 곱슬머리 아래로 그들의 눈이 형형히 빛났다.

곤다르 성. 마침 곤다르대학교 졸업생들의 기념 촬영이 한창이었다.

그러니까 한국의 '철수' 같은 거지, 내 친구 솔로몬

길을 나서지 않았다면 어찌 알았겠는가. 그들이 인제라를 먹고 상상할 수 없는 역사와 유적을 지녔고 축구에 열광하다 못해 자기들만의 리그를 가지고 있으며 모던 펍보다 전통 '아즈마리' 공연을 즐길 줄. 악수를 한 채 오른쪽 어깨를 서로 부딪치는 그들의 인사 방식까지도.

호텔 앞에는 '텔레카페'라는 이름의 카페가 있다. 전신전화국 앞에 있어서 이름이 그런가본데 간단한 아침 식사와 마키아토, 케이크를 즐길 수 있는 곳이다. 위치 때문인지 맛 때문인지 언제나 현지인으로 북적이기에 아침을 먹으러 들렀다. 역시나 '풀'을 시키고 마키아토도 주문했다. 다른 곳보다 살짝 큰 잔에 풍성한 거품과 코코아 가루가 뿌려져 있다.

"말도 안 돼."

여행 중에 한국말이 나오는 경우는 흔치 않다. 정말 화가 났거나 진짜 감동했거나. 그러니까 말로는 설명할 수 없이 맛있는 커피였다. 나는 일기장에 '내 생에 최고의 마키아토'라고 적어두었다. 그러나 최고 다음에는 내리막길, 그것이 인생의 섭리일진저. 그랬다. 최고의 마키아토를 마신 이후 조금씩 일들이 꼬여가기 시작했다.

파실 게비Fasil Ghebbi라 불리는 곤다르 왕궁Royal Enclosure 유적에 입장하자마자 의무적으로 가이드를 고용해 투어를 해야 한다는 청년들과 언쟁을 벌였다.

그들은 막무가내였다. 나는 듣도 보도 못한 그 새로 생겼다는 규정의 문건을 직접 보여 달라고 했고 역시나 그런 규정 따위는 없었으므로, 청년들은 "특별히 봐준다"며 그냥 들어가도 좋다고 했다. 없는 규정을 지어내는 것으로 모자라 고압적인 자세로 밀어붙인 것이 기분을 몹시 상하게 했다.

가이드를 쓰지 않은 것은 고즈넉한 시간을 보내기 위해서였다. 세월이 흘러 군데군데 상한 곳도 많았지만 아프리카에도 이런 양식의 성이 있다는 데 호기심이 일었다. 정체 모를 양식이었다. 자료를 보니 힌두, 아랍, 아프리카, 바로크 등 온갖 양식들이 혼재해 있다고 한다. 왕 한 명이 지은 게 아니라 파실라다스 황제를 시작으로 아들 요하네스, 이야수 1세 등 여러 명의 계승자들이 약 2세기에 걸쳐 증축한 것이니 어쩌면 당연한 결과다.

성채들과 터키식 목욕탕, 교회, 연회장, 사자 우리 등을 차례로 둘러보았다. 현무암으로 쌓아 올렸다는 성채들은 누렇게 바래가고 있는 듯 보였지만 어쩌면 과거의 영광스러운 시절에는 황금빛으로 빛났을지도 모른다.

파실라다스 황제는 천사의 명을 받아 곤다르를 수도로 정하고 이곳을 세웠다고 한다. 천사의 명은 무엇을 위한 것이었을까. 어찌하여 왕은 천사의 눈에 들었던 걸까. 천사의 힘을 빌어서였던지, 왕의 치정이 현명했던지, 이곳은 17~18세기 전성기를 누리며 최고의 번영을 자랑했다. 그러다 1970년대 말 유네스코 세계문화유산으로 지정되면서 지금도 많은 사람들을 불러들이고 있다.

졸업 가운을 입은 학생들이 곳곳에서 포즈를 취하고 있었다. 아내와 아이를 데리고 온 졸업생도 있었다. 축하한다는 인사를 건네자 쑥스러워하며 사진을 청했다. 나중에 알고 보니 성 안에서 졸업 기념 사진을 찍는 것은 일종의 통과의례였다.

왕은 가고 없다. 천하를 호령하던 왕가의 권세와 영광도 땅에 떨어졌다. 1킬로미터나 되는 성벽은 여전히 견고하지만 그 담은 낮아졌다. 이제 왕의 삶터는 주민들의 쉼터가 되었다. 천사의 뜻도 아마 그러했으리라.

1 곤다르의 중심가. 가운데 건물은 전신전화국.

2 곤다르에서 묵었던 쿠아라 호텔.

3 시내를 활보하는 염소와 목동.

왕궁을 나와 시내를 걷는데 껌팔이 소년들을 다시 만났다. 어제 그들과 '대화'라는 것을 나눴고 만남에 대한 선물로 풍선을 나눠줬는데 알고 보니 소년들은 풍선에는 관심조차 없었고, 반드시 오늘은 내게 껌을 팔겠다는 '의지'만이 있었던 거다. "우리 친구 아니었어?"라는 내 질문에 "그래서 몇 개 살 거야?"라는 대답이 돌아왔다.

그리고 시미엔행이 틀어졌다. 관광 안내소에 들러 이것저것 물어보니 비수기라 일행을 구하기 힘들어 혼자 종주를 해야 할 텐데 그러기에는 비용이 많이 들 것이라 했다. 직원도 혼자 가는 것은 추천하기 어렵다고 했다. 계절이 계절인지라 비는 계속 오는데 나는 아무런 장비를 갖고 있지 않았다. 침낭부터 등산화까지 모두 빌릴 수 있는 우간다와는 달리, 이곳에서는 사는 수밖에 없다고 했다.

시미엔 산을 보러 에티오피아에 왔다고 해도 과언이 아닐 정도로, 나는 태고의 신비를 간직한 시미엔을 동경해왔다. 그건 도시의 빌딩 숲 속에서 살아가며 자연과 연결된 유전자를 잃어가던 도시인의 신음 같은 것이었다. 산을 향한 맹목적인 사랑, 게다가 원시적인 아프리카의 산을 두루두루 몸에 담겠다는, 전체 여행을 통틀어 한 번도 가져본 적 없는 열망이었다.

그러나 나는 '배낭의 무게' 앞에 졌다. 아무것도 준비해오지 않았으면서도 열망 하나로 모든 것을 해결할 수 있을 것이라 자신했다. 그러나 열망은 시시한 것으로 곧 판명이 났다.

이리하여 힘이 빠진 채 솔로몬과 물루게타를 만나 저녁을 먹었다. 그들은 '랜드마크'라는 이름의 식당으로 안내했다. 둘은 내 취향을 물어가며 머리를 맞대고 의논한 끝에 음식을 결정했다. 차례로 손을 씻었고 음식이 나오는 찰나 정전이 됐다.

하지만 누구도 동요하지 않았다. 테이블마다 램프가 놓였다. 식당은 어느새 기름등불의 따스함 아래 조용한 대화로 채워졌다. '콴따 피르피르Kwanta firfir'는 말린 고기를 소스에 섞은 인제라였다. 또 채소 볶음 같은 게 인제라 위에 토핑되어 나오는 것도 있었다. 쉬로shirro를 비롯해 모든 메뉴가 인상적이었다. 내가 손을 익숙하게 쓰자 그들은 놀란 눈치였다. 공장을 이곳 곤다르에 두고 있는 다셴 맥주와 성자의 이름을 딴 세인트 조지 맥주도 맛보았다. 맥주의 맛은 굳이 품평할 것 없이 고루 좋았다.

그러고 나서 아즈마리 바로 향했다. 아즈마리는 먼 옛날의 궁정 가수라고 해석되기도 하고, 카라반들이 교역에 함께 데리고 다니던 음유 시인들을 일컫기도 한다. 오늘날 에티오피아의 대도시에 문을 연 아즈마리 바는 술을 팔면서 공연도 벌이는 현대화된 클럽이다. 그들이 벌이는 공연을 우리식으로 말하면 음악이 섞인 '만담'쯤 되려나.

붉은 조명이 켜진 실내는 어둑했고 어딜 가나 볼 수 있는 가죽 의자들이 벽을 따라 놓여 있었다. 의자 앞에 놓인 낮은 탁자에 맥주 한 병씩 올려두고 모두 박수를 치며 환호했다.

전통 의상을 갖춰 입고 북을 치는 남성, 마센코masenko라 불리는 현악기를 맨 남성, 그리고 여성이 한 팀인 모양이었다. 이들은 악기를 연주하며 어깨를 사용하는 전통 춤을 추고 손님들의 생김새부터, 정세에 이르기까지 다양한 소재를 즉흥에서 엮어 노랫말처럼 읊는다.

"웰컴 투 에티오피아"로 포문을 연 공연은 역시나 북한의 월드컵 경기 내용이 농담거리로 올라왔고 내게 어깨춤을 권하기도 했다.

"너 오렌지를 닮았구나."

뮤지션 김반장을 닮은 남자 아르마리가 처음 던진 농담이었는데, 알고 보니 내 피부색을 빗대어 한 말이었다.

어쨌든 이상한 일이었다. 하나도 알아들을 수 없는데도 신기하게 모두 웃을 때 나도 웃고 있었다.

"이왕이면 한국 돈을 가지고 싶네."

노래가 끝나갈 즈음 남자 아즈마리가 던진 농담이었다. 나는 웃으며 기념품 삼아 한국에서 가져온 동전을 내밀었다. 아즈마리 공연은 입장료가 없는 대신 공연 중간 중간 옷섶에 팁을 찔러주는 게 관례다. 하지만 그는 받지 않았다.

"그건 거지들이나 받는 거라지."

에티오피아에서는 구걸하는 사람에게만 동전을 주는 거라고 친구들이 귀띔해주었다. 무지에 따른 무례를 사과했고 막간에 솔로몬이 아즈마리에게 통역을 해준 덕에 오해를 풀었다. 귀한 배움이었다.

데브레 비르한 셀라시에 교회의 유명한 천장 벽화. 여러 표정을 한 아기 천사의 모습이 그려져 있다.

친구를 부르는 주문 'Why not?'

이튿날에는 5인방 중 가장 한가한 물루게타와 솔로몬이 가이드를 자청했다. 곤다르에서 가장 오래됐다는 데브레 비르한 셀라시에Debre Birhan Selassie 교회로 향했다. 에티오피아 교회는 어떤 모습일까, 궁금함을 잔뜩 안고서. 정원이 있고 그 가운데 네모난 교회 건물이 있었다. 으레 그렇듯 꼭대기에 십자가가 달려 있었는데 독특한 모양이었다.

신을 벗고 들어간 교회 안쪽에서 벽화를 보고 숨이 턱 막혔다. 세월을 고스란히 품은, 손을 대면 바스라질 것 같은, 하지만 그 붓놀림과 색감이 여전히 선명한 걸작들이었다. 솔로몬과 물루게타의 설명을 들으며 교회 안을 한 바퀴 돌았다.

끝으로 고개를 들었을 때, 나는 보고 말았다. 거기에는 얼굴이 검은 아기 천사들이 날개를 활짝 펴고 온 천장을 덮고 있었다. 같은 듯 하지만 미세하게 모두 다른 얼굴, 정말 천사가 있다면 저런 모습이겠지.

교회를 나와 걷고 있는데 사제가 되기 위해 공부를 한다는 소년들이 다가왔다. 불교로 치자면 동자승 같은 아이들. 솔로몬과 물루게타는 그 소년들과 '교리 문답' 시간을 가졌다. 내가 이해할 수 있는 내용은 없었지만, 서로 던지는 질문은 끊이지 않았고 그들은 꽤나 진지했다. 문득 소년들의 얼굴이 교회에서 본 아기 천사와 닮았다고 생각하던 즈음 솔로몬이 말했다.

"이 아이들은 나중에 훌륭한 성직자가 될 거야."

솔로몬과 물루게타의 얼굴에는 자부심이 피어났다. 저 멀리 교회가 보일 때

1 데브레 비르한 셀라시에 교회.

2 십자가의 모양이 독특하다.

3 교회 외벽.

부터 고개 숙여 인사를 하고 교회에서 나와서도 뒤돌아 허리를 굽히던 그들의 뒷모습이 떠올랐다. 삶의 사소한 순간에서 드러나는 그들의 신심이 나를 놀라게 한다. 난 그 어떤 신앙을 가져본 일이 없기에, 그들의 순수함이 그들이 믿는 존재에게서 나오는 건지, 믿음이라는 행위에서 나오는 건지 도저히 알아낼 길이 없었다.

소년들과 헤어져 향한 곳은 파실라다스의 목욕탕Fasil's bath. 교회와 조금 떨어진 곳에 있었기에 뚝뚝을 타고 갔다. 마차가 앞을 가로막았다. 이곳에서 마차는 더 이상 낭만이 아니다. 비웃음을 살 만한 속도지만 여전히 중요한 운송수단이라고 한다. 파실라다스의 목욕탕은 차라리 수영장에 가까웠다. 큰 풀장과 그 가운데에 작은 건물이 세워져 있었는데 공사가 한창이었다.

솔로몬이 반으로 접어 내내 들고 다니던 책(A Guide to the Intangible Treasures of Ethiopian Orthodox Tewahido Church)을 펼쳤다. 그가 소개해준 부분은 '팀캇Timkat'이라는 종교 축제에 관한 것. 그러니까 평소에는 지금처럼 비워뒀다가 팀캇 때가 되면 물을 채워놓고 축제를 치르며 성직자들의 축복이 끝나면 사람들은 앞다퉈 풀장 안으로 뛰어든다고 한다. 성직자의 축복으로 성수가 된 물을 뿌리거나 그 안에 뛰어들어 축복받길 원하기 때문이다. 그런데 텅 빈 풀장이 생각보다 깊어 보였다.

"이곳에 물을 꽉 채운다구? 이렇게 깊은데?"

물루게타가 웃으며 자신의 핸드폰에 저장해둔 사진을 보여주었다. 작년 팀캇 때 찍은 사진이라고 했다. 과연 어두운 풀장 위로 사람들의 머리가 여럿 보였다. 풀장은 사람들로 꽉 차 있었다.

"2년 전이던가, 한 학생이 여기 빠져 죽었어. 수영을 못한 거야. 이틀 뒤였나 행사가 끝나고 물을 빼는데 시체가 발견된 거야. 행사 때는 아무도 몰랐지."

축복을 받기 위해 뛰어든 곳이 무덤인 셈이었다. 이런 삶의 아이러니라니.

보수 중인 파실라다스의 목욕탕. 신년마다 큰 축제(팀캇)가 열리는 곳으로 유명하다.

"탁구 칠 줄 알아?"

친구들이 물었다. 저녁을 먹기에는 이르고 헤어지기에는 아쉬운 시간이었다.

"한 15년 전? 라켓을 쥘 줄은 알지."

그래서 우리는 곤다르에서 가장 오래됐다는 호텔 테라라로 갔다. 호텔 건물 뒤로 돌아가니 탁구와 손당구 테이블이 각각 한 대씩 놓여 있었다. 사실 초라한 공간이었다.

거기선 젊거나 나이든 남자들이 몇 시간이고 차례를 기다려 게임을 했다. 대부분의 시간을 다른 사람의 게임을 보며 응원하는 것으로 흘려보냈다. 나도 탁구 한 게임을 하고 사람들이 노는 모습을 지켜봤다.

돈이나 품이 많이 드는 것도, 도박처럼 위험한 것도 없었다. 어슬렁거리다 시간이 나면 잠깐 들러 안부를 묻고, 시간이 더 나면 손당구나 탁구 한 게임이었다. 한 게임 이상 치기도 어려웠다. 테이블은 오직 한 대뿐이었기에.

서서히 오후 해가 탁구대에 비키었다. 누구는 이기고 누구는 졌다. 호텔 관리인이 차와 커피를 내왔다. 이긴 사람도 진 사람도 예의 어깨 인사를 나누며 웃었다. 문득 나는 이곳을 많이 그리워하리라, 마음 깊은 곳에서 울리는 소리를 들었다. 그 자리에 서서 그 자리를 그리워하는 일은 그 사람을 만나면서 그 사람을 그리워하는 것만큼이나 여행에서는 아주 흔한 일이었다.

바쁜 하루였다. 네가 이겼네 내가 이겼네 하다가 솔로몬이 저녁을 사기로 했다. 우리는 응당 먹기 전에 손을 씻었고, 먹고 난 뒤에도 손을 씻었다. 따로 달라고 하면 포크 따위를 가져다주지만 인제라는 뭐니뭐니해도 손으로 먹어야 제 맛. 단점이라면 인제라와 소스에 기름기가 많아 먹고 난 뒤에도 꼭 손을 씻어야 한다는 것. 귀찮지 않을 수 없다. 차를 마시며 물루게타가 얘기 하나를 들려줬다.

"어떤 외국인 남자가 에티오피아에 왔어. 친구가 생겨 함께 밥을 먹었대. 먹

곤다르에서 가장 오래 됐다는 테라라 호텔에서 손당구와 탁구를 즐기는 친구들.

기 전에 손 씻는 건 이곳 문화니까 그러려니 했는데 친구가 먹고 난 뒤에도 손을 씻으라고 한 거야. 그래서 그 외국인 남자가 그랬대. '괜찮아요. 배불러요. 더는 못 먹겠어요'라고. 그 남자는 손을 씻고 또 먹으라는 뜻으로 해석한 거야. 그만큼 낯선 거겠지, 손으로 먹는 문화는."

"하지만 편한걸. 나는 한국에 돌아가면 젓가락 쓰는 법을 다시 배워야 할지도 몰라."

내 너스레에 모두 웃었다.

식당은 높은 건물의 옥상에 있었고 곤다르 성 앞의 공터가 내려다보였다. 큰 스크린을 설치해 축구를 보여주고 있었지만, 우리 중 누구도 화면에 집중하지 않았다.

한참을 낄낄거리다 솔로몬이 웃음기를 거두더니 9살 난 아들이 있다고 털어놓았다. 의외의 말이라 놀라서 물어보니 생물학적 아들이 아니라 길에서 죽어가는 갓난쟁이를 데려다 가족들이 함께 돌보고 있단다. 아이는 자신을 아빠라고 부르지만 법적으로는 자신의 어머니 아들로 되어 있고, 누가 물으면 아들이라고 답할 수도 없는 상황이라 갑갑하다며 지갑 속에서 조심스레 아이의 사진을 꺼내 보여주었다.

솔로몬이 하는 말이 모두 진실인지 알 수 없다. 고작 이틀, 이곳저곳을 함께 둘러본 것이 전부인 인연이다. 하지만 사진을 보여주는 얼굴에서 묻어나던 묘한 감정들, 이를테면 자랑스러움과 안쓰러움, 약간의 부담과 사랑이 엉켜 있던 얼굴은 좀체 지워지지 않았다.

솔로몬의 말을 들으니 새삼 많은 사람들이 그에게 도움을 요청한 일이 떠올랐다. 길에서 만난 어떤 소년은 고향으로 돌아갈 차비가 없다고 했다. 또 어떤 청년은 어제 출옥해서 먹을 걸 살 돈이 없다고 했다. 그리고 단순히 돈이 필요하다는 할머니까지 모두 솔로몬에게만 접근했다.

솔로몬은 때때로 잘 타일러 돌려보내려고 해봤지만 모두 실패하고, 대체로

기꺼이 모든 사람에게 적선했다. 이곳에서 구걸하고 적선하는 일은 아주 흔하기에 나는 눈여겨보지 않았다. 그들이 솔로몬에게 어떤 빛을 발견한 것인지, 외국인과 함께 다녀 부유해 보인 것인지 나는 결코 알 수 없을 것이고 알고 싶지도 않았다.

어쨌든 솔로몬의 말이 모두 진실이라면 쉬운 일은 아닐 것이다. 그래서였을까. 어떤 대화 끝에 솔로몬이 선언하듯 말했다.

"이 세계는 관찰자observer가 아니라 행동하는 사람doer에게 유리한 세계가 되어가고 있는 것 같아. 그래서 나도 노력 중이야."

"일리 있어. 나도 관찰자에 가까운 편이라 아주 불리하지."

우리는 마주 보고 웃었다. 그것은 체념에 가까운 웃음이었던가, 세상을 향한 객기 어린 비웃음이었던가. 솔로몬이 노력 중이라는 건 그 세계에서 살아남기 위해서였던가 그 세계를 극복하기 위해서였던가. 아무것도 기억나지 않지만 하나 확실한 건 우리들은 결국 친구가 되었다는 것.

아주 작은 것조차 교집합이 될 만한 것은 없었다. 단지 서로의 인생에서 '찰나'에 가까운 약간의 시간을 공유했으며 그것을 통해 어떤 식으로든 소통했고 또 그 추억이 서로의 인생에 아주 조금의 물결을 일으켰다는 것, 그것뿐이었다.

어쨌거나 나는 몇만 리 떨어진 에티오피아에 한국식으로 말하면 '철수'에 해당하는, 흔해 빠진 '솔로몬'이라는 이름을 가진 '절친'이 한 명 있다. 그리고 피부색은 다르지만 한 동네에서 함께 자란 것 같다며 나를 '시스터'라 불러주는 '물루게타'라는 동생이 한 명 있다. 이들을 만난 뒤 나는 내 여행의 화두가 'Why not?'이 되어야 한다고 느꼈다. 그 한마디로 시작된 인연이었기에.

다음 날 나는 곤다르를 떠났다. 예정된 이별이었지만 예상치 못한 서운함이 밀려왔다.

굿바이 마이 프렌드, 굿바이 마이 브라더.

이방인에게 호기심 넘치는 아이들.

'삐끼의 왕국'에서 만난 이단아

시미엔을 포기한 뒤 악숨Axum을 두고 오래 고민했다. 제국의 수도, 고대 도시, 신화가 시작된 에티오피아의 근원, 그곳에 가면 에티오피아의 모든 것을 이해할 수 있을 것만 같았다. 그런데 마음은 자꾸 다른 곳을 향했다. 어차피 시미엔 때문에라도 에티오피아를 다시 찾으리라, 아쉬움을 들키지 않으려 이를 앙다물었다. 일종의 다짐이었다. 그러니 악숨은 그때 다시 찾으면 될 것이다.

그 다짐이 현실이 될지 핑계가 될지는 두고 볼 일이다. 실은 에티오피아 역사 공부는 곤다르면 됐다 싶었고 다른 사람들을 만나고 싶었다. 나는 다시 길머리를 아래로 잡았다.

로컬의 속도로 가겠다는 생각이 때로는 얼마나 어리석은 것인지 바하르다르로 향하는 이번 여정에서 절절히 느끼는 중이다. 13비르(1000원) 아끼겠다고 이러고 있다. '로컬 밀착형 여행'을 고집해왔건만 나는 여전히 '가격 대비'라는 자본주의에서 자유롭지 못하다.

바하르다르로 가는 미니버스, 그중에서도 가장 싸고 보편적인 것을 타려면 터미널로 가야 한다. 나는 숙소에서 터미널로 가는 비용까지는 계산에 넣지 못했다. 어쨌든 모든 것을 따지면 숙소 근처에서 출발하는 미니버스를 타는 게 옳았다.

뼛속까지 자본주의자였던 나는 습성을 버리지 못하고 무언가를 열심히 따지거나 계산했지만, 여행을 시작한 지 얼마 안 되어 우스운 꼴이 되고 말았다. 따

골목길을 거닐다 보면 분홍 천막이 쳐진 가게들을 볼 수 있는데, 관광객을 상대로 커피 세리머니를 하는 곳이다.

지되 이득을 취하지 못하고, 어느새 무엇이 이득인지 알지 못하게 됐으며, 이득을 취해봤자 정말 그게 이득인지 확신이 서지 않았고, 이득을 취하는 일이 귀찮기까지 한 것이었다.

운전사는 도시를 벗어나기 전에 장을 보느라 바빴다. 어쩌면 사랑스런 아내가 특별히 부탁했을지도 모를 일이다. 빵을 사고 이름 모를 풀떼기를 사느라 이리저리 들른다. 버스 안 그 누구도 불평 한마디 하지 않았다. '민족성'이랄 것까지는 없겠지만 그들은 대체로 점잖고 수더분하다. '좋은 게 좋은 것'이라는 생각이, 종교 아래 다듬어진 정갈함이, 그들을 지배하는지도 몰랐다. 그래서 나도 조금은, 쫀쫀하고 깐깐하게 사는 법을 잊고 이들을 닮아갈 수 있을지도 모른다는 생각이 들자 없던 기운이 다시 솟았다.

보리 따위의 곡식을 튀긴 뻥튀기를 나눠 먹느라, 풍경을 보느라, 멀미를 다스리느라, 모두 바빴다. 승객들은 호기심 가득한 눈을 하고 뭔가를 물어보고 싶어했지만 말이 통하지 않아 그저 웃었다. 그중 젊은 아빠가 느리고 조심스런 영어로 또박또박 물어왔다.

"가라데 알아요?"

"네, 알아요. 하지만 우리나라에서는 태권도를 하죠."

"응? 태권도?"

"네. 태권도 알아요?"

"태권도, 태권도."

그는 내가 태권도를 할 수 있다는 말로 이해한 듯 했다. 나를 손가락으로 가리키며 주변 사람들과 몇 마디 나누더니 모두 "와" 하고 웃었다. 가라데인지 태권도인지 주먹을 들고 뭔가를 보여준다. 내가 고개를 끄덕이며 주먹을 앞으로 곧게 뻗자 다시 "와" 하며 엄지손가락을 치켜들었다. 가라데가 아니라 태권도라고 몇 번을 일러준 뒤에야 차 안은 잠잠해졌다.

드물게 날이 좋았다. 차도 드물고 사람도 드문 지루한 초원 끝에 자그마한 마을이 거짓말처럼 등장했다가 사라졌다. 그리고 다시 초원. 10의 초원과 1의 마을이 계속 반복됐다. 차는 거칠 것 없이 달렸다.

양들은 뜨끈한 바위 위에 한 자리씩 차지하고 앉았는데 어린 목동은 이리저리 뛰었다. 긴 나무 막대기 하나만 차지하면 목동의 기본 소양은 절로 갖추어졌다. 때로는 말처럼 빠르게 뛰어야 하는 날렵함, 자식 같은 가축의 앙상한 갈비뼈에 작대기를 갖다 대는 냉정함, 이것이 목동의 다음 소양이었다.

곤다르에서 겨우 180킬로미터 정도 떨어져 있다는 바하르다르는 3시간 30분 만에야 모습을 드러냈다. 바하르다르는 에티오피아에서 가장 큰 타나 호수를 끼고 있는 작은 관광 도시다. 사람들은 주로 타나 호수의 수도원들과 블루 나일Blue Nile의 기원을 보러 이곳에 온다.

두어 사람의 호객을 물리치고 우선 바하르다르 호텔에 가보기로 했다. 가운데 마당에 레스토랑을 낀, 전형적인 'ㄷ'자 혹은 'ㅁ'자 모양의 로컬 숙소였다. 빛이 들지 않고 레스토랑 때문에 시끄러울 게 뻔했지만 시설이든 분위기든 이전에 들른 호텔과 비교할 수는 없었다. 가격이 절반이었다.

짐을 내려놓고 한숨 돌리기 무섭게 누군가 문을 노크했다. 여행 중에는 드문 일이라 조심스레 문을 열었더니 이를 드러내고 크게 웃는 한 청년이 서 있다. 그는 자신을 '사장 아들'이라 소개했다.

"이 호텔에 묵는 사람들은 꼭 우리 투어에 참가해야만 해요. 그래서 방 값이 싼 거죠. 정말 다양한 투어가 있어요. 언제 할래요?"

"아, 그래요? 한번 들어보죠 뭐."

블루 나일 투어, 타나 호수 수도원 투어, 개별 투어, 단체 투어, 그는 각 투어에 얼마나 멋진 차량과 보트가 제공되는지, 투어 장소가 얼마나 아름다운지 설명했고, 나는 귀를 기울였다.

"음, 좋네요. 그런데 가격은 어떻게 되죠? 보트 트립이요."

그는 '뷰티풀'이라는 듣기 좋은 말과 '영어를 잘한다'는 감탄을 섞어가며 내게 보트 트립의 가격을 제시했다. 터무니없었다. 그러나 내 표정을 살피던 그는 '사장의 아들이기에', '너는 특별하기에' 값을 깎아주겠다고 호기롭게 말했고, 최종적으로 제시한 가격은 처음 제시한 가격의 4분의 1이 되어 있었다. 당연한 수순이었다. 나쁘지 않은 가격이지만 조금 더 알아볼 요량으로 "조금 생각해본 뒤에 결정하겠다"며 물러났다. 그러자 그는 커피 세리머니를 보러 가자고 졸랐다. 또 자기가 사는 것이니 "노 프러블럼"이라며 대낮부터 맥주를 권했다.

배도 고팠고 도시도 둘러보고 싶었기에 거절한 뒤 숙소를 나섰다. 5분이나 걸었을까, 누가 아는 척을 했다. 나를 곤다르에서 봤다며 친구가 되고 싶으니 전화번호를 알려 달라고 했다. 그리고 덧붙인 말은 이랬다.

"난 이곳에 살지 않아요. 미국에 사는데 잠깐 휴가 나온 거에요. 이 펜션 주인이 제 삼촌이에요."

다음으로 만난 청년은 가업으로 여행사를 하고 있으며 자신이 직접 가이드를 한다고 했다. 네 배나 비싼 투어 가격을 부르며 하는 말.

"오해하지 말아요. 난 단지 당신을 돕고 싶을 뿐이니까."

그리고 길지 않은 시간 동안 어느 호텔의 사장 아들이라는 사람을 아마 넷은 만났을 것이다.

"당신이 사장 아들이에요? 나는 이미 그 호텔 사장 아들이라는 사람을 만났는데."

그러면 그들은 펄쩍 뛰며 누가 자기를 사칭하고 다니는 게 틀림없다고 했다. 자신이 진짜라며. '사장 아들' 레퍼토리는 아마 경계하는 외국인들에게 다가가기 위해 생각해낸 그들 나름의 자구책으로 보였다. 그들은 한결같이 잘 차려입었고 전화번호를 물었으며 절대 사심이 없고 비즈니스를 모르며 그저 친구가 되고 싶을 뿐이라고 주장했다.

나는 누가 누구의 아들인지, 사장의 아들인지 옥수수팔이의 손자인지 전혀 관심이 없었기에, 게다가 누가 진짜인지 가짜인지는 신도 모른다는 신념 하나로, 그저 어깨를 한 번 으쓱해 보였을 뿐이다.

그러다 '삐끼의 왕국'에서 '솔로몬'을 만났다. 그는 그 왕국의 이단아였다. 청바지에 티셔츠만 하나 걸친 채였다. 경계심이 많은 사람이라면 그를 조금 어리지만 사리에 밝은 동네 애송이로 보았을 것이다. 그러나 그가 애초에 제시한 가격은 다른 사람이 부른 가격과 비교할 수도 없었다. 가격은 올라가거나 내려가지 않았다. 단지 투어에 참가하는 사람이 8명 이상이면 자신이 부른 가격에서 3분의 2만 받겠다고 했다. 모든 게 합당했고 신뢰를 주었다. 그는 진정 자신만의 왕국을 갖기에 충분했다. 이름마저 '솔로몬' 아닌가!

낯선 도시의 거리를 조금 산책했을 뿐인데 호텔왕의 아들을 넷이나 만났다. 나는 조금 피곤해졌다.

삐끼에 대처하는 방법, 이란 게 있다면 아마 적절히 무관심한 태도를 보여주는 걸 거다. 조금의 여지를 주면 나는 그들의 고객이 되어야만 한다. 명백히 눈에 보이는 목적을 가진 자들이 환대의 탈을 쓰고, 특히나 그들이 젊은 청년들일 때면, 쉽사리 마음을 열 수만은 없다. 우습게도 생각해보면 모든 게 당연하다. 관광지의 비즈니스란 이렇듯 팍팍하고 허투루 볼 수 없는 생존 게임이다. 거기에 일일이 열 내고 답답해할 필요가 전혀 없다.

왜 없겠는가. 어쩌면 그들 중에도 분명 괜찮은 친구가 있었을 텐데, 비수기인 지금 삐끼는 너무 많고 관광객은 적다. 유일한 문제라면 나는 모든 삐끼의 고객이 될 수 없다는 것, 친구가 되기에 그들은 너무 바쁘다는 것.

카페 'CLOUD 9', 천국에 없는 단 하나의 그것

숙소를 옮기기로 했다. 오래된 가이드북에는 정보가 넉넉하지 않았다. 옆방의 네덜란드 청년에게 잠깐 가이드북을 빌렸다. 방을 옮길 생각이라고 하니 깜짝 놀라며 묻는다.

"너에게는 이곳이 충분하지 않아?"

"그런 건 아니고, 다른 곳에서도 묵어보고 싶어서."

"그렇구나. 우린 이 정도면 충분한데."

"그럼 충분하지. 그래도 분명 가이드북에 없는 새로운 숙소가 많이 생겼을 거야."

갑자기 내가 까탈스러운 동양인 여행자가 된 기분이었다. 그러나 지금 묵는 숙소의 레스토랑은 영업 시간이 길었다. 내 방 코앞에도 서너 개의 테이블이 있었다. 사람들은 밤새도록 마셔댔다. 음악이 그치지 않았고 새벽 일찍부터 빈 병 치우는 소리가 요란했다.

펜션이라는 이름이 붙은 건물이 많았다. 1달러를 더 주고 온수와 텔레비전이 있는 방을 얻었다. 4층이었기에 빛이 들었고 창이 컸다. 펜션은 현지인 가족 관광객이나 출장 나온 사람들로 붐볐고, 1층에 '클라우드 나인'이라는 카페를 끼고 있었다. 가게 이름대로라면 '더할 나위 없이 행복한' 카페가 틀림없었다.

카페로 들어가 평소대로 마키아토를 주문했다. 케이크 진열대 안에서 단물을 빨아 먹고 있는 파리와 숫자가 큼지막한 시계와 벽 장식, 나를 흘끔거리는 사람들을 살피며 한 모금씩 천천히 음미했다. 아저씨 두 명이 들어와 눈짓으로 양해를 구하며 나와 같은 테이블에 앉았다. 갑자기 쏟아진 비 때문인지 카페는 만석이었다.

한국에서 왔다고 하니 한 아저씨가 유창한 영어로 다짜고짜 묻는다.

"우리가 도와준 거 알아요?"

"아, 한국전쟁이요? 들었어요. 사실 이곳에 오기 전엔 몰랐어요. 터키에 대해서만 들어봤거든요."

"돌아가면 찾아봐요. 중요한 역사니까."

뜨끔했다. 하지만 그 말에 질책은 담겨 있지 않았다. 그는 또 물었다.

"암하릭Amharic을 할 줄 아나요?"

에티오피아 말을 할 수 있느냐고 묻는 거였다. 못 한다고 대답하는 얼굴이 괜스레 후끈했다. 그동안 여행하면서 그 누구도 자기 나라의 말을 할 수 있느냐고 묻지 않았다. 몇 마디 현지어를 하는 외국인을 신기하게 바라볼 뿐, 관광객도 현지인도 '영어'로 의사소통하는 것을 당연하게 생각하면서 그 이상을 바라지는 않았던 것이다.

하지만 아저씨는 냉정하게 말해 지금 아프리카의 한 빈국, 커피 빼고는 익숙하지도 않은 나라의 말을 할 수 있느냐고 묻는 거였다. 실은 이 아저씨뿐만이 아니었다. 많은 사람들이 내게 물었다. 종교가 무엇이고 현지어를 할 줄 아느냐고. 이들은 얄팍한 몇 마디의 생활어로 친근하게 다가가려는 내 전략 따위는 다 알고 있다는 듯, 더 깊은 무언가를 기대했다. 이런 기대 뒤에는 자기 문화에 대한 자부심이 깔려 있다는 것을 나는 안다. 에티오피아에 와서 가장 많이 들은 말이 "우린 달라요We are different"가 아닐런지.

아저씨도 그랬다. 시종 자부심이 꽉꽉 들어찬 목소리로 에티오피아의 기원과 역사와 종교와 문화에 대해 오랫동안 설명했고 나는 차분히 들었다. 긴 대화 끝에 아저씨가 마지막 질문을 던졌다.

"다른 아프리카 국가들은 여행해봤나요?"

"우간다와 탄자니아를 거쳐 이곳에 왔어요."

"그 나라들은 자기들 말과 글을 가지고 있던가요?"

"말은 있지만 고유의 글은 없었어요. 알파벳을 빌려 표기한 글을 가지고 있었지요."

"거기서 뭘 봤나요?"

"사람도 보고 색다른 자연도 봤지요."

"우리 에티오피아는 달라요. 다른 아프리카 나라에 가면 대부분 자연 관광을 할 뿐이죠. 문화 관광이나 역사 관광, 생태 관광 모두 가능한 곳은 아프리카에서 에티오피아밖에 없다니까요."

그는 작은 마을에 사는 촌부였다. 메모해두지 않아 그의 직업도 이름도 나이도 곧 잊었다. 자신의 문화와 역사에 대한 그의 지식은 해박했고 영어로 설명하는 솜씨도 탁월했다. 그는 내게 가르침과 자극과 환대를 선물했고, 그의 친구는 내게 마키아토를 대접했다.

클라우드 나인에 없는 건 없었다. 맛있는 커피와 적절히 부드러운 케이크와 따뜻하게 흐르는 시간, 낯선 이에 대한 적절한 호기심과 이방인에게 너그럽고 대화를 즐기는 사람들이, 그곳에 있었다.

클라우드 나인이 단골 카페가 된 것은 두말할 나위가 없다. 구름 끼고 비가 내릴 때면, 투어를 마치고 돌아와서, 잠자리에 들기 전에, 뜬금없는 외로움에 속이 서늘할 때, 나는 하루에 몇 번이고 그곳을 찾았다.

1 타나 호수에는 37개의 섬이 있다. 배를 타고 바하르다르로 나오는 섬 사람들.

2 타나 호수 보트 트립은 각 섬에 흩어져 있는 수도원을 둘러보는 것이다.

3 관광객들이 수도원을 둘러보고 나오기를 기다리는 뱃사공.

4 어느 수도원에서 발견한 성화. 색감을 보니 그린 지 얼마 되지 않은 것 같다.

미소가
얼굴인지
얼굴이 미소인지

길거리에서 좀처럼 보지 못하던 모든 외국인이 거기 있었다. 타나 호수 보트 트립에 나선 길, 조그만 모터보트에 올라탄 우리는 모두 여덟이었다.

타나 호수는 에티오피아에서 가장 넓은 호수다. 37개에 달하는 섬이 드넓은 호수에 씨앗처럼 흩뿌려져 있다. 이 섬에는 각기 다른 역사와 배경을 지닌 수도원이 있다. 그 수도원들을 찾아 나선 참이었다. 그러나 우리는 오래지 않아 실망이란 것을 했다. 하지 않으려고 해도 여행에는 언제나 기대가 따른다. 어딘가에서 보고 들은 내용을 직접 가서 보고 비교한다. 평가 끝에 만족과 불만족이 갈린다.

그러니까 우리의 기대란, 《론니 플래닛》에 설명된 대로 여러 수도원들이 신비스런 고유의 분위기를 풍기며 오래된 수도원에 그려진 벽화가 세월 따라 자연스럽게 바래져가는 모습이었다.

하지만 단지 무시하고 싶었던 것일 뿐 그곳은 '당연히' 관광지였다. 각 수도원에 들어갈 때마다 보트 트립 비용 말고 따로 입장료를 내야 했고, 반강제적으로 그 수도원만의 가이드를 써야 했으며 각자 가고 싶어하는 수도원이 달랐기에 의견을 모아야 했고, 그것을 다시 가이드와 합의해야 했다. 게다가 오래되고 유명한 수도원 중에 여자가 들어갈 수 있는 곳은 거의 없었다.

이런 과정 끝에 나는 첫 투어가 마지막이 될 것이라는 걸 직감했다. 칠한 지 얼마 되지 않은 게 분명한, 화투 패의 화려함과 맞먹는 수도원의 벽화들에서 아무런 감흥도 느끼지 못하고 돌아섰을 때였다.

오히려 함께 배를 탄 사람들이 들려주는 이야기가 흥미로웠다. 미국에서 살다가 휴가를 왔다는 에티오-아메리칸(들은 대로라면 에티오피아계 미국인을 가리킨다. 그런데 사람들은 굳이 미국에 살지 않아도 부자인 현지인들이라면 누구에게나 '에티오-아메리칸'이라는 호칭을 붙였다. 그들에게는 새로운 '계급'의 의미로 받아들여지고 있었다) 커플을 빼고는 모두 외국인들로 약속이나 한 듯 직업은 교사였다.

벨기에에서 온 에릭과 케이티 부부는 방학마다 여행을 하는데 안 가본 곳이 없을 정도였다. 그들은 자녀를 두지 않아 조카들과 직접 트럭을 몰고 지난 해 사하라 사막 오버랜드 트럭킹 투어를 했는데, 예순을 훌쩍 넘긴 에릭이 오직 그 여행만을 위해 자동차 수리 기술을 배웠다고 한다. 타이어를 교체하는 시간을 단축하기 위해 매일 초를 재가며 연습을 했다는 열정이 대단했다. 스페인에서 온 크리스티나와 남자친구 역시 두 달간의 방학을 이용해 에티오피아를 찾았다. 그들이 들려준 중국 여행기는 농담인 게 나을 뻔했다.

"국경에서였어요. 출입국 관리소 직원이었나 경찰이었나 잘 모르겠지만 《론니 플래닛》을 빼앗아가는 거에요. 그 이유가 뭔 줄 알아요? 《론니 플래닛》 지도에 타이완과 중국이 다른 색으로 칠해져 있었거든요. 같은 나라인데 왜 다른 색으로 되어 있느냐는 거죠. 환장할 노릇이죠. 내가 책을 만든 것도 아니고. 그 페이지만 찢어가는 게 아니라 아예 책을 뺏어버리더라구요. 홍콩에 가서 다시 책을 살 수 있었죠. 안 그래도 말도 잘 안 통하는 곳에서 얼마나 힘들었던지. 중국에는 정말이지 영어를 할 수 있는 사람이 없더군요. 정부 통제도 너무 심하고. 놀라웠어요."

그들의 첫 아시아 여행은 그렇게 끝이 났다고 했다. 그 와중에 나는 일본, 중국과는 다른 한국만의 무언가에 대해 설명하느라 애를 썼다.

오랜 대화 끝에 우리가 알아낸 한 가지 사실은 보트 트립 비용을 모두 다르게 냈다는 거였다. 미국인 샘은 "늘 미국인이 많은 돈을 낸다"며 투덜댔다. 각기 다른 기대를 가지고 배에 오른 여러 국적의 외국인들은 여행의 즐거움도 나눴지만, 그것보다는 차이에 따른 불편함, 기대와는 다른 아쉬움에 대해 더 목소리를 키웠다. 현지인 커플은 다 이해한다는 얼굴로, 하지만 곤혹스러움인지 지겨움인지 모를 표정을 하고 묵묵히 우리 이야기를 들었다.

우리는 수도원 세 곳을 들렀다. 호숫물을 일렁이는 바람은 조금씩 세졌고 파피루스 배를 젓는 사공의 빠른 움직임에도 배는 아슬아슬하게 우리 옆을 비켜 앞으로 나아갔다. 여전히, 종이로 만든 저 배가 중요한 운송 수단이었다.

투어를 제외한 나머지 시간에는 도시를 어슬렁거렸다. 대부분의 시간을 그냥 있었다. 한국이라면 이런 식의 시간 낭비, 즉 '아무것도 하지 않는 상태'는 엄청난 비난을 살 거라는 데 생각이 미쳤다. 그러나 시간이 돈으로 환산되지 않는 곳에서 시간은 써도 써도 줄지 않는 지겨운 무언가였다.

힘이 나면 카페에 가서 죽치거나 밀린 일기를 썼다. 전혀 바쁘지 않은데도 왜 일기가 밀리는지 이해할 수 없었지만 늘 쓰고 싶은 것이, 써야만 하는 일들이 생겼다. 아무것도 하지 않는데 쓸 게 많다는 것도 이해되지 않았다. 끼니 때면 현지인들밖에 없는 식당에서 천천히 음식을 씹었다. 하루에 몇 번이고 삐끼들을 만나 그들을 떼어내느라 애를 썼다. 며칠째 이 작은 도시에 머무르고 있는데도 그들의 집요함은 조금도 줄어들지 않았다.

어떤 삐끼가 아첨했다.

"너는 다른 냉정한 여행객들과는 달라. 웃는 인상이야. 그래서 너를 보면 기분이 좋아져. 좋은 사람 같아."

하필 이 말 뒤에 따라온 말이 "그래서 깎아주겠다는 거야"였다. 나는 그 말을 "쉬워 보인다"로 해석하고는 입을 닫았다. 그 뒤 나는 쉽게 웃지 않게 됐다. 그리고 '나'라는 세계를 둘러싼 껍질이 달팽이의 그것처럼 얇다는 것, 그런데 그게 세상의 전부인 양 내 자신을 지켜줄 튼튼한 성벽이라도 되는 양, 깨고 나오지 못한 채 천천히 움직이고 있는 나를 발견하게 됐다.

떠나야 할 때라는 생각이 들었다. 하지만 그 전에 마지막으로 블루 나일을 보고 싶었다. 그것이 정말 나일 강의 기원인지 아닌지는 중요하지 않았다. 어딘가로 흐르기 위해 꿈틀거리는 거대한 물방울들의 집합체, 그것들의 몸부림, 말로 설명할 수 없을 에너지 따위를 보고 싶었을 뿐이다.

그리하여 블루 나일 폭포로 향하는 길이었다. 가이드북에 소개된 것처럼 시내를 벗어나자마자 울퉁불퉁한 자갈길이 이어졌다. 잔뜩 찌푸리고 있던 나는 미간에 더 힘을 주고는 팔짱을 끼고 차가 흔들리는 대로 이리저리 튀어 올랐다. 반항기의 십대 소녀처럼 '쳇, 흔들려보라지, 손잡이 따위 붙잡을 줄 알고' 하는 심정으로.

곧 비가 시작됐다. 그런데 비를 맞으며 저기 10여 미터쯤 앞에 누군가 서 있다. 손을 들고 있기에 차를 세우려는 건 줄 알았다. 그런데 손에 뭔가 들고 있다. 10개 남짓, 몇은 약간 시들어 보이고 몇은 멍든, 얇디얇은 비닐봉지 안에 든 구아바를 차창 안으로 내미는 것이었다.

머리에 뒤집어쓴 전통 스카프 때문에 소녀인지 소년인지 분간조차 되지 않았는데, 아이가 내미는 손을 따라 구아바 봉지를 지나 얼굴에 눈길이 가닿자마자 나는 그만 눈시울을 붉혔다. 그건 미소 때문이었다. 얼굴이 미소인지 미소가 얼굴인지 분간되지 않을 정도로, 찌푸린 날씨 따위 아무것도 아니라는 듯, 아이는 환하디 환한 얼굴을 하고 있었다.

뒷자리 남성이 그 구아바를 샀다. 아이는 200원이 채 못 되는 돈을 벌었다. 봉지를 건넬 때부터 짓던 미소는 돈을 받고난 뒤에도 더 커지거나 작아지지 않은 채 맑고 고운 처음 것 그대로였다. 나는 그 미소 한 방에 모든 앙금과 실망과 짜증이 녹아내려 뱃속 저 밑부터 상쾌해지는 걸 느꼈다.

빗기는 빗방울에도, 눅눅하고 찬 날씨에도, 아이의 미소는 쉽게 찌푸려질 줄 몰랐다. 내가 얼마나 욕심 많은 인간인가, 베풀 줄 모르는 인간인가, 만족할 줄 모르고 거만한, 허울뿐인, 젠 체하는 인간인가를 깨닫고 그만 고개를 푹 떨궜다.

봉고는 계속 달렸다. 흰 말이 주인도 없이 묶여 있는 걸 봤다. 검은 말이 주인도 없이 오던 길을 되돌아갔다.

"검은 말은 흰 말에게 가는 게 분명해."

나는 잘 알지 못하는 일에 쉽게 확신을 했다. 한 목동은 젖은 바위 위에 앉아 지루하다는 듯 시계추처럼 손을 흔들었고, 또 다른 목동과 그의 아버지를 행렬의 맨 뒤에 둔 채 앞장선 소는 제 알아서 집을 찾아 터벅터벅 잘도 걸었다.

지켜야 할 것이 무엇일까 의심하게 만들 만큼 나무 뼈대가 앙상한 초원 위의 흙집과 나무집들은 문이나 창문만큼은 철로 된 것을 가졌다. 그 부조화의 아름다움이 눈길을 끌었다. 마음만 먹으면 쓰러트릴 수 있을 것 같은 집에 하늘색 철문과 자물쇠라. 철문의 다양한 색깔 덕에 집은 단조로움을 벗었다. 어쩌면 그들이 바라는 건 기능이 아니라 장식일지 모른다는 생각이 들었다.

들은 대로 폭포는 장관이었다. 나일 강은 블루 나일과 화이트 나일이라는 두 발원지를 갖고 있다고 한다. 화이트 나일은 잘 알려진 대로 빅토리아 호수에, 그리고 블루 나일이라는 생소한 강의 발원지는 이곳 에티오피아에 있다.

저 멀리서 황톳물이 절벽을 깎으며 쏟아졌다. 현지인들은 블루 나일을 티스 이사트Tis Issat, 티스 아베이Tis Abay라 부른다. 각각 'Smoking Fire', 'Smoking Nile'이라는 뜻이다. 과연 강은 엄청난 기세로 연기를 내뿜고 있었다. 폭포 위로는 아지랑이가 피어올랐고 마침 내린 비에 주변은 온통 안개였다.

블루 나일 폭포의 장엄함보다 아이의 미소가 오랫동안 마음에 잔물결을 일으켰다. 쉽게 고요해지지 못하고 마음이 들쑥날쑥했다. 나를 보는 호기심 어린 시선에도 쉽게 짜증이 났고 수십 개의 눈이 보는 앞에서 자유롭게 먹고 마실

장엄하게 쏟아지는 블루 나일.

관광객만 보면 따라나서는 산속 아이들. 몇 번이나 언덕을 올랐을까,
돈을 받지 못하자 골이 난 소녀.

수 없었다. 문득 여행을 숙제처럼 해나가고 있다는 데 생각이 미치자 견딜 수 없는 환멸이 또 일었다.

바하르다르에서 나는 내내 자신에 대한 환멸과 타인에 대한 경멸 사이를 서성였다. 근거 없는 자책과 비난이 난무했다. 쉽게 지쳤다. 시간과 계획을 온전히 내 것으로 만들지 못하고 우왕좌왕했다. 약간은 억지로 '랄리벨라Lalibela'행을 택하면서, 나는 자유로워지기 위한 떠남에서 구속을 본다. 쉽게 그리워하지 않기로 해놓고서 마음은 벌써 저만치다. 쓰지 못한 이야기들이 한 움큼이다. 비가 쏟아지고 시그널이 잡히지 않는 텔레비전만 조용했다.

돌산에 새겨 넣은 신심, 랄리벨라

> 몸에서 나는 묵은 냄새로 공기가 텁텁하다. 떠나온 친구들보다 그들과 나눈 에티오피아식 인사가 그립다. 어깨를 부딪치는, 뭔가 따뜻한 동지애를 불러일으키는. 그들은 춤을 출 때도 어깨를 주로 쓴다. 나는 에티오피아를 그리워할 것이다 아주 많이.

랄리벨라는 거리상 그리 멀지 않은 곳인데도 길이 험했다. 버스를 두 번이나 갈아탄 뒤 가셰나Gashena에서는 지프차를 탔다. 30분쯤 달렸을까. 앞바퀴가 펑크 났다. 운전기사는 이 정도는 아무렇지 않다는 듯 스페어타이어를 꺼내더니 다른 남자 승객의 도움을 받아 바꿔 끼우기 시작했다.

그 사이 멀리서 소년들이 뛰어왔다. 기사와 몇 마디 주고받더니 다시 돌아가 커다란 자루 두 개를 짊어지고 왔다. 자루 안에는 숯이 가득했다. 아이들은 제 몸보다 큰 숯 자루를 차 지붕에 올렸다. 누구도 도와주지 않았다. 그것도 모자라 바퀴를 가는 일까지 도왔다. 숯 값을 계산하면서 운전사가 소년들을 윽박지르는 것을 봤다. 소년들의 표정이 금세 어두워졌다. 나는 소년들이 터무니없는 값을 요구한 것인지, 운전사가 무리하게 값을 깎았는지 알지 못했다. 다만 다시 출발한 뒤에도 전혀 조심하는 기색이나 미안한 기색 없이 마구 차를 모는 운전사의 불룩 튀어나온 배가 역겨웠을 뿐이다. 함께 타고 가는 경찰은 걱정하지 말라며 자꾸만 신의 뜻이라고 했다.

사륜구동이 무색하게 바퀴는 다시 펴졌고 운전사는 이름 모를 작은 마을의 한복판에 차를 세웠다. 그리고 우리는 온 마을의 구경거리가 됐다. 미친 여자가 큰 소리로 노래를 부르며 주변을 맴돌자 함께 온 경찰이 말했다.

"저 미친 여자가 우리를 공격할지 모르니 잠시 자리를 피합시다. 산책이나 하는 게 어때요."

나는 여자에게서 어떤 공격성도 발견하지 못했지만 순순히 경찰의 말에 따랐다. 우리는 큰길을 따라 걸었고 어느 가게 안에 들어가 잠시 다리를 쉬었다.

내가 가까이 와보라고 손짓해도 마을 아이들은 호기심 어린 눈을 하고서도 무슨 괴물을 보는 것 마냥 절대 가까이 오지 않았다. 배불뚝이 운전기사는 별일 아니라는 듯 목을 축이러 마을의 한쪽 구석으로 사라졌다. 젊은 경찰관은 시종 노 프러블럼, 신의 뜻이라며 잇몸을 드러낸 채 활짝 웃었다. 나는 그 지나친 긍정성에 갑자기 질려 "이건 차의 문제지 신의 뜻은 아니"라며 쓸데없이 반박했다.

한 시간을 다시 기다렸고, 지나가던 사람이 흔쾌히 스페어타이어를 내놓은 덕분에 무사히 랄리벨라에 도착했다. 누이 헬렌과 남매들이 운영하는 헬렌 호텔에 짐을 풀었다. 다른 투숙객이 없어 공동 욕실은 혼자 쓰는 것과 같았고 방은 몹시 추웠지만 깨끗했다.

밥이나 먹을까 나선 길에서 꼬마들을 여럿 만났다.

"당신을 원해요."

"키스해도 돼요?"

"아름답군요."

"돈 좀 주세요."

"저는 동전 수집가랍니다. 동전 하나만 줄래요? 하나라도 괜찮아요."

비수기의 황폐한 관광지에서 그들은 돈이 필요했다. 내가 가진 것은 풍선뿐이었다. 나는 풍선으로 그들의 동심을 찾아올 수 있을 거라 헛된 기대를 품었다. 풍선 부는 법을 가르쳐주자 아이들은 신이 나서 따라 불었다. 조막만한 얼굴들이 새빨갛게 부풀어 올랐다가 이내 푹 꺼졌다. 하지만 아이들은 풍선을 기대한 게 아니라 풍선 다음에 나올 것을 기대한 것이었다. 바라던 것을 주지 않자 퀭한 눈으로 멀어져 갔다.

잠시 잊었던 것일 뿐 에티오피아에서 이곳은 대표적인 관광지다. 아이들은 하루에도 많은 외국인을 만날 것이고 그들에게 무언가를 얻기 위해 노력할 것이고 내가 준 풍선도 언젠가 받아봤기에 '돈 안 되는' 장난감일 뿐이란 걸 알았을지도 모른다.

비가 시작되자 아이들은 달리기 시작한다. 나도 주머니 속의 풍선을 만지작거리며 숙소로 발길을 돌렸다.

이튿날 일찍 서둘러 랄리벨라 암굴 성당군을 찾았다. 11개의 성당을 모두 둘러보는 5일 티켓의 가격은 350비르(약 3만 원). 박물관 입장권까지 포함된 가격이다. 박물관에는 흥미가 없어 박물관 티켓은 사지 않겠다고 하자 관리자는 곤란한 표정으로, 하지만 단호하게 "티켓은 무조건 함께 사야" 한다고 했다.

입장료는 빠른 속도로 오르고 있었다. 가이드까지 둔다면 만만치 않은 가격이지만 많은 외국인들이, 그중에서도 특히 신자들이 많이 찾고 있었다. 교인들에게 이곳은 아주 유명한 성지 순례지라 한다.

물과 카메라, 손전등, 따로 정리해둔 자료들을 들고 '탐험'에 나섰다. 그도 그럴 것이 성당은 11개나 되고 2개 군으로 나뉘어(엄밀히 말해 3개의 장소에) 흩어져 있다. 미로 같은 통로를 지나야 하고 푯말이 딱히 없어 자칫하다 길을 잃을 수도 있었다.

곤다르의 내 친구 솔로몬은 이 암굴 성당을 만든 랄리벨라 왕을 가리켜 '미친 사람'이라고 했다. 자신도 독실한 오서독스orthodox(에티오피아 정교) 신자이

1 마침 예배 시간이었는지 성직자들이 모여 노래를 부르고 있었다.

2 각 성당에는 담당 성직자가 있다. 내부를 촬영하거나 도움을 받으면 기부금을 내는 게 관례다.

지만, 어떻게 이런 곳을 지을 수 있는지 그 집념이 무섭다면서.

과연 그랬다. 종교는 힘이 셌다. 고도 3000미터가 넘는 이곳에 이런 거대한 바위 지대가 있다는 것도 놀랍지만, 특별한 기술이나 도구가 없었을 12~13세기에 지어진 것이라고 생각하니 무엇이 그들을 이끈 건지 의문부터 들었다. 그건 예술이라고 하기에는 뭔가 부족한, 광기의 집합체 또는 기적이었다.

가장 큰 성당은 세로 33미터, 가로 22미터, 높이 11미터나 되는 규모였다. 성당은 바위 그 자체였고 그것을 조각했을 장인들의 피땀이 곳곳에 비릿하게 배어 있었다. 마침 여러 성직자들이 모여 예배를 보는 중이었는데 확성기를 틀었는지 성당 구석구석까지 단조로운 목소리가 울려 퍼졌다.

나는 종종 길을 잃었다. 불을 밝힐 수 없는 어느 성당에서는 벽을 더듬어 앞으로 조금씩 나아갔다. 어떤 곳에서는 자료를 뒤적일 마음도 없이 그냥 멍하니 그 규모와 꾸밈에 입을 다물지 못했고, 또 어떤 성당에서는 준비한 자료의 내용을 일일이 비교해가며 내부를 탐색했다.

내가 자료에 눈을 콕 박고 앉아 있자 단체 관광객들이 다가와 악수를 청했다. 그들은 아디스아바바에서 단체로 관광을 온 교사들이었다.

"우리 문화에 대해 이렇게 관심을 갖고 봐주다니 내가 다 고맙네요."

"별말씀을요. 놀라울 뿐이에요."

압권은 가장 나중에 세워졌다는 기오르기스 성당Biet Giorgis이었다. 무심코 지나치면 성당인지 눈치 챌 수 없을 정도로 마른 땅 한쪽의 구덩이에 무심히 세워져 있었다. 하지만 자세히 보면 성당의 꼭대기에 거대한 그리스식 십자가가 새겨져 있는 게 눈에 띈다.

점심을 먹으러 갔다는 담당 성직자를 기다려 안으로 들어갔다. 성당의 높이는 12미터였다. 통로를 따라 12미터나 내려가야 성당의 입구로 들어갈 수 있다는 얘기다. 아래로 경사진 길을 따라 들어갔더니 거짓말처럼 성당이 우뚝 솟아

1 기오르기스 성당.

2 기오르기스 성당을 위에서 내려다본 모습. 건물 자체가 십자가 모양으로 되어 있고 건물 안으로 들어가려면 바위 사이로 난 길을 따라 한참을 내려가야 한다.

있다. 올려다보니 네모난 벽을 따라 하늘도 네모로 조각되어 있다.

그것이 신념이든 신앙이든 광기든 집념이든, 선대의 위대한 유적이 그곳에 있었다. 어쩌면 그건 선대의 선물일지 모른다. 많은 후손들이 암굴 성당에 기대어 생계를 일구었다. 비수기의 관광지는 쓸쓸하고 초라했기에, 성당의 입장료와 그들의 삶이 교차되었다. 캄보디아의 앙코르 와트, 요르단의 페트라가 차례로 떠올랐다 사라졌다.

성당을 나와 주변을 돌아보니 일반인들의 무덤군이 눈에 띄었다. 이들이 무덤을 쓰는 방식은 서구의 그것과 닮았다. 직육면체 시멘트 혹은 돌 위에 십자가가 우뚝하고 이름과 생애년도가 새겨져 있다. 간혹 낯선 얼굴이 사진 속에서 무표정하게 굳어 있기도 하다. 무덤 너머의 풍경은 시간이 정지된 것만 같았다. 자세히 보니 무덤 뒤의 계곡 너머로도 온통 회색의 무덤이 점점이 흩어져 있었다. 그들 중 몇은 저 암굴 성당을 깎다가 세상을 떴을 것이다.

무덤이 지천이던 랄리벨라에서 나는 개똥밭에 굴러도 살아 있는 게 낫다 싶어졌다. 이름도 성도 얼굴도 낯선 이들의 무덤 앞에서 조용히 깨달았다. 그들의 시대가 끝난 것처럼 무엇이 될 수 없음을 비탄하던 내 한 시절도 끝났음을.

1 울디아의 버스 정류장. 2 로컬 버스의 선반은 언제나 빈틈없이 들어찬다. 3 이야야에게 대접받은 아침 식사. 담백한 빵과 뜨거운 차이.

로컬 버스, 안 타봤음 말을 마

에티오피아의 터미널은 새벽 5시면 문을 연다. 그리고 보통 첫 버스는 6시에 출발한다. 미리 표를 구한 사람들은 느긋하게 오기도 하지만 대부분 5시를 넘기지 않는다. 멀리 가는 사람은 하루 전날 표를 구해놓는 게 좋다.

이미 여러 번 로컬 버스를 탔고 이 사실을 잘 알고 있었지만 아디스아바바로 돌아가는 표를 미리 사지 못했다. 종일 성당을 둘러보느라 짬이 나지 않았고 저녁에는 추위와 배고픔으로 기진했다. 모든 건 핑계였고 이젠 어떻게든 되겠지 하는 심보였다.

터미널은 중심부에서 꽤 떨어진 곳에 있었다. 터미널까지 데려다줄 택시나 미니버스를 구하는 데 실패한 나는 헬렌에게 터미널까지 가는 길을 물었다. 친절한 그녀는 동생에게 부탁해놓을 테니 함께 움직이라고 했다.

하지만 새벽 4시 30분, 숙소는 적막했다. 자고 있을 터였다. 미안한 마음을 삼키고 안채 쪽에 기척을 넣었다. 곧 나오겠다는 대답 후 10여 분이 지났을까. 헬렌이 아가씨 한 명을 데리고 나왔다.

졸음 섞인 눈으로 내 작은 배낭을 받아든 그녀와 함께 걷기 시작했다. 가로등이 곳곳에 있긴 했지만 대체로 암흑이었고 터미널로 향하는 게 분명해 보이는 두 명의 남성 말고는 아무도 다니지 않았다. 말이 통하지 않는 우리는 거친 숨소리만 내며 말없이 걸었다.

터미널은 가깝지 않았다. 배낭의 무게가 어깨를 짓눌렀고 나중에는 무릎까지 무거워졌다. 20여 분이나 걸었을까. 암흑을 뚫고 갑자기 새로운 세상이 나타났다. 부릉부릉 하는 소리와 사람들의 목소리, 자동차 불빛들이 쏟아져 나왔다. 그녀는 아디스아바바행 버스 쪽으로 안내해줬다. 고마움의 표시로 작은 돈을 쥐어주고 작별을 나눴는데도 내가 표를 구할 때까지 참을성 있게 기다려 주었다.

하지만 나는 결국 아디스아바바로 가는 티켓을 구하지 못했다. 티켓을 관리하는 사람은 단호하게 몇 번이나 "노 티켓"을 외쳤다. 그러면 어디로 갈까 멍하니 서 있는데 한 청년이 다가왔다.

"어디로 가요?"

"아디스아바바요."

"나도 아디스아바바 가는데 지금 표가 없어요. 우선 울디아Woldia로 가서 갈아타면 되요. 이쪽으로 와요."

그의 안내에 따라 겨우 울디아행 티켓을 거머쥐었다. 마지막 남은 표였다. 청년은 그것마저 구하지 못해 서서 가게 되었다.

6시가 넘어 사위가 밝아올 때쯤 버스는 출발했다. 뜻밖의 울디아행. 계획이 틀어지자 묘한 흥분을 느꼈다.

'여행의 묘미란 이런 게지.'

선반에 실린 닭은 울고 산을 굽이굽이 돌아나가자 사람들은 하나둘 토하기 시작했다. 구름은 발밑에 있고 산은 신비로운 기운을 머금은 채였다. 하지만 풍경 따위를 보는 사람은 아무도 없었다. 맨 뒷자리에 앉은 나는 자주 튕겨 올랐지만 멀미를 하지는 않았다. 왠지 어른이 된 기분이 들었다.

아침을 먹기 위해 정차한 곳은 식당이 딸린 어느 여관이었다. 화장실을 찾아 여관 뒤로 깊숙이 들어가다가 부엌을 봤다. 안 봤으면 좋았겠다 싶었다. 질척이는 화장실에는 작은 구멍 하나만 덩그랬다. 구멍 밖으로는 휴지 대용으로 썼음직한 오물이 묻은 차표가 이리저리 굴러다녔다.

아침을 먹는 동안 버스에 실어둔 누군가의 닭이 도망쳤다. 모두 힘을 모아 닭을 몰았고 겨우 잡아 묶었다. 나에게 울디아행을 제안한 청년이 아침을 대접해주었다. 청년의 이름은 이야야. 감탄사 같은 이름이 귀여워 혼자 웃었다. 이야야는 방학을 맞아 아디스아바바에 있는 친구네로 놀러가는 길이라고 했다.

울디아에서 다시 디세Dessie로 가는 버스를 탔다. 터미널을 떠난 지 얼마 지나지 않아 어느 마을에 정차했다. 사람들은 창밖의 소년들에게 레몬을 샀다. 이야야가 내게도 하나 권했다. 쓰임이 궁금해 주위를 살펴보니 사람들이 레몬을 코에 갖다 대고 있었다. 아마 멀미 때문일 것이다.

레몬의 효험도 소용이 없는지 다시 사람들은 토하기 시작했다. 특히나 여성과 아이들이 그랬다. 아마 버스 여행에 익숙하지 않기 때문일 것이다. 멀미가 심하던 어린 시절이 생각나 슬며시 웃음이 나왔다. 버스에는 비닐봉지가 있어서 사람들은 봉지에 토했다. 그리고 봉지가 차면 창문을 열고 던졌다.

버스는 종일 달릴 기세였다. 운전사는 커브 길에도 망설임이 없었다. 한 소녀가 바닥에 토했다. 비닐봉지를 미리 준비하지 않고 있다가 갑작스레 일이 벌어진 것이다. 차장과 기사는 소녀와 소녀의 어머니에게 엄청난 폭언을 쏟아부었다. 정확히 알 수는 없지만 내용은 짐작할 수 있었고 분위기도 살벌했다. 그쯤 되자 승객들이 운전사와 차장에게 따지기 시작했다. 이야야도 거들었다.

"몸 상태도 안 좋은데 그렇게까지 말할 필요 있나요?"

그제야 차장은 입을 다물었고 승객들은 저마다 도움이 될 만한 것을 소녀에게 건넸다. 물병을 건네는 아저씨, 레몬을 준 아주머니. 나도 휴지와 물티슈를 건넸다.

소녀가 잠들자 한바탕 소동도 잠잠해졌다. 디세로 가는 길, 고도는 점점 낮아졌고 물통을 운반하는 낙타가 지천이었다. 잘린 뒤에도 여전히 싱싱해 보이

1 로컬 버스에도 등급이 있는데 이 날 내가 탄 버스는 저렴한 축에 속하는 'Level 3'였다. 좌석 수도 많고 의자 폭도 좁다.

2 같은 버스를 타면 금세 친해진다. 디세에서 아디스아바바로 가는 길. 버스 동지들과 함께.

3 하루를 꼬박 굶고 디세에 도착해 허겁지겁 먹은 에티오피아식 스파게티.

는 나무 전봇대를 지나 버스는 느린 속도로 달렸다. 흙집 위로 피어오르는 따뜻한 연기가 마음을 녹였다.

운전사가 갑자기 차를 세웠다. 어디선가 목사가 나타나 운전사의 얼굴에 십자가를 갖다 대고 무사 운전을 기원했다. 이야야와 그의 친구는 차창 밖으로 돈을 던졌다. 그 목사에게 하는 기부였다.

목사의 기도 덕분인지 무사히 디세에 도착했다. 디세에서 하루를 묵고 내일 다시 아디스아바바로 향할 것이다. 에티오피아에서는 야간 운행을 하지 않기에, 먼 거리는 꼭 이틀을 잡아야 한다.

이야야의 도움으로 터미널 근처 숙소에 방을 잡은 뒤 그는 친구를 만나러 나가고 나는 식당을 찾아 나섰다. 버스 여행을 할 때마다 제대로 먹지 못한다. 화장실 때문이다. 보통 10시간이 넘는 장거리인데다 화장실을 쓸 수 있는 건 밥을 먹으러 정차할 때 딱 한 번뿐이다.

그때 말고는 대체로 아무 곳에 세워주는데, 남자들은 우르르 내려 버스를 등지고 서서 볼일을 보고 여자들은 버스를 향하고 앉아 속옷을 내린다. 보통 그녀들은 긴 치마를 입기에 별 문제가 없다. 하지만 바지를 입는 나는 자유롭지 않다. 그래서 적게 마시고 적게 먹는다. 터미널에만 도착하면 식당을 찾아 나서는 것도 그 이유에서다.

늦은 오후의 식당은 한가로운 대신 이것저것 안 되는 메뉴가 많았다. 겨우 스파게티 하나를 골랐다. 에티오피아식 스파게티는 고기를 볶아 만든 기름기 많은 소스가 면 위에 얹혀 나온다. 시장이 반찬이라 종업원이 보든 말든 다른 손님이 흘끗거리든 말든 달게 먹었다.

숙소로 돌아와 샤워를 했는데도 온몸이 가려웠다. 드디어 올 것이 왔다. 여행객들 사이에서 에티오피아는 빈대와 벼룩으로 악명이 높다. 배와 허벅지 부분이 울긋불긋 울퉁불퉁하다. 미칠 듯이 가렵다. 물파스를 발라보지만 소용이

EUROPE
ORANGE FLAVOR
Banana
ORION Strawberry
Venus
BATOOK
ORANGE
HaitaiGum
Lottegum
BANANA FLAVOR
HaitaiGum
POP
BUBBLE GUM
ORION
Banana
CHEWING GUM

없다. 하지만 피곤 덕에 쓰러져 잘 수 있었다.

터미널 문이 열리기 전에 미리 가서 기다리기로 이야야와 약속을 했다. 4시에 체크아웃을 하기 위해 새벽 3시 30분쯤 눈을 떴다. 씻는 둥 마는 둥 하고 나갔는데 하필 비에 강추위다. 터미널 앞은 이미 장사진. 눈만 내놓은 사람들이 추위에 발을 동동 구르며 건물 처마 밑에 모여 문이 열리기만 기다렸다. 그렇게 1시간여, 방송이 나오고 철문이 열리자 사람들은 뛰기 시작했다. 줄을 서서 표를 사고 시간에 맞춰 버스나 기차에 오르는 삶만 살아온 나는 그 광경에 몸이 굳었다. 이야야가 다가와 툭 칠 때까지, 좀비처럼 어둠 속을 빠르게 더듬어 달려 나가는 사람들의 꽁무니를 눈으로만 좇았다. 이야야가 이끄는 대로 걸음을 재촉해 터미널 안으로 들어서자, 시동을 막 건 버스들이 부르릉거리고 행선지를 외치는 남자들의 커다란 고함 소리가 고막을 후볐다.

지옥을 들여다본 듯 멍해진 정신을 수습해 인파를 헤치고 겨우 자리를 잡고 보니 또 맨 뒷자리. 엉덩이가 남아나질 않겠군. 어쨌든 자리를 잡으면 반은 도착한 셈이니 마음을 느긋하게 먹는다.

버스는 4시간쯤 달려 작은 마을 식당 앞에 멈춰 섰다. 우리 버스 말고도 두어 대가 이미 정차해 있었다. 버스가 서자마자 열댓 명의 사람들이 몰려들었다. 물, 껌, 과일 장수들이었다. 역시나 점심을 생략하기로 한 나는 바나나를 사서 이야야와 나눠 먹으며 볕을 쬐었다. 무언가를 손에 든 판매원들이 내게 몰려들어 사라고 졸라댔기에 껌을 하나 골랐다. 소년이 들고 있는 자그마한 좌판을 가득 채운 '해태 껌' 때문이었다.

하나를 씹고 나머지는 주변 승객들과 나눠 씹었다. 내가 껌을 사는 것을 보자 더 많은 사람들이 달려들었다. 이야야는 괜스레 자기가 미안해하며 물을 한 병 샀다.

"나한테 물 많아. 안 사도 돼."

"아니야 하나 팔아주지 뭐."

그에겐 '팔아준다'는 개념이 확실했다. 적선처럼 '도와준다'는 개념인 것이다. 짧은 식사 시간 동안 이야야와 나는 사이좋게 번갈아 가며 작은 것을 사서 나눠 먹었다. 족히 서른 명이 넘는 사람들이 우리를 지나쳐갔다. 그들 중 몇은 팔았고 몇은 팔지 못했다.

버스는 점점 평지로 내려갔다. 전통 스카프처럼 구름 띠를 두른 산들도 점점 낮아졌다. 경적 소리에 양 떼는 열심히 뛰어 길을 건넜건만 빨간 모자를 쓴 꼬마 목동만이 주춤하다 열에서 낙오됐다. 나는 그 풍경에 소속되어 일상을 꾸리지 않았기에 그림 같은 풍경을 그대로 즐길 수 있었다.

가나와 우루과이 경기가 화제에 올랐다. 우리는 실력의 문제인가, 찬스나 기회의 문제인가를 두고 논쟁을 벌였다. 결국 실력의 문제라는 게 밝혀졌다.

버스는 만석이었는데 길가에 나와 있는 사람들은 자꾸 손을 들었다. 무엇을 사라고 손짓하는 건지, 인사를 건네는 건지, 아니면 태워 달라는 건지 도무지 알 수 없었다. 그러다 문득 나는 내가 더 이상 네팔이나 인도를 그리워하고 있지 않다는 걸 깨달았다.

아프리카로 오기 전, 늘 네팔에 다시 가는 것을 꿈꿨다. 한데 지금은 무조건 아프리카다. 그리고 내가 다시 아프리카 땅을 밟는다면 그건 에티오피아이리라.

ADDIS ABABA

다시 아디스아바바

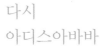

말라리아 예방약의 부작용인지, 버스 여행 때문에 절식과 폭식을 반복해서 그런 건지, 배탈이 났다. 물만 마셔도 화장실로 직행했다. 그런데도 미련하게 하루 한 끼는 챙겨 먹어야지 하며 샌드위치와 커피를 쑤셔 넣었다.

볼레 로드Bole road에서 숙소가 있는 버스 터미널까지 가는 그 짧은 시간, 뱃속은 난리가 났고 메스껍고 몸에 힘이 쪽 빠졌다. 정류장에 서 있는데 소녀 구두닦이가 그런 나를 발견했다.

"언니, 아파요?"

"응, 배가 아파."

"그럼 여기 앉아요."

소녀는 망설임 없이 자기 자리를 내줬다. 조그맣고 때가 묻은 나무 박스였던가. 지금은 기억조차 가물한 그 자리에 앉아 속을 다스렸다. 소녀는 걱정스러운 눈길을 떼지 못했다. 지나가는 사람들도 왜 저 외국인이 구두닦이와 함께 앉아 있는지 궁금해 죽겠다는 표정이었다.

목적지로 가는 미니버스는 쉽게 와주지 않았다. 누군가 "저걸 타요!" 하고 외쳤다. 나는 뒤도 돌아보지 않고 올라타 터미널 근처에서 내렸다. 거기까지 함께 타고 온 남자는 다시 터미널 가는 미니버스를 안내해주고 차장에게 내 목적지를 일러주었다. 나는 또 뒤도 안 돌아보고 올라탔다. 아차, 인사를 잊었지 하고 뒤를 돌아봤을 때, 그는 이미 가고 없었다.

"정신머리 봐라."

1 숙소에서 내려다본 터미널 근처의 주택가. 하늘도 건물도 낮고 흐리게 웅크리고 있다.

2 가게 너머로 축구 경기를 지켜보는 구두닦이 소년들.

3 성당 벽에 이마를 대고 기도하는 사람들을 쉽게 볼 수 있다.

혼잣말을 하며 손바닥으로 이마를 두 번 쳤더니 옆자리 여성이 "무슨 일 있어요?" 하고 묻는다.

"뭘 잊었거든요."

아마 그 여성은 내가 잊거나 잃은 것이 대수롭지 않은 물건이라고 생각할 테지. 차라리 그랬으면 좋겠다. 오늘 아침 은행에 두고 나온 물병처럼. 구두닦이 소녀에게도 고맙다는 말을 하지 않았다는 사실이 떠올랐다. 내겐 단지 숙소로 가고 싶은 마음밖에 없었던 거다.

그날 나는 "어쩌면 오늘이 여행 시작 후 최대의 고비일런지 모르겠다"고 썼다.

버스 터미널에서는 어떤 남자가 내 가슴을 쓰윽 훑으며 만지고 도망쳤고, 터미널 앞 5달러짜리 숙소는 역대 최악이다. 가격 대비는 물론이고 절대적으로 최악. 화장실은 있으되 물이 단 한 방울도 나오지 않는다. 변기 옆에 놓인 페트병에도 다 쓰임이 있었던 거다. 전날 이 방을 쓴 사람의 오물이 고스란히 그 안에 있다. 침대는 가방을 올려놓기조차 두려울 정도로 더럽고 창밖의 낮은 지붕들은 초라하고 안타깝다.

문득 여행을 오기 전에 읽은 책 한 권이 떠올랐다. 세계 여행을 한 청년이 쓴 여행기였다. 세계 일주의 마지막 여정지가 아프리카였는데, 수단에서 에티오피아로 넘어온 청년은 갑자기 확 질려버려 그 길로 비행기 표를 끊어 한국으로 돌아갔다. 더는 못해먹겠다는 뉘앙스였던 걸로 기억한다.

"다음 행선지가 어디에요?"

"에티오피아요."

"아이고, 여행하기 꽤 힘들다던데."

그 말의 의미를 이제야 읽는다. '13월의 햇빛13 months of sunshine'이라는 관광청 문구가 무색할 정도로 우기에 겨울인 이곳은 온통 젖어 있고 습하고 음울하며, 많은 걸인과 아파 보이는 사람들, 우간다의 캄팔라를 무색케 하는 매연, 세상 모든 구두 숫자보다 많아 보이는 구두닦이들로 가득 차 있다. 잘 차려놓은 카페의 커피 한 잔 값은 한국에 비하면 너무나 싼데도 이곳에서는 누려서는 안 될 사치처럼 느껴진다.

빈대나 벼룩이 내 옷에 있는지 침낭인지, 아니면 그동안 거쳐 온 어느 숙소에 있는 건지 알 수 없는 것처럼, 이곳에 온 이유도 점점 기운을 잃고 지쳐간다. 한국에서도 걸인이나 노숙자를 보면 한숨부터 짓는 나였다. 그들을 보면 무기력해졌다. 이곳도 빈부 격차가 극심하다. 거리 곳곳에 행려객들이 그득하고 그들에게 나는 좋은 타깃이다. 고군분투하는 삶의 모습, 한국과 마찬가지로 전력투구해야 하는 그 삶을 바라보는 것만으로도 너무나 피곤하다. 모든 길거리 인생들이 내게 다가오거나 말을 붙인다. 대체로 인사에는 화답하는 편이지만 그들의 모든 인사, 특히 "Hey, you!"에 일일이 답할 수는 없다. "No, thanks"라고 말하는 데도 지쳤다. 최악의 컨디션을 애써 무시하고 내일 하라르행을 고집한 것도 그것 때문이다.

"이 춥고 음울한 수도를 다시 뜨고 싶다!"

터미널 근처의 더러운 숙소, 더러운 벽의 핏자국을 발견하는 것보다 더 지치는 일이 있을까. 하라르에 가면 하루는 좋은 곳에 묵으리라 다짐했다. 만일 그곳에 볕이 든다면 침낭도 옷도 깨끗이 빨아 볕을 쬐어주리라.

그런데도 난 이미 알고 있었다, 떠나면 곧 이곳을 추억하리란 걸. 관광지의 깨끗한 숙소나 도시 중심가의 번쩍거리는 카페의 정반대편에 위치한 삶이 주는 피곤함은, 떠나서도 그 삶을 잊지 말라는 일종의 경고라는 걸.

벼룩의 낯짝을 보았네

하이에나의 울음소리에 잠이 깼다. 소문대로였다. 테오드로스 호텔 117호. 미리 예약한 것도 아닌데 딱 하나 그 방만 비어 있었다.

《론니 플래닛》에는 친절하게도 하이에나를 볼 수 있는 방의 번호가 적혀 있다. 호텔 뒤편으로 쓰레기장이 있는데 하이에나들이 먹이를 찾아 밤마다 모여드는 모양이었다. 처음 듣는 하이에나의 울음소리는 주술사의 저주처럼 음울하고 기분 나빴다. 조심스레 커튼을 젖혔다. 노란 가로등 불빛을 받은 생물체 두 마리가 바쁘게 오가는 것이 보였다.

또 잠이 깼다. 새벽 2시, 미칠 듯한 가려움에 벌떡 일어나 불을 켰더니 회색 침낭 위로 까만 놈이 통통 튀어 다니는 게 보였다. 그러다 금세 눈앞에서 사라졌다. 나는 그게 벼룩이라고 확신했다. 침낭 곳곳에는 역시 눈에 보일 듯 말 듯한 아주 작은 핏자국이 몇 개 생겨 있었다.

며칠째 새벽 2시만 되면 잠이 깬다. 극도의 가려움으로 정신줄을 놓을 것만 같다. 잠결에 피가 나는 줄도 모르고 긁어대 어떤 곳에는 피딱지가 앉았고 또 어떤 곳에는 피멍이 들었다.

벼룩과 벌이는 사투는 랄리벨라 이후부터 시작됐다. 나는 무력했다. 약국마다 물어봤지만 바퀴벌레 따위를 잡는 스프레이밖에 없었다. 안 되겠다 싶어 침낭에 스프레이를 뿌려도 보고, 흐린 날씨가 계속됐지만 침낭을 볕에 널어도 보고, 가려울 때마다 물파스가 줄줄 흐르도록 발라보기도 했다. 하지만 그 어느

하라르 성 골목골목에는 차트를 사고파는 사람들을 쉽게 볼 수 있다.
여성이 들고 있는 비닐봉지 안에 든 것이 바로 차트.

것도 소용없었다. 물린 자국은 계속해서 늘어났고 가려움은 사라지지 않았다. 온몸이 울긋불긋했지만 얼굴은 예외였다. 매끈한 얼굴만 보면 아무도 내 말을 믿어주지 않을 것이다.

그러니까 그날, 하라르에서 벼룩의 낯짝을 직접 보던 날, 나는 깨달았다. 내 손으로 잡을 수 없는 저 작은 생명체에게 이길 방법은 없다는 것을. 나는 침낭을 던지고 이불 속으로 기어 들어갔다. 물테면 물라지. 이튿날 역시나 새로운 자국이 생겨났다. 그래도 전의를 버렸기에 마음만은 편해졌다.

가려움이 더한 것은 3일째 씻지 못해서였다. 더러움과 가려움에 다시 잠이 오지 않았다. 다시 벌떡 일어났다. 비상시를 대비해 아껴둔 물수건 한 장으로 얼굴, 손, 목, 발, 콧구멍을 닦고 났더니 어찌나 개운하던지. 그걸 또 "개운하다"고 입 밖으로 소리 내어 말하는 내가 어찌나 우습던지 하이에나가 들을 정도로 크게 웃고 말았다.

하라르행을 택한 건 에티오피아 항공의 기내지에서 '랭보 하우스' 소개 글을 읽고 나서였다. 프랑스 시인 랭보가 말년을 보낸 곳이라는 건 익히 들어 알고 있었다. 하지만 잡지에서 그를 기리기 위한 박물관이 있다는 것을 보고, 무엇이 길 잃은 육신과 영혼을 이끌었는지 갑자기 궁금해졌다. 하라르 성이 아주 오랜 시간 고립되어 있었다는 것도 마음을 끌었다.

랄리벨라에서 바로 가는 버스가 없어 아디스아바바를 거쳐 하라르로 향했다. 하라르에 가려고 굳이 3일간 버스만 탄 셈이다. 전날 미리 티켓을 끊었는데도 나는 맨 뒷자리에서 벗어나지 못했다.

로컬 버스의 불편함과 속도야 그렇다 쳐도 맨 뒷자리만큼은 사양하고 싶다. 여섯 명이 한 줄로 빽빽하게 앉아 가야 하기 때문이다. 상상을 초월할 정도로 좁기 때문에 여섯 중 누군가는 팔짱을 끼거나 앞으로 몸을 숙여야 하고 나머지는 뒤로 젖혀야 한다. 약속하지 않아도 자연스럽게 자세를 바꿔가며 공간을 만들어내는 것 또한 기술이다.

적선할 돈으로 좀더 편한 미니버스를 타는 게 어떠냐고 묻고 싶어졌을 정도로 버스 안에서는 갖가지 구걸과 적선이 오고갔다. 장애인, 병에 걸려 학업을 포기한 대학생, 단지 가난한 사람들. 이 사람들 모두 앞문으로 타서 뒷문으로 내리며 돈을 걷었다. 사람들은 대체로 모른 척 하지 않았다. 둘에 한 번은 기꺼이 적선을 해줬다.

구원은 어디든 있었다. 어떤 성직자는 돈을 받고 말씀이 적힌 카드를 나눠주며 십자가로 축원을 해줬다. 작은 십자가가 이마, 뺨, 입술에 닿을 때마다 사람들은 더욱 고개를 숙였다.

아침을 먹으려고 들른 식당에서 중국인 왕을 만났다. 양복 차림의 왕은 디레 다와Dire dawa에서 일하는 중국 건설 업체 직원인데, 아디스아바바로 출장을 가는 길이라고 했다. 이야기를 들으니 왜 사람들이 나를 보고 "차이니즈!"라고 외치는지 이해가 될 것도 같았다.

그들은 도로를 건설하고 있었다. 북부는 물론이고 국토의 많은 부분이 고산지대인 에티오피아에서 도로 개발은 무엇보다 시급해 보였다. 주요 도시를 잇는 도로는 거의 완성된 상태지만 여전히 갈 길이 멀다고 한다. 도로망의 구축은 단순히 수송 시간의 단축뿐 아니라 효용의 측면에서도 상당한 성과를 낼 것이다. 여행객의 처지에서도 그런데 현지인들은 오죽할까.

혼자 여행을 왔다는 말에 계속 근심어린 표정을 짓던 그는 조심하라며 신신당부를 했다. 곤다르에서 만난 중국인도 에티오피아가 얼마나 위험한 곳인지 역설했다. 작년에는 한 중국인이 총에 맞아 죽었다는 말까지 들려줬다. 그동안 운이 좋았던 건지 스쳐 지나가는 여행객이라서 그런 건지 한 번도 위험한 일을 당하지 않았지만 충고는 고맙게 받았다. 하지만 너무 경계하지는 않기로 하며 조였던 마음을 슬그머니 풀었다. 에티오피아를 떠날 날이 얼마 남지 않아서였을 것이다.

점심을 먹은 사람들이 입가심으로 차트를 한 봉지씩 사들고 와 씹기 시작했다. 나뭇대에 이파리가 붙은 것을 그대로 사다가 하나하나 훑어가며 씹는 게 보통이었다. 옆자리 아저씨가 내게도 권했다.

"해봤어요?"

"네. 몇 번. 그런데 맛이 없던데요."

"그래요? 이건 맛 때문에 하는 건 아니니까요."

내겐 그냥 생 나뭇잎 맛이었다. 알싸한 것 같으면서도 텁텁한. 일단 맛이 없기에 흥미를 잃었다. 하지만 이들의 차트 사랑은 대단하다. 주말에는 차트를 사기 위해 줄을 서고, 집에서 키우는 사람들도 여럿 봤다. 이동할 때나 밥을 먹고 나서 입가심으로, 심심할 때마다 차트 잎을 고르는 손놀림도 아주 정확하고 빠르다.

에티오피아 사람들의 사랑을 듬뿍 받는 차트는 사실 마약성 식물이다. 대부분의 나라에서는 법으로 강하게 규제되지만 에티오피아에서는 예외. 커피 세리머니처럼 차트 세리머니도 따로 있다는데 사람들이 함께 가자고 한 토요일 행사가 바로 그것인 모양이다. 차트를 함께 씹는 차트 세리머니. 어쨌든 내게는 각성 효과는커녕 쓰디 쓴 이파리에 불과했다.

그들이 턱이 빠져라 지겹도록 차트를 씹어대는 동안 우리는 하라르에 도착했다. 종교와 문화를 지키기 위해 외부와 고립되는 걸 스스로 택한 하라르. 그 고집스런 성벽이 먼저 눈에 들어왔다. 성벽 안으로는 이슬람 사당이라는 것을 보여주는 표식들이 건물 위로 삐죽삐죽 돋아나 있었다.

랭보가 사랑한 곳, 하라르 커피의 본고장, 모카커피의 기원을 말해주는 곳(예멘과 에티오피아에서 생산한 커피. 아라비아 반도를 남북으로 나누고 있는

하라르는 올드 시티와 뉴 시티로 나뉘는데 볼거리는 올드 시티, 즉 하라르 성 안에 몰려 있다.
사진은 하라르 성의 정문인 하라르 게이트.

고원지대에서 생산하는 아라비카종으로서 커피 수출항이던 예멘의 모카라는 항구 도시에서 이름이 비롯됐다), 독립된 이슬람 도시 국가였던 하라르. 이제 성문은 열렸고 낮은 성벽은 아무것도 막을 수 없어 보였다. 성의 안과 밖을 이으며 형성된 시장을 따라 사람들이 드나들고 물건이 오고갔다.

하라르 성 어디고 내가 갈 수 없는 곳은 없어 보였다.

랭보 박물관 2층에 전시된 옛 사진들. 하라르의 과거 모습과 시인 랭보의 젊은 시절의 모습을 볼 수 있다.

그놈의
노 프러블럼!

나는 '노 프러블럼'이 처음 가져다준 문화적 충격을 아직도 잊지 못한다. 인도와 네팔 등지를 여행할 때, 예약이 잘못되거나 약속이 틀어지는 등 곤란한 일이 생겼는데도 그들은 시종 '노 프러블럼'이었다. 처음에는 화도 내고 짜증도 냈지만 그것이 그들의 문화라는 걸 깨닫는 데는 오랜 시간이 걸리지 않았다.

하라르 성 안에서 만난 한 청년은, 그래봐야 스무 살이나 됐을까 한참 어린 꼬꼬마로 밖에 안 보였는데 다짜고짜 다가오더니 뜬금없이 고백을 했다.

"그거 알아요? 사랑해요."

"(언제 봤다고 또 왜 이러실까) 우하하하하. 아닌 거 같은데."

"문제없어요No problem."

"(또 뭐가 문제없다는 거야!) 우하하하하."

내 반응이 예상치 못한 거였는지 청년은 멋쩍은 듯 머리를 긁적이며 슬금슬금 달아났다. 청년이 지나간 자리에는 사진 좀 찍어 달라며 V자를 그리는 대학생, 내가 먹고 있는 땅콩을 가리키며 한 알만 달라는 꼬맹이, 자기 당나귀 사진을 찍었으니 돈을 내야 한다는 소녀가 차례로 나타났다.

그러다 열네 살 다금을 만났다. 하라르 성에는 6개의 문이 있는데 그 문을 차례로 둘러보는 중이었다. 다금은 나를 이리저리 안내했다. 배경이 좋아 보이는 곳에 나를 세우고는 사진을 찍어주기도 했다. 더듬더듬 영어를 하는 아이는 초등학교만 졸업하고는 미니버스 운전사가 되는 게 꿈이라 했다. 당연히 돈을 많이 벌 수 있을 거라 생각하기 때문에.

꼬맹이들이 사진을 찍어 달라고 포즈를 취하며 내 앞을 가로막을 때마다 다금은 점잖게 아이들을 타이르거나 솜방망이 같은 주먹을 들어 올려 보였다. 내가 괜찮다고 해도 그는 시종 위엄 있는 태도로 동네 꼬맹이들을 다스렸다.

그의 집에서 너무 멀어지지는 않을까, 이제 됐으니 그만 돌아가라고 해도 아이는 진지한 표정으로 '노 프러블럼'만 외쳤다. 그놈의 노 프러블럼 때문에 나는 무장해제가 됐다. 앞으로 남은 여행길과 내 인생길도 노 프러블럼일 것만 같은 착각에 빠졌다.

아마 다금은 내가 돈을 줄 거라 기대했을 것이다. 나는 그가 내 말을 이해하길 바랐다.

"나를 안내해줘서 너무 고마워. 하지만 나는 네게 돈을 주지는 않을 거야. 너는 내 친구고 우린 함께 좋은 시간을 보냈으니까. 대신 이걸 줄게. 이걸로 그림도 그리고 숫자도 공부해. 열심히 공부해서 꼭 운전사가 되는 거야. 약속할 수 있지?"

"그럼요. 고마워요."

마지막 하나 남은 크레용 한 세트를 그에게 주었다. 얼굴이 웃음으로 부풀어 올랐다. 오늘의 짧은 만남이 그에게 추억이 되고, 별 거 아닌 크레용이 그의 앞을 밝혀주면 좋겠다는 욕심을 가졌다.

둘째 날에는 고대하던 랭보 하우스를 찾았다. 프랑스 시인 랭보는 커피와 무기 등의 무역상을 하며 고국으로 돌아가 죽기 전까지 이곳 하라르에서 말년을 보냈다. 랭보 하우스는 이름과는 달리 랭보가 살던 곳은 아니고 랭보를 기리기 위해 박물관 형태로 운영되고 있었다.

한옥에 든 듯 고즈넉한 건물이 인상적이었다. 1층에는 관련 서적들이 있었고 2층은 예전 사진들과 랭보의 시 등으로 가득했다. 흑백 사진 속에서 젊은 랭보와 오래전 하라르의 모습을 보았다.

나는 감상에 빠지지 않았다. 비운의 천재가 시를 '끊고' 이 도시에서 무엇을 찾았는지 어떤 위안을 받았는지 상상할 수 없었다. 그는 시인으로서 자신의 이름을 숨기고 다른 이름으로 이곳에서 살았다. 현지인과 친하게 지냈다는데 사진 속 그의 얼굴은 무참히 쓸쓸해 보였다. 관리자가 랭보와 친했다던 친구의 이름을 알려주었다. '소타이로'라는 이름이었다. 나는 오히려 랭보의 친구에게 흥미를 느꼈다. 고립되고 폐쇄적인 곳에 살면서 외국인 친구를 사귄다는 건 어떤 것이었을까. 그는 멀리서 온 이방인을 어떻게 이해했을까.

예전부터 하라르에는 '기독교인이 들어오면 멸망할 것'이라는 소문이 내려와 그 누구도 성 안으로 들어갈 수 없었다. 영국의 탐험가 리처드 버튼이 처음 이 땅을 밟기 전까지. 그리고 오래지 않아 많은 사람들이 흘러 들어왔고 랭보도 그 틈에 있었을 것이다. 돈을 벌려고 이 땅을 찾은 랭보는 돈을 벌었다. 그리고 돈과 함께 관절염을 얻었고 고향에 돌아갔지만 그 병으로 죽었다.

천재 시인과 커피 상인이 주는 괴리 앞에서 나는 오래 서성였다. 그리고 다른 이름으로 낯선 곳에서 살아가는 삶에 대해 상상했다. 랭보를 알기 전이었다면 마냥 동경했을 삶이다. 그런데 왠지 모를 헛헛함이 밀려왔다. 드러나지 않는 삶을 동경하고 낯선 곳을 선택하더라도 이방인은 그 존재를 숨길 수 없음을 이제는 안다.

박물관의 꼭대기에서 성 안의 건물들이 굽이굽이 내려다보였다. 그 안으로 걸어가보기로 했다. 나는 이방인이요, 그들이 누구냐고 물으면 기꺼이 대답해 줄 것이다.

ምፅዋ ወርቅ ሠሪ
MASSAWA JEWELRY
MANA
DHAHABAA

★ኮከብ ወርቅ ቤት★
KOKEB GOLD
SMITH
EXPRESS GOLD SMITH

HANKOOK

그곳에서 나는 '파란쥐'였다

사람들이 자꾸만 나를 파란조 또는 파란쥐라고 부른다. 파란색 쥐새끼? 도대체 무슨 뜻일까. 아줌마라는 뜻일까, 외국인이라는 뜻일까. 벌써 단골이 된 카페에 들어가 주인에게 물었다. 알고 보니 외국인이라는 뜻에서 비롯된 것이었다.

"영국인이 맨 처음 이곳에 들어온 뒤 프랑스 사람들이 많이 들어왔어요. 그래서 프렌치french라는 말이 외국인의 대명사처럼 되어버렸죠."

옆에 있는 한 손님은 암하릭어로 외국인, 특히 서양인을 가리키는 말이 '파란지varanji'라고 했다.

뜻을 알고 나니 쉬웠다. 망고 값을 두 배로 불렀을 때 "노, 노 파란지"라고 하자 깔깔 웃으며 제값을 받기도 했다.

그렇게 해 나는 쥐새끼처럼 하라르 성의 골목골목을 돌아다니기 시작했다. 이슬람 사원과 교회가 사이좋게 자리를 함께 했다. 파란색으로 칠해진 건물은 지중해의 어느 섬을 연상시켰지만 사실 세상의 가난이 작은 성 안에 고스란히 모여 있었다. 골목골목마다 시장이 섰고 걸인들이 누워 있었다. 마음이 무거워지려 할 때마다 빈부밖에 보지 못하는 내 자신을 탓했다. 껍데기를 보지 않으니 사람들이 보였고 그제야 이야기와 악수를 나눴다.

이른 아침 거지 할아버지가 내 바로 앞에서 번쩍 손을 들었다. 순간 나를 때

리려는 건 줄 알고 목을 잔뜩 움츠렸는데, 할아버지는 귀염성 있는 표정을 하더니 손을 흔들고는 "헬로우" 하고 인사를 건넸다. 멋쩍어진 나는 더 크게 "헬로우"를 외쳤다.

성 안에서 성 밖의 숙소로 돌아오는 길, 뚝뚝 한 대를 잡았는데 운전사 옆자리에는 아가씨가 타고 있었다. 눈치 백단의 내가 모를 리 없지. 여자친구냐는 물음에 운전사 청년은 껄껄 웃었고 얼굴이 빨개진 처자는 그냥 오빠라고 둘러댔다. 청년은 집에 돌아가는 길이라 괜찮다며 기어이 차비를 받지 않았기에 나는 그들의 모습을 사진으로 찍어 보여주었다. '그냥' 오빠와 '그냥' 여동생 사이에서는 절대 피어날 수 없는 웃음이 그들을 감싸고 있었다.

길에서 동냥을 하던 한 아저씨는 덜렁덜렁 들고 다니는 내 물병을 빼앗으려 했다. 목마르면 그냥 달라고 하시지. 나눠 마실 수 있는데요. 벌컥벌컥. 다른 나라보다는 형편이 좀 낫지만 이곳도 역시 아프리카다. 물이 귀하다.

성의 동쪽 끝에서 곱슬한 머리가 귀여운 여자아이를 만났다. 아이는 인사를 붙이기 무섭게 "머니"를 외쳐댔다. 절대 알아듣지 못할 것을 알면서도 구걸하면 안 된다고 일장 연설을 했다. 아이의 눈은 크고 투명했다. 가방을 뒤지니 풍선이 하나 남았는데 하필 검정색이다. 우간다에서 겪은 일이 떠올랐다. 아이들은 검정색을 좋아하지 않았다. 조금은 걱정스럽게 풍선을 꺼냈다. 다행히도 보자마자 꺄르르, 숨 넘어 갈라. 가지고 노는 법을 모를 것 같아 크게 불어서 바람이 나오지 않도록 꽁꽁 묶어주었다.

"아주 좋아요!"

"돈 안 돼, 알지?"

"네네, 그럼요."

다시 풍선을 뺏어갈까 알았다는 말을 세 번이나 갖다붙이는 말끝에 조바심이 묻어난다. 잇달아 터지는 웃음소리가 어찌나 듣기 좋은지 발길이 떨어지지 않는다.

하라르 성의 정문인 셈인 하라르 문 앞에는 걸인인 듯 보이면서도 단정한 행색에, 하지만 그 자리를 계속 지키고 있는 할아버지가 있었다. 할아버지는 택시를 못 잡아 쩔쩔매는 내게 다가왔다. 갈 곳을 묻고 하라르 성에 대해 간략히 설명을 해주더니 택시를 잡아 흥정을 해주고는 짐을 택시에 싣는 것까지 도와준 뒤 손을 크게 흔들었다.

"난 늘 여기 있으니 또 보자구."

가끔 사람들의 관심이 부담스러워 밥을 먹다 목이 막히는 일도 있었다. 밥을 먹다 무심코 고개를 들었는데, 나를 보는 100개의 눈과 마주치기도 했다. 식당 밖에서 내 모습을 지켜보는 걸인들도 눈에 들어왔다. 그래서 가끔은 그들의 관심이 지겹고 귀찮았다.

"헬로우 시스터."

악수를 청하는데 안 받아줄 수도 없는 노릇이라 악수를 하면 손을 잡고 안 놓아주거나 팔을 쓰다듬는 사람들도 있다. 내 선의나 예의바름이 이런 식으로 무시당할 때마다, 그들이 돌아서서 낄낄거릴 때마다 "시덥잖은 놈들"이라고 내뱉으며 사타구니를 걷어차주고 싶었다.

그런 날들이 지나고 또 이런 날이 와서 이런 사람을 만나면, 주고받는 것 하나 없이 단지 이방인에 대한 애처로움이나 어린 사람에 대한 어른의 배려로 마음에서 우러나온 친절을 받고 나면 "아, 내가 과분한 대접을 받는구나" 싶어진다.

하라르에서 마지막으로 만난 사람은 '태권동자' 시세이였다. 아디스아바바로 돌아가는 버스 안에서였다. 10년간 태권도를 해온 시세이는 그러니까 에티오피아 국가대표 선수였다. 나는 종목을 막론하고 한국 국가대표 선수조차 만나보지 못했다. 그래서 레게 머리를 하고 국가대표 유니폼을 입고 있는 그가 너무나 신기한 나머지 그만 묻지 말아야 할 것을 묻고 말았다.

"아 참, 베이징 올림픽 갔었어요?"

"아뇨. 우린 떨어졌어요."

"앗, 미안해요."

"괜찮아요. 언젠간 잘 되겠죠. 올림픽이 다가오면 한국에서 박 사부님이 오셔서 우리를 지도해주세요. 정말 대단하신 분이죠."

그는 샤샤마니Shashamane에서 도장을 열어 학생들을 가르치고 있다고 했다. 제자가 100명도 넘는다며 꼭 한 번 들르라고 신신당부다.

버스는 정해진 코스처럼 식당에 들렀다. 함께 아침을 먹으며 그는 '단증'을 보여줬다. 한글이 적힌 단증에 그의 사진이 보석처럼 콱 박혀 있었다.

"와! 단증은 생전 처음 봐요. 멋지네요."

"그래요? 이거 없어요?"

"네, 전 태권도를 못해요. 한국 사람들이라고 모두 태권도를 할 수 있는 건 아니라구요!"

그는 껄껄 웃었고 나는 유니폼과 단증을 인증 사진으로 남겼다. 그 건강한 웃음을 보자 갑자기 태권도를 배우고 싶다는 생각마저 들었다. 나는 섣불리 금메달을 빌어주는 일 따위는 하지 않았다. 다치지 않고 열심히 운동하기만을 기원해주었다.

밥을 먹고 난 뒤 우리는 껌을 샀다. 소년은 '던킨도너츠' 유니폼을 입고 '오리온' 껌을 팔고 있었다.

'소속이 어디야?'

속으로 혼자 웃었다. 도넛이 뭔지도 모르는 얼굴을 한 소년 앞에 껌을 까서 불쑥 내밀었다. 소년이 받아 먹었는지 주머니에 넣었는지 웃었는지 곤란해 했는지는 기억나지 않는다. 단지 '물 건너온' 유니폼이 잘 어울렸다는 것밖에는.

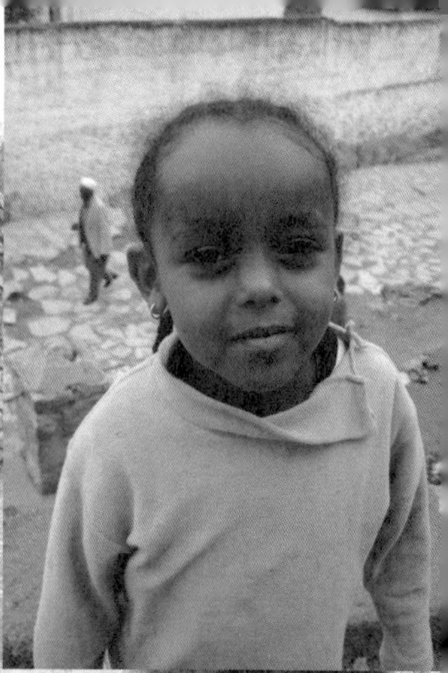

TAEKWON-DO
태권도

1 13월의 햇빛이라는 에티오피아 관광청의 홍보 문구. 구태양력을 사용하는 에티오피아에는 13월이 있다. 2 길 가다 우연히 들른 아주 작은 카페에서는 커피콩을 직접 볶고 빻아 커피를 내리고 있었다. 에티오피아에는 그런 카페가 지천이다. 3 아디스아바바 길가에서 본 태권도 홍보 포스터. 에티오피아에서는 태권도의 인기가 대단하다.

오믈렛 한 조각만큼의 추억

인터넷과 컴퓨터가 없이도 가능한 삶이 6개월째 계속되고 있다. 평화롭다. 몰라도 되는 것들을 알아내느라 쏟았던 에너지를 생각하면 저절로 안도하게 된다.

이집트로 떠나기 위해 다시 찾은 아디스아바바. 피아사 근처 작은 골목에서 다시 비비안을 만났을 때, 우리는 서로 알아보고 마치 오래전 헤어진 연인처럼 달려가 포옹을 했다.

에티오피아 여행 초반, 곤다르의 교회에서 비비안을 만났다. 우리는 단지 같은 동양인이라는 이유로, 어쩌면 같은 나라에서 왔을지 모른다는 기대로 서로 인사를 나눴다. 그런데 그녀는 홍콩 사람이었다. 짧은 만남이었고 서로 갈 길이 바빠 앞으로 남은 여행에 행운만을 빌어준 채 헤어졌다. 그리고 서로 잊고 지내다, 이렇게 우연히도 길바닥에서 만난 거다.

그냥 헤어지기 아쉬워 함께 커피를 마시며 그간의 여행에 대해 서로 '브리핑'을 하고는 피아사 거리를 걸었다. 그리고 이튿날 함께 아침을 먹었다. 그녀는 배낭을 메고 나타났다. 남부로 갈 거라고 했다. 오믈렛은 훌륭했다. 이른 아침이라 카페는 조용했고 빗소리만 거셌다.

낯선 이에게 자신도 모르게 뱉는 말이 정말 깊숙한 뱃속에서 나온 것임을 나는 안다. 세상에 진실이 있다면 바로 그것이리라. 우리는 속내를 이야기했다. 거기에는 꿈도 있었고 사랑도 있었고 미래도 있었다. 한국에서라면, 딱 두 번

본 사람에게 절대로 말하지 않을 주제들이이었다.

내 화두는 그런 것이었다. 이번 여행으로 얼마나 성장할 것인가에 대한 기대와 궁금증. 성장판이 닫힌 지 까마득한데 서른에 성장을 꿈꾸는 건 지독한 사치이다 싶어졌을 무렵이었다. 여행의 끝이 다가올수록 돌아간다는 설렘과 일상이라는 벽 앞에서 느끼는 막연함과 두려움, 그 양가적인 느낌 앞에서 벌벌 떨고 있을 때였다.

"이번 여행이 내게 무엇을 가져다줄지 모르겠어. 기대가 되면서도 한편 두려워. 나는 꼭 변해야 한다는 강박관념이 있는 것 같아."

"걱정 마. 너는 성장하고 발전할 거야. 아마 넌 못 느낄지도 모르지만. 그래도 네 주변의 가까운 사람들은 아마 느낄 거야."

"하지만 지난 번 배낭여행이 끝난 뒤에는 예전으로 돌아갔는걸. 나는 여행이 끝나고 다시 일상을 시작하면, 여행에서 얻은 걸 참 쉽게 잃는 편이야."

"그게 다 사라져버린 것 같아도 그렇지 않아. 네 안에서 조그맣게 남아 있다가 너도 모를 때 짠 하고 나타날 거야. 새로운 걸 보고 느끼고 경험하면 자신도 모르게 새로운 아이디어를 얻게 마련이지. 다시 일을 구할 때도 도움이 될 거라고. 틀림없어."

그녀는 확신을 잘하는 사람이거나 자신을 믿는 일에 익숙한 사람인 게 틀림없었다. 그녀는 또 한 번 강조했다.

"어떤 틀에서 벗어나려면 몇 걸음씩만 떼어선 안 돼. 경계를 훌쩍 뛰어넘어야 하는 것 같아."

항공사와 무역 회사에서 일하던 비비안은 홍콩의 골드미스였다. 4개월간 아프리카를 여행하면서 구속 대신 자유를 얻었다며 행복해했다. '비수기' 여행의 장점에 관해 한참을 떠들다가 비비안은 다짐하듯 말했다.

"사실 가끔은 친구들이 가진 보석, 집, 차, 그런 거에 질투가 나. 그걸 보는 그 순간만큼은. 하지만 내가 그런 걸 추구하지는 않기에 본질적으로 부러워하는 건 아니야. 돌아가면 열심히 돈을 벌 거야. 그리고 또 여행하는 거지."

비비안은 앞뒤로 두 개의 배낭을 메고 숄더백까지 들고 있었다. 카페를 나서며 나는 물었다.

"혹시나 해서 묻는 건데, 하나 들어줄까?"

"괜찮아, 이쯤이야. 늘 혼자 해왔는걸."

"알아. 그럴 줄 알았어."

우리는 그렇게 서로 여행의 한 페이지가 되어주었다. 우리가 나눈 아침 식사, 그 오믈렛 한 조각만큼의 추억이 각자의 인생에서 반짝 하고 빛나줄 때가 언젠가는 올 것이다.

비비안이 남쪽으로 떠나고, 나는 비행기를 타기 전 마지막 식사로 클럽 샌드위치를 먹었다. 카페의 텔레비전에서는 알자지라 채널을 틀어놓았고 거기서는 일본 스모 선수의 이야기가 흘러나왔다. 이곳이 에티오피아인가 이집트인가 일본이든가. 갑작스런 이질감에 몸을 떨다가 문득 생각했다.

여행이란 자발적 외로움에 내 자신을 던져놓고 낄낄대는 것이 아닐까. 55리터 배낭의 무게가 무릎을 꿇려도 벌떡 일어날 수 있는 힘을 갖게 되는 게 아닐까. 아무거나 잘 먹고 시도 때도 없이 엄지손가락을 치켜드는 게 아닐까. 그리고 딱딱함의 정도가 다른 낡은 침대에 내 몸을 길들이는 일이 아닐까 하고.

이 책을 인쇄소에 넘기기로 한 날을 코앞에 두고 메일 한 통을 받았다. 우간다에서 만난 유이코였다. 최근 일 때문에 우간다에 다녀온 그녀는 엘 셰다이 초등학교에도 들렀다고 한다. 그녀가 들려준 소식은 간단했다.

재정난으로 학교는 문을 닫았다.

지금 아이들이 어디에 있는지는 모르겠다. 근처 다른 학교에 갔을 수도 있고 여의치 않으면 집에서 살림을 거들고 있을 것이다. 1년 전 지금 나는 아이들을 떠나왔고 1년 뒤 오늘, 나는 아이들을 세상에 내놓으려 한다. 그리고 그 사실은 옅은 죄책감과 알 수 없는 무력감을 안겨다주었다.

원래 이 에필로그는 그럴싸한 말들로 꾸며진 아프리카에 대한 '정의'요, 나의 내면, 그 너머의 세계에 대한 '발견' 등으로 구구절절 채워져 있었다. 그런데 그 메일을 받고 나서 다시 쓴다.

내가 그 땅에서 깨달은 것은 그 땅이 더는 야만의 땅으로 불리길 거부한다는 것이다. 더 이상의 수사는 필요 없음을, 이 책을 내놓으면서 숙제는 끝났다고 생각했지만 본격적인 숙제는 이제부터 시작이란 것을 기억해두겠다. 그리고 그 땅의 기운을 받은 나 역시 수식에서 자유로운 삶, 수식 없이 당당해질 수 있는 삶을 살겠노라, 마음에 돌멩이 하나 지긋이 올려두었다. 어쩌면 나는 이 한 문장을 건져 올려 마음에 담아두기 위해 그 먼 길을 돌아왔는지도 모르겠다.

언제나 깊이 품어주시는 부모님, 둘뿐인 동생들과 하나뿐인 그에게 감사한다. 술과 밥과 수다로 허기를 달래주는 벗들, 도깝이들과 중턱산악회, 함께 걸은 55리터 배낭에게는 고마움을, 나무들에게는 미안함을, 웃는 것밖에 모르는 그곳의 아이들에게는 찬사를.

특별한 감사를 이매진 식구들과 나의 아프리카에게 바친다.